重庆市出版专项资金资助

艾摩司的奇幻之旅 Ⅰ

【加拿大】乔拉·凯 著 ｜ 高非 译

重庆出版社

This Simplified Chinese language edition is published by arrangement through Western China International Communication Organization, Chongqing.

著作权合同登记号　版贸核渝字（2023）第152号

图书在版编目（CIP）数据
艾摩司的奇幻之旅 /（加）乔拉·凯著 ; 高非译.
重庆 : 重庆出版社, 2025. 7. -- ISBN 978-7-229-18958-7
Ⅰ. I711.84
中国国家版本馆CIP数据核字第2024B08B74号

艾摩司的奇幻之旅
AIMOSI DE QIHUAN ZHI LÜ
[加拿大]乔拉·凯　著　高　非　译

选题策划:肖化化
责任编辑:秦维佳
责任校对:何建云
美术编辑:蒋忠智
插图绘制:聂　贝
封面设计:刘　尚
装帧设计:李思煜

重庆出版社　出版
重庆市南岸区南滨路162号1幢　邮政编码:400061　http://www.cqph.com
重庆市国丰印务有限责任公司印刷
重庆出版社有限责任公司发行
邮购电话:023-61520646
全国新华书店经销

开本:880mm×1230mm　1/32　印张:16.75　字数:490千
2025年7月第1版　2025年7月第1次印刷
ISBN 978-7-229-18958-7
定价:99.00元(全3册)

如有印装质量问题,请向重庆出版社有限责任公司调换:023-61520678

如果愿望可以变成鱼儿，
那将会有梦想的海洋。

只要坚持梦想，机会就会向你招手。

这本书献给：

我的缪斯。

信念是一种强大的魔法，

天花板是玻璃做的，

举起锤子，

将其粉碎。

感谢我的父母，支持我对阅读和“魔法”的热爱。

感谢我的家人，感谢你们无尽的爱。

感谢我的朋友，你们让我变得更善良。

感谢我的敌人，你们让我变得更坚强。

安德拉和梅杜莎，

你们是梦境中的天使。

最重要的是，

我的读者们，

这本书是为了你们而写的。

永远

在追梦路上。

引 子

Amos The Amazing

这是一个现代童话，充满了奇幻色彩，交织着各种元素：有“8D”魔幻都市和神奇古镇，也有匪夷所思的魔法神器。一个辣椒冰激凌引发了“蝴蝶效应”，牵扯出一段离奇的冒险故事，让不同时空、不同世界的人产生了不可思议的交集。

艾摩司，一个顽皮的12岁男孩，因为在父亲童年的房间中发现了“神器”，而陷入一个充满魔法而又危机四伏的世界之中。

神秘的九尾易形狐偷走了艾摩司的灵魂，毒害了他的爷爷。不顾一切，艾摩司追赶着易形狐进入了“梦境世界”。在那里，他结识了一群朋友和敌人，在惊心动魄的旅程中，努力寻找解药和自己的灵魂。魔法的神力在他的身体里涌动，奇特的记忆在他的脑海中流淌，艾摩司到底是谁？来自哪儿？要去哪儿？

现在，让我们一起出发吧！艾摩司的奇幻之旅将让勇敢、爱幻想、有梦想、有爱心的你们找到自己心灵的伙伴。

前 音

Amos The Amazing

现实、幻想、梦想，
交织成希望。
扉境精灵，携少年之手，
全力以赴。

奇幻之旅途，友谊之铠甲。
如果梦想幻灭，
闭上眼，不必纠结。
休憩片刻，解开心结，
希望重燃，神力集结。
少年与猫，精灵与龙，
从未来重庆，到梦境世界，
走在人生必经之路上。

魔幻世界，勇者无畏，
梦境之乡，结伴同行。
我将与你并肩高飞。

目 录

Amos The Amazing

- Amos The Amazing -

第一章

钟书阁的偶遇

I

第一章

- 钟书阁的偶遇 -

爱丽丝一溜烟地跑进了钟书阁书店，沿着几乎垂直的楼梯，小心翼翼地下楼。呈现在她眼前的是成千上万的书，这让爱看书的爱丽丝很是兴奋。钟书阁里面有好几层，每层都是满墙的书，台阶式的楼梯贯穿在一排排书架之间，四通八达。不同类型的图书都是用玻璃来进行隔断分区的，玻璃如水晶般剔透，给人一种错觉，好像整个书店就是一个用书砌成的移动魔方，而读者就身在这个魔方之中。

在来钟书阁之前，爱丽丝也做了些功课，上网浏览过钟书阁书店的图片。在充满“太阳朋克”[①]气息的重庆，钟书阁已经成为潮流人士和文艺爱好者经常光顾的地方。现在，爱丽丝置身于钟书阁这个“魔方”里面，

① “太阳朋克”：一种21世纪兴起的科幻文化，旨在以乐观的精神推动社会与文明的可持续性发展，实现人与自然的和谐共生，这里形容重庆是一个由清洁能源提供动力，与自然和谐相处的现代大都市。——译者注（若无特别说明，本书中注释均为译者注）

眼前的景象令她叹为观止，回到国内才几周时间，她已经把之前在国外的日子抛在了脑后。

爱丽丝拿出手机拍了几张书店的照片，随后把镜头转向自己。她伸长胳膊，尽力把自己和钟书阁的全景都框入屏幕。*我应该带上我的手掌机器人，让它来帮我拍照。*爱丽丝一边想，一边给手机设定了三秒的倒计时，然后“咔嚓”一声，拍了一张自拍照。

突然，爱丽丝感觉背后有一阵凉风，好像有人靠近。转身一看，书架间的走廊空无一人。*想必是错觉。*爱丽丝转过身来，仔细欣赏起这张自拍照。自己是红色波波头的发型，这顶红色的假发与自己今天穿的蓝色海军服简直是绝配。照片里，自己唇红齿白，神采奕奕，根本就不用再进行图片美化了。爱丽丝对这张自拍照片很是满意，立马就发到了自己的微信朋友圈里，还配上文字“#钟书阁，魔幻书店！超越想象！#爱书人生”。

接着，爱丽丝迫不及待地来到楼下寻找她喜欢的书籍，很快就找到了科幻和玄幻类小说的书架。光是浏览书脊上的书名，她就已经被吸引住了。突然，她的目光锁定到一本精装书，书的封面是皮革制的，她拿出来仔细一看，原来是盖·加夫里尔·凯的《菲奥纳瓦织锦》，还是用金箔精装的50周年特别版。爱丽丝有些激动，这本书在她心中非常重要。《菲奥纳瓦织锦》的封面图画源自古不列颠国王“亚瑟王”的故事，是关于亚瑟王离开卡米洛特（英国传说中亚瑟王的宫殿所在地）之后的一个经典情节。捧着这本沉甸甸的书，翻着漂亮的金箔书页，爱丽丝被书中精美的插图深深地吸引住了。可当看到封底的标价时，爱丽丝不由得眉头一皱：自己没有这么多钱，看来是买不成了。

“嗯，”一个声音从爱丽丝的身后传来，是一位老者，他靠在标有“K区”的书架上，“你很有品位嘛。”

“谢谢。”爱丽丝小声回答道，她的目光依旧停留在手里的书上。唉，还是有点不舍，爱丽丝把《菲奥纳瓦织锦》放回书架。

“看书是会上瘾的哦！”他接着说道，低沉的男声像音乐里的重低音一样好听，“如果你喜欢看书，就会觉得怎么也看不够。有些人不喜欢看书，他们的生活会容易变得单调；而有些人喜欢看书，比如说奇幻小说，他们的生活就更容易丰富多彩，人生也许还会多出一些别的可能性……”

爱丽丝抬起头看老者，他已经踱步到了新书展示区的玻璃书架旁。这位老者长着外国人的模样，但普通话说得很溜。爱丽丝感觉他有点莫名地眼熟。老者戴着一副圆框眼镜，头上是一顶羊毛帽，脖子上系着一条围巾，身穿一件棕灰色的羊毛衫。*这大夏天的，他怎么穿这么多？*爱丽丝越看越觉得他眼熟。*他是上过电视吗？还是我在什么地方见过他？*

“嗯，没错。”爱丽丝回答道。她开始对老者的话感兴趣。

“如果你喜欢‘凯’这个作家，你可能也会喜欢这个故事……”老者顿了一下，扫视着书架，手指优雅地掠过一排排的书籍，想找出凯的另一本书。

“嗯？”老者咕哝着，“奇怪，这里好像没有这本书。”他耸了耸肩，“真遗憾。”

“是关于什么故事的书呢？”爱丽丝一边问一边转到了L区，这里的冒险故事似乎在召唤着她。

“是关于一个男孩的故事，比你年纪小一些，性格有点古怪，也喜欢看书。不过，他不完全是我们这个世界

的人。”老者说道。

“这本书叫什么?”爱丽丝抵不住自己的好奇心。

“《艾摩司的奇幻之旅》。”

爱丽丝瞬间僵在原地，她能听到自己的心跳。“什么？艾摩司?”

“对，这个故事的主人公名叫艾摩司。”老者回答道，“如果你真的对这个故事感兴趣，我倒可以给你讲一讲。”老者表现出一副神秘的样子。

*他刚刚说的艾摩司，是我小时候的好友艾摩司吗？还是只是碰巧重名？*爱丽丝心里一边嘀咕，一边加快脚步穿过书架来到老者跟前。这个下午爱丽丝没安排其他什么事——每周六的下午是她固定的休息时间。“您就给我讲讲这个男孩的故事吧。”爱丽丝说道。

“那咱们去那边的咖啡屋坐下讲吧。”老者一边说，一边朝着书店咖啡屋的方向大步流星地走过去。

“我叫爱丽丝。”爱丽丝向老者介绍自己。

“嗯，爱丽丝。”老者平静地重复了一遍。他好像早就知道她有一个洋名儿一样，一点也不好奇，只是点头微笑。

老者在窗边的一张小圆桌前坐了下来，爱丽丝也在一旁坐下。窗外的天阴沉沉的，一直到下起了雨，闷热的空气才凉爽下来。一个智能机器人服务员来到他们跟前，一对大眼睛眨巴眨巴的，说话的声音也很可爱。它举起托盘，等老者和爱丽丝取走饮料后，转过身，带着“嗡嗡”的声音摇摇晃晃地离开了。

“这个故事得从好多年前说起。有一对年轻夫妇，在他们求婚两周年的纪念日……”

爱丽丝抿了一口饮料，笑着抹了抹嘴，突然感觉今天与老者的偶遇没那么简单。她刚想要张口问些什么，话却哽在了喉咙里出不来，只能静静地听着。时间一分一秒地流逝，老者声情并茂地讲述了一个奇妙的故事。很快，爱丽丝就听得入了迷，她感到自己似乎穿越了时空，进入了一个现实与魔幻交织的世界。

很多年以前，在一个阳光明媚的夏日午后，一对年轻的夫妇来到了重新开放的安居古镇[①]。

① 安居古镇：中国历史文化名镇，位于重庆市铜梁区。

今天是这对夫妇求婚两周年的纪念日，也是这个有着一千年历史的古镇重新开放的日子。喜庆的红灯笼从景区大门的树上一直挂到了带有精美雕花的拱形屋顶上，一群川剧演员身穿红黄相间的丝绸服装站在古镇门口，他们一手握着一把折扇，一手提着一个彩色的麻袋。

天是一名公司职员，他长相英俊，有着宽阔的肩膀，他美丽的妻子——玫，是一名教师，他们十指相扣地走在古镇里，好奇地东张西望。正逢小长假，这里挤满了来自全国各地的游客，大家都来体验川渝古镇文化，享受美食美景。古镇也很卖力，不仅开放了新的景点，举办了文化表演，还准备了各式各样美味的麻辣小吃来迎接游客。

就在两年前的今天，天在古镇里向玫求了婚。当时，古镇里的人不多，他俩走在蜿蜒的石板路上，经过一段狭窄的长廊后，两人在一个石凳前停下休息。突然，天单膝跪地，手捧戒指，而玫热泪盈眶，答应了天的求婚。远处的田野里飘来薰衣草的芳香，玫回忆着往事，脸上露出幸福的笑容。

古镇街道上，商贩们叫卖吆喝，游客们熙熙攘攘，好不热闹。天的鼻子一向灵敏，他在拥挤的人群中闻到一种美食的味道，那是玫最喜欢的小吃。“快，我们去尝尝。”天迫不及待地说。

“嗯，味道好浓郁啊。”玫笑着回答道。

天从口袋里掏出一张纸币，递给系着围裙的商贩：“来一碗臭豆腐!”

商贩把盛满豆腐块的纸碗递了过来。天和玫各自夹起一块，吹了吹就塞进嘴里，品尝起这还带着锅气的油炸美食。

“可真是太臭了。”天表面上嫌弃，嘴里却已经塞满了臭豆腐。

“其实，臭豆腐还略带回甜味儿呢，外焦里嫩，”玫满脸笑容地说，“真是人间美味!”

两人边走边聊，回忆着上次来这里时的情景，也讨论着这次新开的商店。走到一个院子里时，天和玫停了下来，旁边的人群也安静下来。原来，台上的川剧表演即将拉开帷幕。他俩便坐到树荫下，这里刚好对着舞台。

一阵“咚咚咚”的鼓声响起，节奏逐渐加快，戏剧演员们穿着五颜六色的丝绸服装走上台，在台上奔跑着，舞动着，演绎不同的人物。玫和天在树荫下屏住呼吸，睁大眼睛，生怕错过台上任何一个精彩场面。

两个演员昂首阔步地来到舞台最前面，和观众互动起来。几轮互动之后，还没等大家反应过来，他俩突然来了一次变脸。动作太快了，观众根本捕捉不到变脸瞬间的“玄机”。鼓点声再次响起，刹那间，不同颜色、不同人物的脸谱又变换了一轮。

随着音乐和鼓点营造出的紧张氛围，表演的节奏越来越快。观众不断地挥舞手臂，喝彩欢呼。突然，音乐和鼓点停了，演员一动不动，观众也立刻安静下来。紧接着，一位演员变出黄黑脸谱，另一位则变出金红脸谱，观众再次欢呼起来。压轴环节来了，演员们随着节拍连续转身，脸谱反复变换了四次，每次变换都在刹那之间，毫无破绽。当音乐和鼓点一结束，全体观众鼓掌欢呼，演员们鞠躬致谢。“他们是怎么做到如此无缝衔接的？”玫不禁问道。天耸耸肩，一般人哪儿会知道其中的奥秘啊。

看完表演，天和玫沿着一条狭长的鹅卵石小路继续散步。不一会儿，天忍不住又去买了一碗臭豆腐，哎呀，这东西又臭又好吃，真是令人着迷。接着，他又买了一袋芝麻薄脆，开心地往嘴里塞，“馋猫”的本质展现得淋漓尽致。

正当天享受美食的时候，一支舞龙表演队伍朝他们行进过来。据说，铜梁人的舞龙活动很有年头了，舞龙对于当地人来说，既是表演和庆祝，又是文化和生活，代表了一种积极向上的生活态度。

“你知道吗，今年我们这支铜梁舞龙队要去北京比赛！”天对着玫的耳朵低声说道。

“真的吗？还真没想到啊！”玫故作惊讶地回答道。

“有一个国际舞龙比赛，世界各国的队伍都会参加，不过，我觉得这次我们铜梁舞龙队肯定会赢。”天咧嘴笑起来。玫捏了捏他的上下嘴唇，让他安静下来，继续欣赏这场表演。

红黄相间的长龙上下蹿动着，里面藏着十几个年轻人，他们用棍子掌控着龙的身体，仿佛龙和人已经合而为一，化为一体。

看了一会儿舞龙表演，天和玫继续沿着林荫道往前走，很快走到了一扇大铁门前。在一个长凳旁边，天紧紧握住了玫的手。“等一下，”他说，“这里是……”

“我记得。”玫环顾四周，笑着说道。

“两年前的今天，我在这儿向你求婚，然后，你答应了。”天回忆道。

玫笑着点了点头。

“这两年……”

游行表演的队伍越发声势浩大，天和玫不禁回头看去。最先映入眼帘的，是一群身穿金红丝绸衣衫的人，他们敲着锣打着鼓；接着是一群身穿蓝色和黑色衣衫的人，他们身后跟着身穿紫红色衣衫的人，这些人手里举着带有龙图案的旗帜。

走在这些人身后的，大约是“长官”的角色——一个穿着红色衣服、留着长胡子的男人，身边还跟了一个“随从”。走在他后面的是一顶轿子，由六个红衣“仆人”抬着，正随着“仆人”们行进的步伐上下晃悠。

轿子侧面有个窗户，上面挂着一张绿色丝绸制成的帘子。帘子晃得厉害，玫从帘子的缝隙间捕捉到轿里的人影。那人影乍一看像一个美丽的女子，神清骨秀，棱角分明，但再看时，却似乎不像是人——耳朵尖尖的，嘴巴很宽，都快连到耳朵根了。玫的心一下子提到了嗓子眼儿。*一定是我的错觉吧，一定是看错了。*她在心里安慰自己。

游行表演的队伍逐渐消失在路的尽头。天回过头，想接着说自己刚刚没说完的话，却突然瞪大了眼睛。玫随着天的目光看过去，也惊得扬起了眉毛。

他们前方的地上放着一个篮子，里面躺着一个红色毯子裹着的婴儿。玫三步并作两步走到篮子跟前，抱起婴儿，凝视着他水汪汪的眼睛。孩子没有哭闹，而是好奇地看着玫，接着，他伸出自己的小手，紧紧握住了玫的手指。这个孩子戴着一条银项链，项链太长，在孩子的脖子上绕了两圈。项链上面套着一枚银戒指，戒指上刻有一个图案，看上去像是三片紫杉树叶。玫在篮子里找了找，找到一张很小的纸条，上面的符号似乎是一种文字，但他们从未见过这种文字，也无法得知这上面有没有写孩子的名字或者是家人的电话号码。

玫一直很喜欢孩子，她抱着孩子，和天一起看着他，看得入了迷。

过了好一阵，天站起身说道：“玫，我们去找警察吧，一定有人丢了孩子。”

“还是等一下吧，或许就是刚才的游客忘记了呢？或许……我们就在这里先等着，看看谁会来找孩子。”玫抬起头，认真地说道。

天从玫的眼神中看出了她的心思，他摇着头说：“我们不能……”

玫固执地说：“我们在这儿等一整天，明天也带着孩子回来等，后天也来，一直等到有人来认领他。”

天想打断妻子的话，可玫再次抢先一步说道：“如果一直没有人来……”玫的声音渐渐变弱。

“我们不能这样做。”天反驳道，但看她抱着孩子，天只觉得眼眶有点湿湿的。他揉了揉眼睛说：“我先去买些牛奶回来。”

天找到一家便利店，买了一瓶温热的牛奶和一个奶瓶后赶紧跑了回来。玫一直在铁门前的阴凉处等着，怀里抱着已经熟睡的婴儿。玫将奶瓶的奶嘴轻轻碰到孩子嘴边，孩子闻到奶香就醒了，开始大口大口吸起来。

树荫下，他们就这样静静地坐在石凳上。在这闷热的天气里，孩子始终不哭也不闹。

时间一天天过去了，天和玫每天都到古镇来，可是没等到任何关于丢孩子或是有父母心急如焚找孩子的消息。几个月过去了，还是没人来找这个孩子，也还是没听说有人丢了孩子。天和玫不再讨论找孩子父母的事。这个孩子对他们来说，就像是上天赐予他们的宝贝，所以，天和玫唤他“天宝”。

从古镇回家后，玫不时会梦见游行表演的那顶轿子和轿子里那张似人非人的面孔，但是她从没对任何人提起。

第二年的春天，玫生下了一个女孩，他们给女儿取名为格蕾丝。格蕾丝有着一双不寻常的眼睛，一只是棕色的，另一只是绿色的。她常常犯困，就像一只慵懒的小猫。天和玫有些担心，把女儿抱去医院检查。医生说孩子只是天生异瞳，非常健康。

就这样，他们一家四口过着宁静的日子。直到有一天，这份宁静被打破了。

“所以，这个故事讲的就是很久以前一对夫妻的事吗?”爱丽丝一边问一边打了个哈欠。她歪着脑袋叹了一口气，脸上完全没有对故事感兴趣的表情。

“非也，非也。”老者笑起来，“这个故事的主角是艾摩司，还有一个魔幻世界。你马上就能听到这一段了。”

“时间一晃，来到了我们这个年代……”

- Amos The Amazing -

第二章

“生死状”

Ⅱ

第二章

- “生死状” -

艾摩司是个12岁的男孩，爱吃甜食，爱看书，也酷爱音乐。他想象力丰富，不拘小节，喜欢自由自在的生活方式。

暑假的一天，他身穿一件红色的家居袍子，脚踩一双白色的兔耳朵拖鞋，背着他心爱的尤克里里，来到了洪崖洞景区。艾摩司很喜欢这件红色的袍子，他觉得穿上后自己就像是一个魔法师。艾摩司的确有点“魔法能力”，也就是他天马行空般的想象力。这会儿，他就想象着一条长着羽毛的神蛇腾飞在长江之上，神蛇无所不知，无所不能，而自己正骑着神蛇在人群中自由地穿梭。但事实是，艾摩司此刻正在拥挤的人群里费力前进，累得气喘吁吁。

艾摩司现在所在的洪崖洞是一座古老的巴族堡垒，在古代，这里原先是一道城门，也是一座军事要塞。这座堡垒在长江边的悬崖上矗立了几千年，后来被改建成了今天的洪崖洞旅游景区。很多人觉得，改建后的洪崖洞与电影《千与千寻》中的建筑“汤屋”颇有些异曲同工之妙。如今，洪崖洞成了重庆的地标性建筑之一，来自五湖四海的游客络绎不绝。在这座水上广场，人们既可以欣赏无与伦比的江景，又可以品尝独特的甜品和地道的麻辣小吃。

在熙熙攘攘的人群中，艾摩司挤过一群跳广场舞的阿姨，还有她们身边拎着大包小包的机器人，又挤过一群嬉笑打闹的孩子。“艾摩司，等等！”艾摩司回头一看，发现爱丽丝和佟睿比跟在他身后，正不满地瞪着他。爱丽丝和佟睿比是艾摩司的同班同学，因为他们的父母是好友，所以三个孩子从小一起长大。在两个女孩子看来，艾摩司是个“冒失鬼”，因此，出于责任感，当然还有好奇心，她们也跟了上来。

三个孩子都读小学六年级了，繁重的学业让大家很是疲惫。昨天，小升初的考试结束了，他们终于放假了！考试成绩下周才会出来，他们都希望能被有着百年历史的重庆外国语学校录取。今天，他们的父母也一起来到了洪崖洞，这会儿正沿着木板路，一边走一边悠闲地聊着天。而孩子们正心急火燎地跑向那个独一无二的冰激凌店。艾摩司决心要成为学校里第一个吃到号称“世界上最辣冰激凌”的人。

艾摩司一边快步向前，一边抬头看了一眼天空。今日不知为何，上午十点的太阳散发着有些诡异的光，将天空染成了一片红色。红光洒落在身旁古建筑深棕色的屋顶上，照亮了那些英雄、神仙和怪物的木雕，而江边摩天大楼玻璃外墙反射的红光则更是耀眼炫目。这些光连成一片，使整座城市看起来像被施了魔法一样。艾摩司被这种魔幻的景象吸引住了，他不由自主地张开双臂，想象自己展开了翅膀，原地旋转起来。

天空的异象也引起了路人的注意，人们纷纷停下脚步，抬头仰望这奇妙的天空。据说，这是一场巨大的沙尘暴造成的，沙尘从蒙古沙漠横扫到了首都北京，也向南蔓延到了重庆。

趁着人们都停下来看天空，艾摩司赶紧往前走。他一边走一边想着班上那些嘲笑自己的同学，仿佛每往前一步，就能早一点让他们闭嘴，让他们知道自己才不是他们口中长相滑稽的“怪人”和“书呆子”。他们的声音是那样地尖酸刻薄，时常萦绕在艾摩司的耳边。而今天，自己的“宏伟计划”一旦完成，那些嘲笑的声音一定很快就会消失！

艾摩司一路疾走，却也并不耽误他张望路边的美食。爱吃甜食的他，想要把洪崖洞各种各样的甜品都收入囊中。这会儿，他的一只手中已经握了一个棉花糖，而另一只手拎了一袋各种口味的糖果。

“睿比，快点跟上啊！”爱丽丝朝身后大叫一声，让落在后面的佟睿比加快步伐。她俩沿着艾摩司“开辟”的道路，在人群中穿梭前进。

佟睿比气喘吁吁地跟上来，上气不接下气地问：“艾摩司……真的要去尝试那个辣椒冰激凌吗?”

“当然啦！艾摩司从来不会怕的！”爱丽丝笑着说。

老者聚精会神地讲着，像是在回忆一件往事。爱丽丝皱着眉头认真地听着，她总觉得这个故事里的有些人似曾相识，有些事似曾经历。她想开口问，但话被卡在了嗓子眼，一个字也出不来。

“到了！到了！”艾摩司一边嚷着一边跳上一张长木凳，自己距离“湃孃孃”[①]冰激凌店只有一步之遥了。他回头朝后面的两个小伙伴挥了挥手，然后兴奋地从木凳上跳了下来。

他们三个开始排队，不一会儿就来到了队伍的前面。艾摩司举着他的棉花糖在店主湃娘娘的眼前晃动，想让湃娘娘尽快注意到自己。

“要哪种口味呀，妹儿[②]？”湃娘娘戴着一副眼镜，圆圆的眼镜框正沿着她又长又弯的鼻梁慢慢滑下来。艾摩司身材瘦小，头发有点长，湃娘娘第一眼竟把他看成了女孩子。

被误认成女孩，艾摩司心里很是不满，故意用力咳嗽了几声。

“哦，是个男娃儿嗦，要哪种口味？”

---

① 孃孃：“孃”为店名用字，在现代汉语中写作“娘”。娘娘，重庆方言，读作“niāng niāng”，意为“阿姨”。

② 妹儿：重庆方言，多指年轻女子，此处意为“小姑娘”。

“我要香草味的。”爱丽丝拉着佟睿比挤到艾摩司前面，用清脆的声音回答道。

“我要草莓味的。”佟睿比一边说一边担心地看了一眼艾摩司。

“我要辣椒油冰激凌，”艾摩司瞪圆眼睛，扯着嗓子回答道，“就是那个‘魔鬼之息’冰激凌！”

这个冰激凌完全配得上它的名字——“魔鬼之息”。这种超级辣椒冰激凌源于英国一家名叫“奥尔德维奇”的咖啡馆，被称为“世界上最辣的冰激凌”。湃娘娘对“魔鬼之息”辣椒冰激凌的口味进行了改良，然后在今年重庆的“香料节”上推出了这款辣度约为1,569,888史高维尔单位（比塔巴斯科辣度还辣50倍）的辣椒冰激凌。湃娘娘因此很快成为重庆当地的“网红”人物。因为这种冰激凌实在是太辣了，所以店里规定：购买者必须年满18岁，而且只有在签了免责协议后才能购买。这份免责协议，被顾客们戏称为“生死状”。

湃娘娘盯着柜台下面的艾摩司。这个男孩只有一米五多一点的身高，身板儿瘦小，颈窝的头发乱糟糟的，汗津津的小脸旁还留有几缕头发。虽然整个脑袋乱得像

湃孃孃

个鸟窝，一双耳朵却似精灵耳一般尖尖地从“鸟窝”的两边探出来。艾摩司戴着眼镜，眼镜片后面是一双动漫人物一般的大眼睛。此刻，他站在一个木板箱上面，模仿着大人的表情，冲着湃娘娘来了个“正式”的微笑，想尽量表现得成熟一点。

湃娘娘看了他一眼，有些嫌弃地说：“哎呀，不得行。”排队的人们安静下来，都竖起了耳朵。“你要晓得，必须年满18岁才能买，而且还需要……”

“知道的，知道的，要签‘生死状’嘛！”艾摩司说完，猛地点点头，一副很懂的样子。他把棉花糖换到右手，左手伸进自己家居袍子的口袋里，摸出一张叠好的纸。

湃娘娘接过纸，把眼镜推回鼻梁，细细瞅了瞅，然后说：“你哪里有18岁哦，小朋友？”

“其实这个冰激凌不是给我自己买的，我是来帮我爸爸买。”艾摩司一脸真诚地说道，“我爸爸是很厉害的外科医生，这会儿正忙着接医院打来的电话，所以就让我过来买。不信您看看那边。”艾摩司朝着步行街另一头的父母挥了挥手。艾摩司的妈妈本来就因为担心而正朝几个孩子这边张望，这下远远地看到儿子在招手，便开心地带着其他几个大人一起朝孩子们挥手。见大人们朝自己挥手了，艾摩司转过身，高兴地看着湃娘娘。

湃娘娘又仔细瞧了瞧艾摩司给的免责协议——协议上确实签了字，远处这小男孩的家长确实在挥手，他可能确实是在帮大人买冰激凌。眼下排队的顾客越来越多，有的已经打开了支付软件正等着付钱。“那你可别偷吃，不然后果严重，要直接拿给……”

“直接拿给我爸爸，我知道。他会奖励我帮他跑腿的。”艾摩司一边抢着说，一边挤出一个笑脸。湃娘娘不再怀疑他。

艾摩司一开始还有些忐忑不安，但是看样子，一切都按计划进行，马上就要大功告成了，他忍不住笑起来。他还计划拍一段视频，专门拍自己尽情享受辣椒冰激凌的过程，并传到网上，让视频火遍全网！

爱丽丝和佟睿比先拿到了各自的香草冰激凌和草莓冰激凌。艾摩司用手拍了拍胸脯，昂首挺胸地说：“这两个冰激凌我请客！”接着，他打开妈妈的移动支付码在付款机前扫了一下，8元一个，价格合理。“你的‘魔鬼之息’辣椒冰激凌是54块。”湃娘娘对艾摩司说。人群中传来惊讶声，大家谈论起这个有些离谱的价格，老老少少都在往前挤，都想看看热闹。艾摩司淡淡一笑，重新扫码付款。

佟睿比一圈又一圈地舔着草莓甜筒，不让融化的冰激凌流下来，她要慢慢地享用这份美味。爱丽丝则一口咬掉了甜筒尖，任由化掉的香草奶油流到自己手上。艾摩司一边咧着嘴笑她们俩，一边看着湃娘娘把辣椒酱滴入自己的冰激凌。

突然，艾摩司眼睛的余光扫到了什么，原来是一只胖乎乎、毛茸茸的灰猫，像极了奶奶家的那只灰猫——小雷。灰猫躲在木板箱下面，偷偷盯着爱丽丝钱包上挂着的毛茸挂件——小兔子流苏。流苏随风飘动，灰猫看得着了迷。艾摩司看着灰猫，也看得着了迷。灰猫蹲得很低，撅着屁股轻轻扭动着，眼睛都不眨一下。艾摩司环顾四周，并没有找到奶奶的身影，只看到旁边爱丽丝吃冰激凌吃花了脸。

“爱丽丝，你知道吗，虽然我俩是最好的朋友，”艾摩司漫不经心地说道，“但我觉得吧，有没有一种可能，嗯，就是，你其实……脑子有点问题。”

爱丽丝挑了挑眉毛，反驳道：“我们哪里是最好的朋友？我脑子哪里有问题?”

“比如说，你喜欢猫，但又不愿意养猫。”艾摩司说。

爱丽丝直摇头：“不，你根本不懂猫，猫虽然可爱，有灵性，但是，”爱丽丝掰着黏糊糊的手指数起了理由，“第一，猫很独立，根本不需要人去养……”

那只毛茸茸的灰猫像是听懂了似的，瞪大眼睛“喵喵”地叫了几声，似乎在表示认同。

艾摩司靠向爱丽丝，低语道：“呐，看到它了没，神奇吧？我觉得猫真的很神奇。你知道吗，猫睡觉的方式和我们不一样。”艾摩司故意显得严肃起来，装腔作势地用纪录片旁白一样的声音介绍道：“事实上，猫是一种跨维度的生物，能去我们去不了的地方。猫的眼睛还可以探测到我们人类无法感知的光，所以它们能够看到能量、灵魂、精灵，哦，还有很多超自然的东西。”

提到灵魂时，爱丽丝瞪圆了眼睛。她历来对这些玄乎的东西又爱又恨。

艾摩司一边讲，一边看着灰猫，心想：这只猫咪是不是被某种魔法定住了呢，怎么一动不动地盯着那个小兔子流苏?

“就像狗是我们人类物质世界的守护者一样，猫是我们非物质世界的守护者。”艾摩司继续讲，“这就是为什么在古埃及，人们会把猫看作是神圣的……”

艾摩司无意中伸出手来，拨了拨爱丽丝的小兔子流苏。刹那间，灰猫从木箱底下一跃而起，跳到爱丽丝的腿上，用爪子和牙齿在她的钱包上乱抓乱咬。

爱丽丝尖叫起来，赶紧抬起双手护住自己的脸。慌乱中，她把冰激凌扔了出去，片刻之后，人群中传来一阵大喊。

“哎呀呀，哪个丢的!”

艾摩司往人群中看去，只见一个光头男子满脸通红，那颗闪亮的脑袋瓜上倒栽着爱丽丝的冰激凌，融化的奶油正从男人愤怒的脸上往下流……

灰猫跳到了艾摩司的腿上，发出“呼噜呼噜”的声音。爱丽丝拉起佟睿比的手拔腿就跑，两人很快便消失在人群中。艾摩司咧嘴大笑，对着灰猫问：“你是我奶奶养的小雷吗？你怎么到这里来的?”说完，艾摩司环顾四周，仍然没有看见奶奶的身影。

突然，也不知道哪门子的灵感突然蹿了上来，艾摩司一口吞掉棉花糖，又把糖果袋放到脚边的木板箱上，拉开乐器包上的两个拉链，拿出了他的尤克里里。

艾摩司快速地拨了下琴弦，调了调琴钉，即兴演唱起来：

“烈日当头，美味上头，保持冷酷；

‘魔鬼之息’，屏住呼吸；

来上一口，把你辣哭……”

周围的孩子们开始欢呼，有的大人还鼓起了掌。排队的人们听得很是开心，一时间忘了自己是来买冰激凌的。艾摩司沉浸在大家肯定的目光之中，直到湃娘娘把那碗辣椒冰激凌做好并放在了柜台上。辣椒冰激凌硕大的一个，奶油很多，颜色因为沾满了辣椒油而鲜红透亮，绝对物有所值。人群靠拢过来，等着看艾摩司来上一口的反应。

艾摩司把琴放好，正准备品尝的时候，妈妈来到了冰激凌店里。艾摩司的妈妈留着刘海，穿着她最喜欢的“新中式”连衣裙，很是精致漂亮。“嗨，儿子，你买了这么大个冰激凌呀!”妈妈一边说一边双手捧起这份“魔鬼之息”,“让妈妈尝一尝。”

“别呀,妈!”艾摩司大喊道,试图把冰激凌抢过去。但是,妈妈灵巧地躲开了艾摩司伸过去的手。“艾摩司,你得去照照镜子。”妈妈笑着说,“又把家居服穿出门了,老爱穿这身红袍子,你是准备去马戏团上班吗?”说完,她舀了一勺冰激凌放进自己嘴里。瞬间,妈妈的脸上出现了疑惑的表情,很快,她脸上的“问号”变成了“惊叹号”,片刻后,妈妈的眼泪开始止不住地往外涌。这可比她对芥末酱的反应大多了,简直是要命。

妈妈发出一阵怪异的叫声。艾摩司从妈妈无力的手中接过冰激凌碗。人群开始躁动,前面的人向后面的人解释着刚刚发生的一切,还有人推搡着往前,想要一探究竟。艾摩司的妈妈开始哽咽,满脸通红,脸色都快赶上艾摩司的红袍子了,眼睛、嘴唇、脸颊也都开始肿胀起来。

“哦,我的天啊!艾摩司,看看我的嘴怎么了?我感觉像被什么化学物品烧伤了一样……”她一边问,一边准备用手去揉肿胀的眼睛。

艾摩司大叫道：“别！别碰眼睛！”但为时已晚。妈妈的手刚才拿冰激凌碗的时候沾上了一点辣椒油，这下可好，她将辣椒油揉进了眼睛里面。在这个令人绝望的时刻，艾摩司有些不知所措。

“我感觉我快融化了！”妈妈用一种近乎滑稽的声音尖叫着说。“快找……人……好难受啊……”妈妈的舌头开始不听使唤，抽噎着，口齿不清。

艾摩司想帮妈妈做点什么，但又想起了那些嘲笑自己的同学。他心里打起了小算盘：辣椒冰激凌还有剩，爸爸还没发现自己闯的祸，如果现在录视频传到网上，是不是就可以证明自己买到了这个辣椒冰激凌？这样的话也许能让那些讨厌的人闭嘴！

“艾摩司！”艾摩司的爸爸穿过人群赶了过来，对着艾摩司训斥道，“你又干了什么好事！”

“我……嗯，其实，妈妈不应该吃……”

“你给我闭嘴！”爸爸怒气冲天，一把夺过艾摩司的手机，容不得艾摩司的半点儿辩解，厉声喝道，“跟我走！”

看来，艾摩司的辣椒冰激凌计划还是失败了。

爸爸给爱丽丝的爸爸打电话说明了情况，然后带着妈妈和艾摩司来到马路边。不一会儿，一辆无人驾驶出租车停在了他们跟前，爸爸让妈妈和艾摩司上车。艾摩司安安静静地待在前排座椅上，一言不发。爸爸坐在后排，处理着妈妈肿胀的脸和她眼睛里的辣椒油。这种死神辣椒的辣度，让妈妈出现了严重的过敏反应。艾摩司偷偷看了一眼妈妈，脑海中浮现出一个词——河豚。艾摩司知道自己已经惹了大麻烦，在变成大人之前，他可能无法再尝到这款“魔鬼之息”辣椒冰激凌了。

车开得很快，不一会儿就到了医院，他们急匆匆地下了车。爸爸把他们带到一间检查室，让艾摩司坐在一把椅子上。

“你就坐在这里，安静点儿，不要乱碰任何东西，等我处理完，你就去奶奶家。”爸爸一边用食指戳着艾摩司的肩，一边说道，“在奶奶家好好反省反省。”

艾摩司点点头，尽可能憋住自己的眼泪。*男子汉大丈夫，怎么能流眼泪？*原本应该是美好的一天，就这样被毁了。对于明天，对于自己的快乐暑假，艾摩司突然没了半点儿期待。

- Amos The Amazing -

第三章

旧木箱的秘密

III

“……截止到下午两点，天空始终红云密布，整个市区都笼罩在一种奇异的自然现象中。有气象学家预测，近期可能会出现低压天气，引发暴雨和洪水。目前，造成天气异象的原因尚不明确……”

听到这里，爸爸关掉了车里的网络广播。从医院出来后的一路上，爸爸一个字也没说。艾摩司不时地转头瞥一眼爸爸，期待着爸爸能跟自己说点什么，哪怕是骂自己也行。但是，爸爸两眼一直盯着窗外，一言不发。

一段沉默的车程后，他们终于回到了家。次日早上，赤色的天空已褪去了颜色，而妈妈还是呼吸窘迫，要靠吸氧支撑。爸爸让艾摩司收拾打包自己的衣服和书——爸爸只准他带书，手机、游戏设备什么的都不让带。艾摩司特意选了一本爸爸送给他的书。这本书厚厚的，书页都被爸爸翻得卷了边，内容讲的是古代历史和哲学，因为不容易看懂，看一个暑假都够了。就这样，拎着一包换洗衣服，背着书包，艾摩司跟着爸爸出了门，准备去铜梁奶奶家。

车上，爸爸的电话响了，是姑妈格蕾丝打过来的。爸爸开的氢能源智能车半点噪声也没有，因此爸爸与姑妈的对话艾摩司听得清清楚楚——家人们都在关心妈妈，也责怪自己闯了祸。姑妈格蕾丝是一名中学老师，她非常能睡觉，有时站着都能睡着，学校的同事和学生们经常开玩笑说她是“瞌睡猫咪”。听着姑妈跟爸爸的对话，艾摩司感到思绪很是混乱，心情很是沮丧。汽车的后视镜里，城市的景象逐渐变小、消失。通常，艾摩司坐车都会好奇地打量窗外，想要发现些新奇的东西。但是今天，他只感到坐立不安。距离奶奶的家越来越近，原本晴朗的天空变得阴云密布，就像神话故事里的“北海巨妖”正腾云驾雾而来。这番景象像极了艾摩司现在糟糕的心情。

不知不觉，爸爸的智能汽车行驶到了奶奶家院子门口。奶奶家的房子上方飘浮着懒洋洋的乌云，阵阵的风似乎在低语着什么。艾摩司竖起耳朵，想听听这风带来的消息，却什么也听不清。

爸爸带着艾摩司下车，艾摩司垂着头，一脸沮丧地

把背包拖下车，背到自己背上。

这时，院子里走出一位矮矮胖胖的老太太，头戴一顶宽边帽，在院门口迎接艾摩司他们。

“儿子，快进来坐坐！”老太太开心地对爸爸说。

“妈，对不起，”爸爸拥抱了一下奶奶，“我送这小子过来，医院里还有事，我得赶回去才行。”

“至少进来吃碗面吧，”奶奶拍拍爸爸的肚子说，“看你瘦的。”

这时，一道闪电划破天空，几滴雨水滴落在艾摩司头上。艾摩司站在车旁，期盼着爸爸的心意在最后一刻发生改变，比如爸爸能带自己回去。

“我爸呢？”爸爸扫视一圈，问道。

“你爸啊，他干活去了，闲不下来。”奶奶说。

爸爸摇摇头，无奈地说：“这种湿热的天气干活，会生病的。”

“我们进屋吧，”奶奶看着渐渐暗下来的天空说，“快进屋吧！”

雨势越来越猛，艾摩司背着包，像只蜗牛一样，缩着身体，逆着风，艰难地迈着步子。进屋后，艾摩司用尽全力关上身后的大门。此刻，屋外下起了瓢泼大雨，沉重的雨点敲打着窗户，响亮得就像“咚咚咚咚”的击鼓声。

艾摩司跟着奶奶和爸爸进了厨房，奶奶那只胖乎乎、毛茸茸的灰猫小雷快速地跑了过来，在艾摩司的腿上蹭了蹭，像是在跟艾摩司打招呼，然后就蹿到木桌底下去了。奶奶家的狗是一只比利牛斯山牧羊犬，有个洋气的名字：鲁弗斯。鲁弗斯跟着艾摩司从院子里走进厨房后，抖了抖它那身毛茸茸的白色“大衣”，然后趴到厨房的桌子下面，静静地看着艾摩司——那是一双巧克力色的眼睛，好像什么都能看明白似的。

“妈，我得回去了，”爸爸转过身说，“就让这小子在您这儿闭门思过，过些日子我再回来接他。”

“外面这么大的雨，路上坑坑洼洼的，到处都是积水，休息一阵子再走吧。”奶奶想挽留爸爸。但是爸爸摇了摇头。

“如果我现在不走，可能今天都走不了了。”

“那路上小心，儿子。”

“听话点儿，艾摩司。”爸爸伸出手拍了拍艾摩司的肩，“一定要听奶奶的话。”说完，爸爸便转身离开了。

“奶奶，”艾摩司突然问，“昨天你和小雷在城里吗?”

“如果我们在城里，就不会让你惹出这样大的麻烦了。”奶奶说着走到窗前，目送爸爸离开。艾摩司觉得奶奶似乎在生自己的气，他有些不知所措 。

“快来喝点热水，吃些面条，”奶奶转过头对他说，“吃完后……”

“吃完后看会儿电视，再吃些糖果!”艾摩司摆好笑脸，想讨奶奶开心。

“爸爸送你来是来反思过错的，吃完面就带着你的行李到楼上房间去，自己好好反思反思。”

艾摩司既委屈又难过，也确实很饿。他狼吞虎咽地吃下了奶奶准备的麻辣凉面，又灌了杯温水下肚，然后匆匆上了楼梯。

“把自己的碗洗了，艾摩司。”奶奶说。

艾摩司转过身来，故作夸张地叹了一口气，但奶奶并不理睬他。于是他跺着脚下了楼，走到水池边，打开水龙头，用手敷衍了事地抹了抹碗里的辣椒油。

“要用洗碗布洗，”奶奶一边说还一边盯着窗外爸爸离去的方向，“碗里油腻腻的，还得用洗碗精洗才能洗干净。”

艾摩司心里奇怪：奶奶连看都没看一眼，怎么知道我没用洗碗布呢？他拿起蓝色的洗碗布，挤了一点柠檬味的洗碗精，把碗擦洗干净了。

洗完碗，艾摩司垂头丧气地上了楼。楼上有个房间是爸爸小时候住的，自己这次就住这个房间。艾摩司走了进去，躺倒在床上，有点想哭。窗外大雨倾盆，雨点打在屋顶的声音就像是有人在敲击大鼓还加了扩音器。艾摩司觉得，这个地方根本待不下去呀。

悄悄地哭了一会儿，艾摩司坐起来打开他的背包，摸出他带来的那本书。他翻到夹着书签的一页，上面的内容是关于“璞”的概念，于是便读了起来。虽然艾摩司很喜欢阅读，但这本书的内容实在是太枯燥了，他很快就开始犯困，接着便读不下去了。他起身来到窗前，盯着窗外越下越大的雨。

天空阴云笼罩，就像艾摩司此刻的心情。走廊上昏暗潮湿，只有一丝微弱的光线照了进来。透过那一丝光，艾摩司看到自己在窗户玻璃上的影子，像是被贴上去的。

“好不容易盼来的暑假……谁来解救我啊！”艾摩司喊道，“只要能让我离开这里，随便去哪儿都可以……”

突然，一道闪电击中了奶奶家房前的那棵橡树，那一瞬间，天空明亮得跟大晴天似的，紧接着的雷声震耳欲聋，就像一颗炸弹在艾摩司耳边爆炸了。*老天爷都在生气！*艾摩司深深地叹了一口气。

钟书阁，雨点如珍珠般落在咖啡馆的窗户上，“叮叮当当”，就像香槟酒杯碰撞发出的声音，清脆而欢快。老者还在讲述着艾摩司的故事。爱丽丝潜意识里觉得，自己同老者、老者故事里的事情，还有艾摩司，似乎有着千丝万缕的联系，好像他们就在自己的记忆里，但怎么也理不清，心里一团乱麻。雨声愈来愈大，就像熟透的果子掉落到地上，发出“噗噗噗”的声音。

“这雨下得可真大呀。”爱丽丝突然说道，眼睛盯着窗外越发猛烈的雨。

“那是大自然发出的白噪声。”讲故事的老者说，“这个故事有意思吗?”他对爱丽丝眨了眨眼，并未察觉到她的不安，“那我继续讲咯，神奇的事情在后面呢。”

片刻之后，又是一阵雷声轰鸣，犹如开炮一般震得屋里隆隆作响。奶奶的灰猫小雷不知什么时候溜进了房间里，它跳到艾摩司的腿上，让艾摩司从沉思中回过神来。小雷的一只眼睛如海水般湛蓝，另一只却是巧克力般的褐色，它盯着艾摩司，似乎有些紧张。艾摩司和小雷四目相对了好一会儿，然后开始抚摸小雷的小脑袋，直到它放松下来，发出舒服的“咕噜咕噜”声，就像远处引擎的低鸣。

艾摩司摸着小雷毛茸茸的肚子安慰说：“小雷，别怕，不就是打雷嘛。”小雷叹了口气，眼神中似乎还带着一丝忧郁，接着，它便从艾摩司腿上跳了下去。艾摩司再次捡起那本书，读了几页，直到他的双眼发沉，睡意袭来。

突然，一阵奇怪的声音传来，好像是有什么东西在

抓门。艾摩司被惊醒，猛地抬起了头，恍恍惚惚地走到门口，转动门把手。那一瞬间，他幻想着这扇门能通向某个有趣的地方。门开了，原来还是小雷，而门外也只是奶奶家的走廊而已。

“小雷，原来是你啊，你是什么时候跑出去的?”艾摩司咕哝道。小雷“喵”了一声，随后跑进了有些发霉的旧衣橱后面，接着又“喵”了一声，这次的叫声长而低沉。

“小雷，怎么了？你发现什么了吗？是不是有老鼠?”艾摩司向小雷喊道，接着，他往身上裹了条毯子，来到衣橱后面，趴在地上，向小雷爬过去。原来，地上有一个凹陷进去的圆形小孔，约有一枚硬币那么大，深度不过三四厘米，小雷的爪子正好卡在里面了。艾摩司小心地帮小雷取出了爪子，爪子一出来，小雷转身就跑开了。*真是胆小的猫咪*，艾摩司笑了笑，*不过这地上怎么会有一个小孔呢？*出于好奇，他将手指伸进去摸了摸，又摁了摁。

突然，衣橱后面的墙裂开了，露出一个隐蔽的隔间，里面呼呼地吹出一阵热热的风，闻起来有股刺鼻的霉味。

艾摩司像是发现了新大陆，忐忑又欣喜地摸进漆黑的隔间，很快摸到了一个旧木箱。

木箱很沉，艾摩司把它从隔间里拽了出来。木箱比鞋盒大一点，上面全是灰尘。他又费了好大的劲，总算打开了木箱上的锁。木箱里有一个金属物件，摸上去很冰冷，取出来一看，原来是一枚银戒指挂在一条项链上，而项链本身也有一个吊坠。戒指和吊坠上都刻有同样的图案——三片螺旋状的树叶。箱子底部还垫着一件折叠起来的红色旧斗篷，上面布满了灰尘。艾摩司把项链戴在脖子上，用双手展开斗篷，抖掉上面的灰尘。

灰尘飘散开来，在房间里微弱的光的反射下，像是无数的小星星洒落在黑暗中。艾摩司身上穿的家居袍子像毛巾一样软塌塌的，而这件旧斗篷的面料却是光滑的丝绸。艾摩司穿上从木箱里翻出来的这件斗篷开始转圈，斗篷跟着艾摩司的动作飞舞起来。身边正好有面大镜子，艾摩司端详着镜子里的自己，惊叹道：“我真的变成魔法师啦！”

突然，艾摩司感觉太阳穴一阵跳动，连带着眼皮也开始跳动起来，很快，整个头都开始隐隐作痛。他的脸似乎也发生了变化：镜中的他变得年迈，身材瘦削、满脸皱纹，就像一个战场归来的老兵，眼神里尽是疲惫和忧伤。

突然，这双眼睛变得凶神恶煞，颜色也从巧克力色变成了发光的琥珀色，正冷冷地盯着艾摩司。艾摩司后背直冒冷汗，手臂上的汗毛都竖起来了，心脏“怦怦”直跳。他想转身逃跑，可偏偏全身僵硬，定在原地，动弹不得。

这时，镜子里传来一个慢吞吞的声音：“你要小心，你想得到的……”话还没说完，只见镜子里的那张脸开始扭曲，露出一排剃刀般锋利的尖牙，紧接着发出一声撕心裂肺的尖叫。镜子前的艾摩司顿时昏倒在地。

镜子骤然碎裂，留下一片空寂。过了一会儿，昏倒的艾摩司慢慢睁开眼，只见一张黑色的、模糊的脸正向他靠近。艾摩司惊恐地叫起来，余光瞥见一道黑影在围着他转。他的心提到了嗓子眼儿。这时，小雷跳到艾摩司身上“喵喵”直叫，接着，眼前的黑影逐渐散开了。

艾摩司试着站起来，但双腿一阵发麻，接着又是如针刺般疼痛，于是他一个脸朝下，重重地摔倒在地。他趴在地上，刚才那些可怕的画面，如万花筒般在他的眼前闪过。

“艾摩司，艾摩司？来吃晚饭了！”不知过了多久，艾摩司在奶奶的叫喊声中清醒过来。*我刚才是在做梦吗？*艾摩司有些分不清梦境和现实了。他站起来，走下楼。厨房里炖着胡萝卜、土豆和排骨，香气四溢。艾摩司恍恍惚惚地坐到餐桌旁，奶奶给他盛了一碗汤，鲁弗斯蹲在他旁边，用厚厚的大爪子暖着艾摩司的脚丫。

“奶奶，附近哪里有卖披萨和薯条呢?”艾摩司问道。

奶奶皱着眉看着他:“乖乖地喝你的汤，你脸色看起来很差。”

艾摩司低着头，啧啧地喝着汤。突然，一滴鼻血滴进了他的碗里。

“哎呀！这是怎么了?”艾摩司流鼻血了，奶奶赶紧拿纸巾捏住了他的鼻子。

“奶奶，我想回去睡觉，”艾摩司说，“我感觉不太舒服。”他把喝了一半的汤往前一推，踉踉跄跄地走上楼梯。

雨停了。屋外，一轮满月冲破浓密的云层，照亮了旧房间空气中的尘埃。艾摩司躲在被窝里昏昏沉沉的，感到十分脆弱和孤独。不久，他进入了梦境，那是一个黑暗的地方，危机四伏。

- Amos The Amazing -

第四章

和奶奶一起的日子

Ⅳ

如果艾摩司能忘记之前那个可怕的梦，接下来的日子或许能风平浪静地度过。遗憾的是，接连几天的夜晚，艾摩司都焦躁不安，噩梦不断。这天早上，艾摩司刚一醒来，就感觉有什么东西勾住了他的意识，又把他拽回到黑暗的梦境深处。那是一个陌生的世界，艾摩司穿着上次梦到的那件红色丝质斗篷，戴着有螺旋状树叶图案的戒指和项链，正在竭力奔逃，一群长着獠牙的兽人士兵紧紧追赶着他。

“孩子，放手吧，那是你能力之外的事情了。”一阵可怕的低语萦绕在艾摩司耳边。

艾摩司抓紧了脖子上振动的项链和银戒指。

“我在等你，很快，你就没有办法逃跑了。”那个可怕的声音“咯咯”地笑起来。然后，艾摩司的面前出现了一双琥珀色的眼睛，这双眼睛有一种魔力，可以把艾摩司固定在原地，令他动弹不得。

不知道过了多久，艾摩司从梦魇中醒了过来，感到一阵头疼。

耀眼的阳光穿过窗帘的缝隙落在艾摩司的脸上，看来今天也会很热。奶奶走进艾摩司的房间，坐到他的床边，往他额头上盖了一块湿毛巾，毛巾热乎乎的。“你跟你爸爸和姑妈小时候一个样，睡觉乱蹬，又睡不安稳。你看你，脚都蹬上了天。”

艾摩司拿开毛巾，揉了揉眼睛，闷闷不乐地伸手去拿床头柜上的眼镜。奶奶拍了拍艾摩司的头，离开了。

在房间里发了一会儿呆，艾摩司迷迷糊糊地下楼，把楼梯踩得“嘎吱”作响。他坐到餐桌旁，看到早饭是一碗热气腾腾的紫米粥，觉得心里一阵暖和。

“我们今天可有得忙呢，艾摩司。你得帮我喂喂鲁弗斯和小雷，当然，其他小动物也都得喂。喂完了之后，我们出去散散步，也顺便去市场买点肉。”

“奶奶，什么年代啦？这些事情怎么还要我们亲自动手呢，为什么不用机器人啊？”

“我才不需要机器人来替我干活儿呢，”奶奶的语气里透露着一股傲气，“不能太依赖科技，否则你还能干啥……最后，四肢都退化了，只剩下一个大头和细身子，活像一个棒棒糖。不要抱怨了，快吃饭吧。”

奶奶的比喻把艾摩司逗乐了，他几口喝完紫米粥，挽起袖子准备干活。

奶奶耐心地给艾摩司讲着该如何给动物们喂食，但艾摩司不一会儿就走神了。他的脑海中浮现出一个奇怪的画面：高耸的悬崖边上矗立着一座城堡，悬崖下面海水波涛汹涌。一条巨龙在天上腾云驾雾，自己骑在龙背上，巨龙正带着他一飞冲天。奶奶并没有注意到艾摩司在开小差，讲完之后便走出了门。

这时，院子里的树丛中一阵奇怪的“沙沙”声把艾摩司拉回了现实。受好奇心的驱使，他来到灌木丛边，想查找声音的来源。

“谁在那儿?”艾摩司对着灌木丛喊了一声，等着对方的回应，但什么动静都没有。时间一分一秒地流逝，艾摩司在树下徘徊，再也没有听到任何声音。他转过身去，默默地从三开始倒数，然后猛地转身回头，想出其不意，吓唬一下灌木丛里的东西，但依然什么都没有。艾摩司感到疑惑不解，突然看见奶奶已经戴好了那顶宽边太阳帽，带着鲁弗斯，正站在门外等他。

“准备好出发了吗?”奶奶问道。

“当然准备好了。”艾摩司回答道。

鲁弗斯摇晃着尾巴，跟着奶奶走在前面，艾摩司紧随其后。鲁弗斯这只狗，跟城市里那些时髦的小狗不一样，不肯套上任何衣服。不过，它的毛发总是隐隐散发出一股湿湿的麝香味，还有些好闻。

“爷爷呢?爷爷怎么不跟我们一起?”

“老头子去山里了，说是要去林子里看看他的小树。”奶奶眼含微笑地说。

“奶奶，那我们这是去哪儿呢?”

“我们要去一座古镇。”奶奶回答道。

“安居古镇吧?”艾摩司前几年去过一次，脑海中还有印象。

因为前两天下雨的缘故，道路有些泥泞，祖孙俩沿着蜿蜒的小路走了好久。过了一会儿，他们穿过了一扇巨大的石拱门，眼前出现了一座弧形屋顶、有精美雕刻的木制建筑，这些雕刻记录了历史上一些古人的形象。史书关于铜梁的记载在春秋战国时期就有了，艾摩司还挺痴迷那一段历史的。上次来的时候，他就在小店租借了服装，扮演了一把古代的君王，在石板街道上“耀武扬威”了一番。但在夏日炎炎的今天，艾摩司只觉得口渴难耐，再精美的建筑也比不上一杯冰镇汽水。

又走了一会儿，祖孙俩停下了脚步，坐在一个石凳上休息。奶奶拍了拍鲁弗斯的头，拿出一个保温瓶，给艾摩司倒了一些温水。艾摩司坐在石凳上，眼巴巴地盯着街道上各式各样的小吃。奶奶笑着拿出一袋粽子，说：“来吃吧，艾摩司。”艾摩司赶紧在他的袍子上擦了擦手，然后拿起一个糯米粽，剥开粽叶咬了一口。啊，这是个甜甜的豆沙粽。艾摩司笑眯眯地看向奶奶，嘴里含着一大口说道：“谢谢奶奶，真好吃。”

“慢点吃，别噎着，”奶奶说，“没人跟你抢啊。”

吃完粽子后，艾摩司和奶奶坐在石凳上休息，奶奶一边抚摸着鲁弗斯的头，一边四处张望着，眼神似乎有些忧伤。

“奶奶，您从很久以前就住在这里了吗?”

“当然啦，我这一辈子都在这儿。这个小镇可有上千年的历史了。”

“那在这个小镇建成之前，这里是什么样子呀?”

“嗯？这个问题可难倒我了。”奶奶被艾摩司的问题逗笑了。

艾摩司心里还惦记着街边的小吃，看奶奶笑了，便趁机说道：“奶奶，要不，我们再去小吃摊那边逛一逛吧?”

奶奶看起来有点疲惫，但她还是点点头说：“也好。”

艾摩司就像只挣脱束缚的小鸟，猛地从石凳上蹦起来，拽起奶奶的手，拉着她往小吃摊快步走去。一个小吃摊正售卖着各式各样的汤圆，汤圆上还可以加各种小料，如水果丁、坚果粒、葡萄干、山楂片之类的，传统的、新式的，什么口味都有。

摊位的旁边躺着一个乞丐，是个成年人，但个头很小，似乎有侏儒症。她裹着长袍，弓着背躺在地上，手里握着一个碗。艾摩司低下头想绕开她走，但奶奶却径直走上前去，还跟她打起了招呼。

“天气热，在外面可要当心身体。”奶奶边说边往乞丐的碗里放了几张纸币。乞丐朝奶奶露出笑容，点点头，双手合十感谢了奶奶。艾摩司站在奶奶身旁，低着头一言不发。

“嘿，小伙子，来碗汤圆吧，要什么口味的?”一旁卖汤圆的摊主冲着艾摩司喊了一声，把愣神的艾摩司吓了一跳。这个摊主长得有点奇怪，头和眉毛都是秃的，眼睛鼓鼓的就像金鱼一般，脸色有些灰暗。

艾摩司晃了下脑袋：“我……我奶奶买。”摊主怪异的模样让艾摩司有些害怕。他跑到奶奶身后，假装望着远处。奶奶买好了汤圆递给艾摩司，这是一碗传统风味的甜汤圆，糖浆水做汤底，上面盖着莓果和坚果，爱吃甜食的艾摩司不到一分钟就吸溜完了。

“奶奶，那我们现在回家吗?”

“先去买点肉，然后就回家。”奶奶说。

他们沿着一条阴凉的小路往前走，经过一片稻田，然后左转上坡。路上遇到几只鹅，它们冲着艾摩司“嘎嘎”地叫个不停。

路上有点滑，艾摩司担心奶奶滑倒，便握住了她的手。奶奶的手上长了一些老茧，摸起来硬硬的。艾摩司有些好奇：“奶奶，您手上长这个会疼吗？其实现在大家都用机器人帮忙干活儿，您可以好好休息的。”

奶奶耸了耸肩，笑着说：“不会疼的。自己的活儿自己干，干完活儿，出一身汗，身心都舒畅。”

艾摩司摇了摇头，拉着奶奶继续往前走。没走几步，艾摩司的目光便停在了路边一片树木遮蔽的阴暗处。接着，他觉得自己的心跳都要停止了，因为他看到阴暗处有一双琥珀色的眼睛正盯着自己，就跟噩梦里的那双眼睛一样，还能看到一排锋利的牙齿闪着微光。艾摩司还没来得及叫出声来，鲁弗斯就发出了一声低吼，那双眼睛瞬间就消失了。艾摩司眨眨眼再看，阴暗处除了阳光透过树叶洒下的点点光斑，什么都没有。

艾摩司摇了摇脑袋，心怀疑虑地和奶奶往前走。前方有一只毛发凌乱的大狗，它好像迷路了，正到处嗅着空气里的味道。大狗注意到了他们，挺起了胸膛。鲁弗斯从喉咙里发出一声低吼，又龇牙咧嘴地吠了两声。想不到鲁弗斯平时性格温顺，凶起来的样子好厉害。看到大狗离开了，鲁弗斯转头向奶奶露出了小狗的微笑，又摇着尾巴跑到奶奶身边。

“哦哟，鲁弗斯，”奶奶抚摸着鲁弗斯的头说道，“你上辈子一定是个人。”

不久，他们来到了菜市场。菜市场上方有一个巨大的防水大棚，每个摊位上都摆放着各种各样的新鲜食材，蔬果肉类应有尽有，很是热闹。艾摩司看到大大小小的鱼在水箱里扑腾着，另外还有缓慢爬行的螃蟹、“呱呱”叫的牛蛙和“咯咯”叫的野鸡。

“到这儿来，艾摩司。”奶奶带着他走进卖肉的铺子。可艾摩司对选肉并不感兴趣，他东张西望，发现鲁弗斯蹲在铺子边上，一副很警觉的样子。

他们回到家里时，已经是下午了。电话铃在响，奶奶看了一眼来电显示，开心地说道：“艾摩司，是你爸爸！”奶奶接起电话：“儿子！嗯，好，哎，那我可就放心了。艾摩司？他在我跟前呢。”

艾摩司从奶奶那儿接过老式的电话听筒：“爸爸？”

“艾摩司，你在奶奶家听话吗？有帮奶奶的忙吗？”

“有的有的！”艾摩司赶紧说，“我帮了忙，也读了书。”

“不错，可别偷懒，自己的事情自己做，懂事一点。”

艾摩司怯怯地问：“妈妈呢？好些了吗？还有就是那个……爸爸，你什么时候过来接我呢？”

“妈妈好些了，但还需要静养一段时间，我也还有几台重要的手术，所以再过段时间吧。我要去忙了，先这样，照顾好自己和爷爷奶奶！”

“我……”艾摩司还想说点什么，但爸爸那头的电话已经挂断了。

艾摩司慢慢地放下电话，面对着墙壁揉了揉眼睛，一言不发。

这时，从后门那边传来奶奶的声音：“艾摩司！家里的动物都要上房揭瓦了，你今天早上没有喂它们吗?!”

艾摩司一个激灵跳起来：“哎呀！我的天，我居然忘了这个！”他赶紧朝后门跑过去，向奶奶解释道：“我本来是要……”

“你现在赶紧给我去喂！”奶奶卷起身旁的报纸准备要敲艾摩司的头，艾摩司一溜烟躲开，向鸡笼跑过去。鸡笼里面的鸡“咯咯”直叫，艾摩司在周围翻了一圈，没有找到鸡饲料。

“咩——咩——”一只山羊在艾摩司身后叫起来。艾摩司觉得这声音像是在嘲笑自己，于是回头瞪着眼睛冲山羊喊道：“闭嘴！再叫小心我把你变成羊肉串！”山羊并没有被吓到，而是俯下头，似乎要朝着艾摩司冲过来。

艾摩司惊慌地往后退，一个不小心摔倒在地上。等他揉着头坐起来时，发现鲁弗斯正盯着自己，还扬着嘴角在哈气，而奶奶在它身旁，正一脸无奈地看着自己。

艾摩司赶紧站起来理了理头发，清了清嗓子，故作镇定地问奶奶："奶奶，那个，鸡饲料怎么找不着啊?"

奶奶摇摇头，示意艾摩司跟着她进厨房。他们来到厨房后面的储藏室，奶奶指着一堆饲料对他说："早上不是跟你讲了吗，这个是喂鸡的，那个是喂兔子的。喂完它们，你要抓一捆干草给那些山羊。"

艾摩司双手做出弹尤克里里的动作，哼唱道："干草——干草——干草——摇摆的干草——"奶奶摇摇头，走开了。

奶奶走后，艾摩司叹了一口气，然后去抱沉甸甸的饲料包。饲料包太重了，艾摩司一个手滑便掉到了地上，饲料撒了一地。奶奶家里没有机器人，这不得自己一颗一颗弯腰捡？艾摩司心里真是叫苦连天。突然间，他想到了一个清理饲料的好办法。

艾摩司抓了一把饲料来到鸡舍前，把手里的饲料从鸡舍一路撒到屋里——他打算把鸡舍里的鸡引到储藏室里，由它们来清理干净地上的饲料。不出所料，一打开鸡舍的门，那些鸡便沿着刚撒下的饲料一路来到了储藏室里。它们扑向满地的饲料，“咯咯咯”地啄食起来。艾摩司双手叉腰，欣赏着它们“埋头苦干”，没一会儿就把地面清理干净了。

随后，艾摩司上楼回到房间，刚换上干净的衬衫和短裤，就听见奶奶惊慌的叫声。艾摩司担心奶奶遇到了危险，于是急忙冲下楼来到厨房。储藏室地上的鸡饲料确实是被吃完了，但厨房里装面粉和大米的袋子也被啄破了，地上除了米和面之外，还有这些鸡吃喝拉撒的痕迹。

奶奶简直是怒不可遏：“艾摩司！鸡怎么会跑进厨房里？又是你干的好事！一天天除了惹麻烦什么都干不好，现在就给我收拾干净！”奶奶费了半天劲抓住那些正乱跑乱飞的鸡，然后把它们一只只扔回了鸡舍里，留下凌乱不堪的厨房，以及愣在原地的艾摩司。

艾摩司一言不发地蹲下，对着地板又铲又擦。不知过了多久，艾摩司觉得自己清理得差不多了，但奶奶并不满意，她叹了一口气道：“原本也没指望你能清理干净……算了，看你一身脏的，自己去洗个澡吧。”

艾摩司跑回自己的房间，忍不住流下了眼泪。自己根本没有想要惹麻烦，自己想帮助奶奶，也努力打扫了。不知道为什么，自己的心意和努力，在奶奶、爸爸，还有许多其他人眼里总会变成“坏事”。艾摩司把头埋进被子里，疲惫、委屈、自责、悲伤充满了他的内心。他多么希望，此刻自己能像个魔法师一般，打个响指就把事情摆平，或者让自己离开这里，到一个能够理解自己的世界去。

*魔法师？*艾摩司突然想起了这些天的噩梦。

他抹了抹眼泪，站起身径直走向衣橱。他钻进衣橱后面，伸手摸索着，想确认那个凹陷的小孔是不是真的存在，但他什么也没摸到。

艾摩司有些失望，起身往后退了几步，愣愣地站在原地。*如果梦境和现实是颠倒的呢？*艾摩司有些忐忑不安地转过身，来到了衣橱另一边的墙角。他重新趴下，伸出手一阵摸索。突然，他感到心跳加速——自己摸到了一个小小的、圆圆的凹陷处，大概有一枚硬币那么大！艾摩司照之前梦里的方式将手指伸进去摁了摁，什么也没发生。他不甘心，又使足劲儿试了试。这次，墙上出现了一道裂缝，是那个黑暗的隔间！发霉的味道伴随着一阵莫名的恐惧感向艾摩司扑了过来，他感到身体一阵刺痛，随后便晕了过去。

- Amos The Amazing -

第五章

树林里的九尾狐

V

黑暗中闪烁着昏暗的红光，艾摩司感到胸口沉闷，有些喘不过气来。突然，似乎有什么东西在自己身上抓挠，皮肤应该被抓破了，还渗出了血。疼痛感让艾摩司顿时清醒过来，猛地吸了一口气。“哎，好疼啊，小雷！”艾摩司大喊道。

接着，他听到了奶奶喘着气走上楼梯的声音，奶奶似乎很疲惫。艾摩司赶紧起身拍掉身上的灰，坐到床边，装出一副若无其事的样子。

房门很快被转开了，奶奶往房间里探头，看见艾摩司仍是一身的面粉，不满地说道：“都多久了，怎么还没洗澡！都要吃晚饭了，还不快点儿！”

艾摩司一边点头一边往浴室里跑。他打开花洒，回想着刚才发生的事情。*那个凹陷的小孔的确存在，后面的墙真的打开了，墙后面也真的有黑暗的隔间，隔间里似乎还有什么东西盯着自己，到底是什么呢？刚刚的一切到底是梦还是现实？*艾摩司没有头绪，想不明白。洗

完澡，他换上了自己心爱的红色家居袍和兔子耳朵拖鞋，怀着满心的疑惑往楼下走。当他来到楼下，皱着的眉头一下子就舒展开了。

餐桌上已经摆放好了美味的火锅，菜品很是丰富，有各种肉类和蔬菜：牛肉片、牛肉丸、老肉片、鸭肠、毛肚、血旺、腰片、虾滑、藕片、贡菜、豆皮、苕粉……久违的大餐啊！装菜的盘子整齐地环绕在热气腾腾的火锅周围，锅里的辣油滚滚地沸腾着，好香！艾摩司坐下来，抓起筷子，开始捞烫好的肉和菜。经过了今天一天的折腾，还有楼上隔间里的离奇经历，艾摩司早已精疲力尽，但现在，那些不愉快的事情和感受都不重要了，他只想尽情享受美味的火锅。火锅里混合着灯笼椒、七星椒、二荆条等十几种辣椒，艾摩司觉得，这些辣椒具有让自己“重获新生”的魔力。艾摩司捞着脆藕片，涮着一张张像陈年老抹布的毛肚、一根根像宽面条的鸭肠，还有香辣牛肉片、烫嘴的血旺……他狼吞虎咽地吃着。

“好久没吃到这样美味的大餐了，谢谢奶奶！”艾摩司边吃边说，嘴里嚼着的菜差点掉出来。奶奶由着他狼吞虎咽地吃完，又看着他一溜烟地跑回楼上，笑着摇了摇头。

回到房间里，艾摩司关上门，很快又钻进衣橱后面。*是梦里的那个隔间，它真的存在！*艾摩司感到自己的心跳声仿佛就在耳边。他把双手伸进了隔间里，够到了一个硬邦邦的木头质感的东西——是那个箱子！艾摩司很是兴奋，他把木箱子拽出来，拖到房间昏暗的灯光下，摸索着打开了箱子上的锁。

艾摩司小心地掀开箱盖，厚厚的尘土扑面而来。箱子里，一个金属物件闪着月光一样的光芒。他拿出来一看，是一条项链，项链上还挂着一枚戒指。戒指和项链吊坠上都有同样的图案，是三片螺旋状的树叶。没多想，艾摩司把项链戴在了自己的脖子上，他似乎很熟悉这个动作。

箱子里还有一张半折的纸。艾摩司把纸铺开，上面好像是一行行的文字，但自己从未见过这样的文字。*这写的是什么啊？一个预言？一个秘密？真令人费解。*艾摩司把纸塞进自己的口袋里，迫不及待地去取箱子底部那件丝质的斗篷。他小心翼翼地将斗篷披在身上，又把

背后的兜帽翻上来戴在头上——*太完美了*，艾摩司心想。

*真没想到奶奶家还有这些好东西！现在的自己就像一个真正的魔法师——这么酷的装扮待在房间里也太可惜了！*艾摩司决心出去探险一番，可去哪儿好呢？他蹑手蹑脚地走出房间，来到走廊的尽头，竖起耳朵听了一会儿，奶奶应该正在厨房洗碗。艾摩司又蹑手蹑脚地下楼，溜到了客厅门口。屋子里没有看到小雷和鲁弗斯，爷爷也没有回来，奶奶一个人一边洗碗一边哼着那首熟悉的小曲儿。这首曲子满载着奶奶的幸福——她和爷爷如此相爱并白头偕老。艾摩司在门口默默地看着和听着，待了好一会儿。

对了！我去找爷爷吧！爷爷去林子里看他的小树苗了，都这么晚了，得去把爷爷接回来！

艾摩司决定立刻向树林出发！他小心翼翼地转动门把手，推开一条门缝，从门缝里钻了出去，又轻轻地关上门。艾摩司窃喜地转过身，却被面前的小雷吓了一跳——小雷正在院子里静静地坐着，像是在等待自己一般。它冲着艾摩司轻轻地叫了一声，然后转身往外跑了，艾摩司赶紧跟了上去。空旷的夜幕中有一轮锈红色的满月，又大又圆，艾摩司朝着月亮吹了声口哨。突然间，一股潮湿的味道刺破了闷热的空气和干燥的地面——天空下起了鼓点一般的雨。

艾摩司和小雷都不想因为下雨就停下来。小雷沿着通往树林的小道蹦蹦跳跳，艾摩司裹紧了自己的斗篷，跟着小雷往前走。艾摩司很是喜欢这件斗篷，它有着非常美丽的光泽。雨水变得温柔了一些，连成蒙蒙一片，小雷追逐着一只发光的蝴蝶，一会儿扑进灌木丛里，一会儿又从灌木丛里跳出来。突然，它猛地一扑，一只爪子按住了那只发光的蝴蝶。片刻后，小雷抬起爪子想仔细观察一下自己的“猎物”，但蝴蝶又飞了起来，且很快飞离了小路，飞进了树林。小雷紧追不舍，艾摩司只得继续跟着跑。他们穿梭在大大小小的树木之间，直到蝴蝶彻底不见了踪影。前方有一棵大树，茂密的树冠就像一把能遮雨的大伞，他们打算在这里休息一下。

艾摩司不知道，他目前所在的地方，正是中国发现的第八处旧石器文化遗址所在地，这里的历史可以追溯到两万多年前。有传闻说，这里紧挨着一个神奇的魔法世界，二者之间只隔着一层很薄的屏障。

这时，艾摩司的项链闪烁起了银色的光芒，并发出微弱的“嗡嗡”声。艾摩司感觉好像有什么东西悄悄地绕到了他们附近，鬼鬼祟祟的。很快，他们周围出现了许多乳白色的圆球，像眼睛一样，还发着光。艾摩司脖子上的汗毛都竖了起来，他突然意识到，自己梦境中的世界与眼前这个地方很像。

这时，小雷开始发出猫咪特有的低吼声，这种声音和周围其他声音混杂在一起，让艾摩司有些头晕，但令那些发光的圆球逐渐散开了。艾摩司的周围变得越来越暗。接着，一团朦胧的绿色雾气飘了过来，环绕在艾摩司脚边。小雷发出害怕的哈气声，从艾摩司身边飞快地跳进草丛里便不见了踪影。艾摩司一个人在原地屏住呼吸，紧闭双眼，祈祷着这团绿色的雾气能快点散去。可当他再次睁开眼睛时，却看到一双琥珀色的眼睛正盯着自己。

那双眼睛越来越近——出现在艾摩司眼前的是一只凶神恶煞的红色狐狸。狐狸悄无声息地朝艾摩司走来，嗅了嗅他身上的气味，用自己的鼻尖碰了碰艾摩司的鼻子，然后露出两排锋利的尖牙，发出一种恐怖而又刺耳的声音，这声音折磨着艾摩司的每一根神经。

“嘿，小子，我还在到处找你呢。”狐狸开口说话了！它的一条尾巴变成了九条，把艾摩司严严实实地裹了起来，让他无法动弹。艾摩司害怕极了，浑身上下哆嗦个不停。

突然，狐狸看到了艾摩司脖子上的项链，紧接着便露出惊喜的表情。它再次嗅了嗅艾摩司。“不，你不是那个小子，至少不完全是。你身上有一种奇怪的气味，被你戴的这个小玩意儿盖住了。对了，你还不知道这是什么吧？”狐狸阴阳怪气地说道，“你早晚会知道的。我嗅到了你灵魂的味道。对，就是你，不会错的。”说完，狐狸仰头大笑，然后张开嘴咬住了艾摩司的头。

一阵刺痛传遍艾摩司的全身，他感觉自己的灵魂正被一点点吸走，自己变得越来越空虚。很快，艾摩司的视线有些模糊了，眼前出现了一个彩色的莫比乌斯环[①]——那是他的灵魂，是他的灵魂从他的躯体里被抽出来，逐渐扭曲后的样子！艾摩司痛苦不已，不一会儿，

① 莫比乌斯环：把一根纸条扭转180°后，两头再粘接起来做成的环状物，这样的环状物只有一个面（单侧曲面）。

他的身体变得冰冷、麻木，他很快失去了知觉。

雨停了，月亮从乌云里探出了头。突然，银色的月光中，一团白色绒毛状的东西猛地撞向了九尾狐，然后狠狠咬住了九尾狐的脖子。艾摩司从九尾狐嘴里掉落了出来，他几乎失去了意识，直挺挺地倒在地上。

九尾狐痛苦地嚎叫起来，扭动着身体，九条尾巴狠狠地朝那只白色动物扇了过去。可那动物紧紧地咬住九尾狐，丝毫没有要松口的打算。于是，它们就这样嘶吼着扭打在了一起。

打斗声把艾摩司吵醒了，他撑着身子坐了起来，吃惊地看着面前红色和白色的两只动物在扭打。接着，随着九尾狐的一声惨叫，一股绿色的气体从它的喉咙里冒了出来。艾摩司再次瘫倒在地上，意识恍惚。

树林里恢复了寂静，过了一会儿，渐渐可以听到蝉和蟋蟀的鸣叫。在艾摩司晕厥之前，他最后记得的，就是这林间的簌簌歌声。

- Amos The Amazing -

第六章

与狐“同行”

VI

红色狐狸的九条尾巴狂乱地挥舞着，重重地抽向那只撕咬它脖子的白毛兽。狐狸能嗅到白毛兽的恐惧，但这恐惧不是对死亡的恐惧，而是对艾摩司生死未卜的恐惧。此刻的白毛兽已经被打得遍体鳞伤，背上鲜血淋漓，它低沉地怒吼着，紧咬牙关，看起来仍没有松口的打算。

九尾狐感到头晕目眩，似乎整个世界正在黑暗中摇动。突然，它喉咙上被咬破的地方散发出一团绿色气体，在这团腐臭的雾气中，白毛兽松开了九尾狐。九尾狐趁机化成一团盘旋的黑影，接着，这团黑影竟然变成了人形！

九尾狐是一只易形狐！

人形模样的易形狐穿着一双皮靴，身材高挑，有一对小小的獠牙，头上还长着尖尖的耳朵和蓝色的犄角，她的眼睛里充满了野性，迸射出仇恨与愤怒的火花。易形狐猛地朝白毛兽身上踹了一脚。随后，她来到倒在地上的艾摩司身旁，扯下他身上的斗篷披在了自己身上，斗篷顿时散发出幽暗的微光。

“下口真狠啊!”易形狐狠狠地说道。她脖子上的伤口很深，血流不止。她一只手按住伤口，另一只手从自己的符文皮甲上拔出一把渗着紫色液体的黑色匕首，朝白毛兽甩了过去。白毛兽瞬间变成了一只大狗——是鲁弗斯！鲁弗斯痛苦地呜咽着，但仍然尝试着站起来，想要保护倒在地上的艾摩司。由于身负重伤，鲁弗斯最终没能站起来，它倒在地上，虚弱地喘着气。

艾摩司渐渐恢复了意识，但他立刻发现有些不对劲——自己正透过一对琥珀色的眼睛看这个世界。他面前躺着一个身穿红色袍子、眼镜散落在一边的男孩——那是他自己的身躯！艾摩司打了一个激灵，他意识到自己的灵魂与肉体分离了，而他的灵魂此刻正在易形狐的身体内。

易形狐在艾摩司的斗篷上发现了一个口袋，伸手进去摸，摸出了一个陈旧的红色小瓶。她咬掉瓶塞，瓶里飘散出半透明的烟雾。紧接着，易形狐感到伤口处一阵微微的凉意——伤口开始愈合了。易形狐又把手伸进斗篷的另一个口袋里，这次她摸到一卷绷带，于是用绷带裹

住了自己受伤的喉咙。绷带的奇效，易形狐身体里的艾摩司也能感同身受，他能感到一股暖流从他身上，不，从他们的身上流过。

易形狐又从魔法斗篷的口袋里摸出了一盏非常小的灯笼，她把灯笼放在地上，灯笼很快就变大了，从里面冒出大量绿色的水雾。绿色水雾在易形狐的周围涌动开来，很快，一条“迷雾之路”被打开了——这是易形狐回安雅特拉的路。

沿着“迷雾之路”走了很久，烟雾散去，眼前是一片杂乱的紫杉树林。林中的树枝交错缠绕，到处都是枝条和藤蔓。不知道这里最近是不是发生过战争，艾摩司看到一些地方被烧毁了，而且痕迹还很新。

这片树林的名字是“凹林谷”。

易形狐停下脚步，倚靠在一棵古老的紫杉树上，这棵高大的紫杉树在战火中幸存了下来，见证了凹林谷的生灵们抵抗入侵者，也见证了战争给这里带来的巨大痛苦。这里的树木能分辨陌生人，如果感到来者不善，它们就会攻击敌人，直到把敌人赶出去。所以，有些人也称这片树林为“绿色地狱”。

可易形狐不一样，这里就像是自己的家，很久、很久没有回过的家。

易形狐翻起魔法斗篷上的兜帽，盖住自己的脑袋，纤长的手指从斗篷口袋里摸出一支骨笛，用骨笛吹起了曲子，乐声萦绕林间。或许是因为疲惫，又或许是因为受伤后比较虚弱，易形狐靠着紫杉树，渐渐睡着了。

不知过了多久，有什么东西轻轻碰了碰易形狐头上蓝色的犄角。易形狐瞬间睁开眼睛，一只手已经握住了身上刻着符文的匕首。眼前是一只巨猫模样的生物，一身黑色的皮毛，样子有些像美洲虎。巨猫靠在易形狐的肩头“咕噜咕噜”地叫起来——它并没有敌意。易形狐轻轻地拍了拍它的头，明白了巨猫是因为骨笛声的召唤而来到这里。巨猫低下脖子，易形狐费力地骑了上去。

这只森林巨猫虽然体形庞大，却能以惊人的速度奔跑，并且灵活地避开了路上的树木和各种生物。他们穿过了森林，绕过了霍布海姆旁巨大的湖泊，以风一样的速度奔向克罗诺司旺斯。

他们抵达克罗诺司旺斯魔法学校后，发现学校的城堡守卫森严，无法进入。巨猫将易形狐放在城堡门口的礼品店前，又用自己的鼻子蹭了蹭易形狐，便转身迅速地消失了。

这里的一切看起来如此奇妙，就跟艾摩司想象中的魔法学校一样。艾摩司满心激动，*要是我能摆脱这只狐狸，要是我能在这里上学，那该有多酷啊！*

突然，艾摩司听到了一声痛苦的低吟，接着，易形狐倒在了地上，飘逸的长发从兜帽中散落出来。人群迅速聚集在易形狐周围，礼品店的老板来到人群中间，大声喊道："快去找人来帮忙。"老板小心翼翼地抱起地上颤抖的易形狐——易形狐脖子上的伤口又裂开了，鲜血染红了老板的围裙。

"那是谁？"人群中议论纷纷。

"看起来有点像斯洛莫斯的人……"

"是精灵吗？"

"不，亲爱的，你看看那獠牙，这肯定是一个半兽人。"

"真是一个漂亮的半兽人……"

"漂亮的半兽人？"一个轻蔑的声音传来，"傻小子，别乱说。如果我没有猜错的话，这位可是被称为'影子杀手’的修戈。别看她外表美丽，实际上是最致命的刺客……”一个胖乎乎的、口音浓重的普克人说道，他穿着一件闪闪发光的长袍。

“怎么可能是修戈！修戈不是已经死了好多年了吗？”一个小矮人惊叫道。

“她看起来的确太像修戈了！修戈竟然没死，真是难以置信！”

“大家都让一让。”一个穿着长袍、矮矮胖胖的人从人群中挤到了前面。她穿着魔法学校绿白相间的校服，手持一根木制手杖，手杖顶上有颗水晶球。大家一眼认出了她是魔法学校的校长璐卡·星辉。校长长着一双母鹿般慈祥的眼睛，自带一股优雅而神秘的气质，她来到易形狐跟前，用手摸了摸易形狐毫无血色的脸，拨开她脸上的头发。这时，易形狐睁开那双琥珀色的眼睛，张开带血的嘴唇，低声喊道：“璐卡……校长……”

“阿什塔拉。”璐卡校长叫出易形狐的名字，脸上带着悲悯的微笑。她摇着头说道：“你不该来这里的。你知道，这里并不欢迎你。”

易形狐睁大双眼，眼里透露出担心和恐惧。璐卡慢慢起身，挥起手杖念道：“时空折叠，咕哩终迭，传送门，开启。”随着璐卡校长的咒语，她手杖上的水晶球开始发光，传送门“啪”的一声打开了。围观的人群都探着头往前看，只见传送门里矗立着一座黑色的尖顶哥特式城堡——那是斯洛莫斯魔法学校。

“那里才是你该去的地方，你会在那里得到照顾的。”

“不，等等……”易形狐并不情愿，但话没说完，璐卡校长的魔法手杖已经把易形狐送进了传送门。就在易形狐意识消失的一瞬间，艾摩司的灵魂主导了易形狐的身体，他紧紧地抓住璐卡的手。当艾摩司通过易形狐的嘴说出“救我”两个字时，璐卡眼前一亮，认出了艾摩司。但为时已晚，传送门将易形狐和艾摩司带走了。

进入传送门以后，他们周围的空间开始扭曲，不久，易形狐身上的魔法斗篷消失了，她就像一张旧报纸一样，软塌塌地飘落在了斯洛莫斯魔法学校的门口。易形狐紧闭双眼，传送门随之关闭、消失，世界安静得就像什么都未曾发生一样。

- Amos The Amazing -

第七章

梦境逃亡

VII

其实，艾摩司只是被易形狐吸走了一半的灵魂，他还活着。在铜梁的树林里昏迷过去的艾摩司意识恍惚，进入了梦境。梦境中，艾摩司脑海深处的一段记忆被唤醒。这段记忆似乎是关于自己小时候的事情，但这些事情是那样地陌生，他完全没有任何印象。艾摩司有些分不清，这段记忆到底是自己的，还是别人的。

记忆的开头是一团神秘的火焰，还有一阵令人恐惧的尖叫声。房间的一个角落里闪着橙色的光，那里有一个被藏起来的婴儿篮。婴儿篮的上方，闪烁的火焰正舔舐着淡紫色的窗帘，把窗帘烧得噼啪作响。窗外电闪雷鸣，天空似乎被万箭划破。一个婴儿躺在婴儿篮里，歇斯底里地哭着。

很快，妈妈回来了。她将毯子裹在婴儿身上，亲了一下婴儿的额头，随后便抱着婴儿篮出了门。窗帘上的火焰很快蔓延到了地毯上，没过多久，房子化为一片火海。

外面到处都是人，妈妈抱着婴儿篮艰难地穿梭在人群中。这时，一个熟悉的声音叫住了妈妈。妈妈停下脚步，和那个人拥抱。随后，妈妈把婴儿篮放在地上，将脸贴近婴儿。她的眼睛睁得大大的，还没等说出话，难过的泪水就从她苍白的脸颊流了下来。妈妈弯下腰，温柔地亲了亲婴儿的额头，随后便转身离开了。

刚刚和妈妈拥抱的那个人蹲下身安慰婴儿："宝宝乖哦……总有一天，一切都会好起来的。"周围很嘈杂，这个声音却很温柔，悦耳动听。婴儿篮又被提了起来，他们穿过几条黑暗的隧道，一路上不时听见喊叫声传来，还夹杂着钢铁碰撞的杂音，空气中也有一股刺鼻的铁锈的味道。婴儿又开始哭闹，那个人用手轻轻地摸了摸婴儿的脸颊，一阵暖流传遍婴儿的全身。婴儿不再哭闹，紧张的身体松弛下来，觉得自己被爱包裹着，在温暖的水里漂浮着，像做梦一样。

不一会儿，婴儿篮被放在了地上，那个人用尽全力推开了一扇门，然后把婴儿送进了门里。门里黑得伸手不见五指，但嘈杂的声音消失了，空气中有鲜花和泥土的芳香。婴儿在魔法的保护下甜美地酣睡着，他的篮子漂浮在森林里的小溪中，随着溪水缓缓地波荡起伏，顺流而下。

不知过了多久，伴随着一阵“嗡嗡”的声音，婴儿篮的周围闪烁起微光，随后，一张美丽又熟悉的面孔出现在婴儿面前——婴儿在许多次的梦里见到过这位仙女。仙女头戴一顶绿叶王冠，翠绿色的眼睛在微光中闪闪发亮。她朝婴儿伸出手，婴儿好奇地捏住了她的手指。接触的这一刻，婴儿脑海中闪现出一片睡莲，睡莲一部分漂浮在水面上，另一部分藏在水面下，水面下的那一部分是一个由睡莲的根茎形成的复杂系统。睡莲形成的系统是这片森林的一部分，也是仙女的一部分，她的身体与这片森林连在一起。

“我们去一个安全的地方。”仙女把婴儿从篮子中抱起来，轻轻地对他说，声音空灵悦耳。婴儿看到，四周的藤蔓、蘑菇还有各种植物闪着白色的光，而仙女的身旁站着一些耳朵尖尖、嘴巴宽大的生物。

……

艾摩司突然从梦中惊醒，感觉有人在戳自己的肋骨。

原来是爱丽丝。

“艾摩司，快醒醒！”爱丽丝小声而急促地在艾摩司耳边叫道。艾摩司晃了晃脑袋，头有些疼。他睁开眼睛，发现自己居然在教室里，还在上数学课。

“答案是什么？”胡老师的声音很刺耳，他的声音拉得很长，感觉随时可能拉断。

艾摩司还没缓过神来，他闭上眼，又重新睁开眼。*我刚才是在做梦吗？我是在上课吗？不是已经考完试放暑假了吗？*艾摩司突然感到很烦躁，似乎自己的意识哪里出了错。刚刚的场景和事情，似梦非梦，像是在看一场断断续续的电影。艾摩司用拳头揉了揉眼睛，嘴里咕哝着什么。

“艾摩司，醒醒。”佟睿比一边低声喊一边用笔使劲戳了下他的手。“哎哟！”艾摩司疼得大叫一声。

班上的同学都转过头来。一些同学在笑，一些同学一脸幸灾乐祸，尤其是那对皮肤特别白的双胞胎兄弟。

胡老师盯着艾摩司，面无表情。他的眼神空洞，令人有些害怕。

艾摩司又揉了揉眼睛，站起来说道：“对不起，胡老师，您刚才问的是什么问题呢？”

“问题就在黑板上，请你读出来，然后告诉我们答案。”胡老师阴沉着脸说道。

艾摩司看向胡老师身后的黑板，一本正经地清了清嗓子，然后照着黑板上的题目读道：“$9(x-1)=6x+3$，x等于多少?”

艾摩司忍不住笑了：“胡老师，您怎么出这么简单的题目呢?”全班同学都小声笑起来。突然，艾摩司看到不远处坐着一个面容白皙的女孩，头戴王冠，头顶还有蓝色犄角，正捂着嘴笑。她的耳朵跟自己的很像，尖尖的。*这女孩是谁？我怎么不记得班上有这样一位同学？头上怎么还长着角？哎呀，还有精灵一样的耳朵。*

胡老师朝着艾摩司走过来，皮鞋“嗒嗒”作响。他的眼神那么冰冷，艾摩司有些心虚。突然，胡老师咧开嘴笑起来，露出了两排锋利无比的牙齿。他用舌头舔了舔嘴唇，随后摘下眼镜，用眼镜布擦了擦。艾摩司注意到眼镜布上有血渍？*为什么，为什么胡老师的眼镜布上会有血渍呢?*

艾摩司感到一阵寒气进入了身体，他抬起头来，发现胡老师那张本来就瘦的脸上现在似乎就剩一层皮了，眼球也不再是以前的棕黑色，而是变成了浑浊的琥珀色。突然，胡老师伸出又长又瘦的手指，掐住了艾摩司的喉咙。艾摩司呼吸困难，浑身变得冰冷而麻木，恍惚中，他看到胡老师的西装后有好几条晃动的尾巴。

这时，随着一阵敲门声，一位矮矮胖胖的女士大步流星地走进教室。艾摩司一眼认出她是校长。“放手，胡老师，你掐着学生的脖子想做什么？马上放开他！”

听到校长的命令后，胡老师叹了口气，放开了艾摩司。校长摇了摇头，双手指尖相接成圆球状，喃喃地念叨起了什么，很快，一股白色的气团出现在了校长的手掌之间。学生们都手忙脚乱地躲到课桌底下，靠门边的几个学生甚至跑出了教室。突然，胡老师对着校长扔出了一个黑色圆球，这颗球和校长的气团碰撞在一起，产生出一股巨大的冲击力，刹那间，卷子、本子、书、笔漫天飞舞，教室里一片混乱。

躲在课桌底下的艾摩司试图冷静下来，却看到不远处冒出一只灰色的猫咪。*这不是小雷吗？对，就是它。*小雷非常平静地看着艾摩司，艾摩司弓起背穿过又哭又叫的同学中间，朝着小雷的方向爬过去。小雷钻进了教室一旁的衣帽间里，艾摩司也跟了进去。衣帽间里漆黑一片，艾摩司试图在黑暗中寻找小雷亮晶晶的眼睛：“小雷，你在前面吗?”小雷没有回应，艾摩司打算起身开灯，却突然感到一阵强烈的失重感，随后自己就像自由落体一样，无止无尽地向下跌落。

不知过了多久，艾摩司感到一阵迎面的强风。他努力地睁开眼，发现自己正骑着一只巨大的蜗牛在天空中飞行！蜗牛载着他，两只长长的触角和凸出的眼睛在风中摆动着，还不时回过头看一看他。

“我骑着一只会飞的蜗牛?!”艾摩司感到有些难以置信，兴奋地叫起来。他俯身看了看下方——地面上的树林里正燃烧着熊熊的火焰，远处有一座巨大的城堡。艾摩司注意到地面上有一些奇怪的生物正扭动着身体向前走。它们的身体铮亮，就像是铬合金一样，不像是自然界的动物，倒像是一群上了发条的机器动物。

这时，一股难闻的气味扑面而来，他感到一阵恶心，于是让蜗牛降落。他们着陆在一座靠海的村庄。着陆后，奇怪的事情再次发生——地面上大树变回了小树苗，小树苗变回了种子。时光似乎在倒流，而艾摩司似乎穿越了时空，来到了一个很久以前的、充斥着战火的时代——地上到处是废墟，整个世界看起来伤痕累累，疲惫不堪。

突然，小雷又出现在了艾摩司的脚边，“喵喵”地叫了几声便跑进一条长廊里，艾摩司也追着它跑了进去。进入长廊之后，他的眼前出现了许多动态的画面，如同电影一般展示着各种历史场景，包括庆典、瘟疫、战争等，但这些历史他却从来没有听说过。*难道这些是另一个世界的历史?*

正当他疑惑不解之际，一旁的画面令他大吃一惊——这是奶奶最喜欢的安居古镇。艾摩司目不转睛地看着画面，只见一支游行表演的队伍出现在古镇的街道上，队伍走后，街道上出现了一个婴儿篮。他试图搞清楚画面里这些人、事之间的关联，但思绪一片混乱。

长廊的尽头还有一个画面。画面里是一片沙漠，一个男人戴着一顶帽子和一副墨镜，正在用打字机打字。接着，他又拿起一个红色的电话，激动地说着什么。隔着画面的玻璃，艾摩司听不清。

艾摩司敲了敲玻璃，玻璃一下子就碎了，他进入画面里面。周围的沙丘上有半兽半机器模样的东西，还有一艘发光的海盗船和一个鱿鱼状的怪物。艾摩司从未见过这些东西。

艾摩司蹑手蹑脚地走到那个陌生男人的旁边。男人的右手边放着一块软木板，上面写着“机器神探，正在办案”，软木板下还压着些文件，其中几页文件掉落到地上，滑进沙堆里。

“门？传送门？”男人朝着电话那头的人喊道。艾摩司拽了拽男人的衬衫，男人生气地转过身来。看见艾摩司后，他瞪大了双眼：“小子，你怎么会在这里？那……那晚的暴风雨真是很大啊！”

“什么？”

“没什么。”男人怕自己泄露了未来的“秘密”，尴尬地朝艾摩司笑了笑。

“您是侦探吗？”艾摩司挠着下巴问，又看了看桌上随意摆放的纸张。

男人环顾四周，指着那台蓝绿色的史密斯牌打字机说道：“不是，我只是在维修这台机器。”

艾摩司摇了摇头：“不对，你一定是侦探。侦探先生，我叫艾摩司。你在写什么呢？侦探小说吗？”

艾摩司偷偷瞥了一眼打字机上的那页纸，随后便倒吸了一口冷气。只见纸上的文字是：

“不对，你一定是侦探。侦探先生，我叫艾摩司。你在写什么呢？侦探小说吗？”

“你是在记录刚刚我说的话吗？关于我的故事？”艾摩司目瞪口呆，“等等，在我的故事里，我会怎么样？”

男人把纸揉成一团，说道：“急什么，后面的内容还精彩着呢。”

男人把纸球扔向艾摩司。纸球击中艾摩司的一瞬间，眼前的场景像玻璃一样破碎了。

……

不知又过了多久，艾摩司发现自己在铜梁奶奶家，在爸爸小时候的房间里，正站在床尾看着躺在床上睡觉的自己。奶奶靠在床边的椅子上睡着了，老花眼镜斜挂在腿上。

小雷叫了一声，跳上床，又转身看着他。艾摩司明白了小雷的意思，点点头，也跳上床，小心翼翼地进入自己的身体里。随后，他昏昏沉沉地睁开了眼睛。

艾摩司正躺在床上，他还活着，而且回家了。

- Amos The Amazing -

第八章

爷爷的秘密

VIII

第八章

- 爷爷的秘密 -

艾摩司猛地从床上跳了下来，一阵眩晕后又瘫倒在地上。

“哎呀！好孩子，你可醒了！放松，放松。”奶奶醒了，一边说一边把孙子扶上床，“慢点儿，躺下吧。”奶奶的脸上写满了担忧和怜爱。

*到底发生了什么？刚刚那些都是梦吗？*艾摩司挠着脑袋，百思不得其解。小雷卧在艾摩司的腿上，像一个温暖的毛球，发出“呼噜呼噜”的声音。“真的都是梦吗？那现在是不是梦呢？”艾摩司呆呆地望着天花板，自言自语道。

“你在树林里迷路了，从树上摔了下来。”一个沙哑的声音从门口传来。爷爷！爷爷回来了！艾摩司惊喜地坐起身。在艾摩司的印象中，爷爷个子很高，肩膀很宽，胳膊很有力，满头白发却精神抖擞的。但是今天，爷爷靠在门框上，脸色苍白，呼吸有些急促，看上去很憔悴。“你进了林子，下起了暴雨，你一定是没看清，所以拐错弯走错路了。”爷爷似乎想解释什么。

“是这样吗？哦，对了，爷爷，我……我去林子里是想去接您……”艾摩司挠了挠头，小声地说道。

“别想了，好好休息吧，艾摩司。”奶奶语气温柔，一点都没有要责备他的意思。爷爷也在一旁关切地问：“想不想吃点什么？有没有哪里不舒服的？”他俩交换了一下眼神，眼神中混杂着担忧和悲伤。

艾摩司对着爷爷摇了摇头，吸了一口气，闭上眼睛躺下了。他浑身上下有一种冰冷和麻木的感觉，还伴随着阵阵刺痛从脖子一直蔓延到双腿。

爷爷的呼吸变得比刚才更加沉重而急促了，咳嗽的声音沙哑而浑浊。听见爷爷咳嗽，艾摩司又睁开了眼睛，只见爷爷正捂着肚子。

“爷爷……您这是怎么了？”艾摩司担忧地问道。

“没事，你快躺下休息。”爷爷朝他摆摆手，又勉强挤出了一个微笑。

“天，你赶快去躺下吧，”奶奶紧握着爷爷的手说道，“你这傻老头子。”奶奶语气虽严厉，但仍是温柔地拍着爷爷的肩，“不过谢天谢地，你把咱孙子带回家了。”

艾摩司又躺下了。他关于树林里的记忆断断续续的，但依稀记得自己的头在爷爷的怀中晃来晃去。突然，他的脑海里闪过九尾狐的身影，它舔着自己的脸，张开的嘴巴大得离奇，似乎能把自己一口吞下去，还有一把锋利、冰冷的小刀……艾摩司忍不住颤抖了一下。奶奶回到艾摩司身边，摸了摸他的额头："没有发烧，但也不像是感冒。你先好好休息，我给杨医生打个电话。"

"我再去给他拿一条毯子。"爷爷说。

"这里有我呢，如果你不想肚子上再挨一刀的话，就去躺下休息。"奶奶朝爷爷瞪圆了眼睛。

"爷爷再挨一个什么？"艾摩司心里一紧，"爷爷怎么了？"

"啊，没事，我经过树林的时候出了点小意外。"爷爷说着，看了奶奶一眼，示意奶奶转移话题。

"没事没事，好孩子。好好休息，我再拿几条毯子过来。你想要什么的话，就摇铃铛叫我。"奶奶指着床头柜上的一个小铃铛温柔地说，说完后，她扶着爷爷出了门。

爷爷奶奶在走廊里说着什么。艾摩司屏住呼吸，想听清楚对话的内容，但只能断断续续地听到几个字。

“……要休息，傻老头子……撒谎……医生……”

“……孩子……冷……不知道……发现了……”

“什么……想……是什么意思?”

“这很重要……正在发生……但是……”爷爷突然咳嗽起来，接着又听到奶奶蹒跚而充满不安的脚步声。

听着爷爷奶奶的谈话，艾摩司突然感觉，好像大人们都有一副面具，戴上去和摘下来就可以是两个不同的人。他又想起爷爷奶奶告诉自己的“小意外”。*我在树林里四处游荡迷了路，又从树上摔了下来，然后爷爷碰巧从树林里路过把我带了回来，真的是这样吗?*有点牵强，但也不是完全不可能。只是，记忆中易形狐的脸是那样地真切……怎么可能完全没有发生呢?

过了一会儿，奶奶用托盘端来一碗热气腾腾的汤，放在艾摩司的床头柜上。“来，坐起来，孩子，喝点热汤。”奶奶一边说一边把艾摩司扶起来，然后把一个枕头垫在他背后。

艾摩司伸手拿起自己的眼镜戴上。虽然没什么食欲，他还是一口一口地喝掉了汤，汤里冒出来的水蒸气让他的眼镜起了一层雾。

“再睡一会儿吧。”奶奶又摸了摸艾摩司的头。

“奶奶……我没事，应该只是得了重感冒，”艾摩司说，“我……对不起……”

艾摩司心里有些内疚和难过，但眼里一滴泪水都流不出来。他只有闭上双眼，让呼吸平稳些。摸了摸艾摩司的头后，奶奶离开了房间。

窗外下起了小雨，轻轻地敲打着窗台。艾摩司睁眼望着窗外，树林上方的天空是一片单调的烟灰色，空落落的，就好像画画的人忘了把这幅画给画完。

艾摩司睡不着，他摇摇晃晃地爬起来，蹑手蹑脚地向走廊走去。

刚走到门口，他就听见奶奶一边上楼梯一边和谁在说话，并且他们正朝自己的房间走来。艾摩司赶紧回到床上，钻进被窝，像大人那样管理好自己的表情，就像戴了一副面具。

和奶奶一起走进来的是一位医生。医生的脸圆圆的，眼角爬满了笑纹，他的发际线很高，额头上还有两个小肿块。*那里可能曾经长过角*，艾摩司心想。医生来到艾摩司的床边：“艾摩司，你好，我是杨医生。刚才在树林里可真够吓人的，你是遇到老虎了吗?”

“老虎?”艾摩司猛地睁开眼睛，“铜梁……有老虎?”

奶奶看着杨医生，摇了摇头。

“跟你开个玩笑，多笑一笑对恢复健康有好处。”杨医生向艾摩司眨了眨眼，“告诉我，发生什么事了?”

艾摩司耸耸肩说道:“我真的记不太清楚了。”

“好吧，让我给你做个检查。”杨医生说着打开了他的小黑包。“来，张开嘴，让我看看。”他把一根冰棍棒一样的压舌片塞进了艾摩司的嘴里。

“啊——”艾摩司把嘴巴张大。

“扁桃体看起来没问题。”说完，他又拿出一支体温计，艾摩司闻到体温计上面有一股淡淡的草药香。

量着体温的同时，杨医生用手电筒照了照艾摩司的左眼，非常仔细地看了看。“好的，很好，瞳孔扩张和收缩正常。”他又把手电筒对准艾摩司的右眼，这次，他皱起了眉头。沉默了一会儿后，杨医生扭头问奶奶:“孩子在吃什么药吗?”

奶奶摇了摇头:“没有，什么药也没吃，怎么了?”

“他的右瞳孔对光线没有反应，这不太好。”杨医生关掉了手电筒，“你还有其他症状吗，我是说，还有没有什么其他地方不舒服?”

艾摩司试图回忆爸爸曾经说过的关于瞳孔的问题，但具体内容一点也想不起来。

“艾摩司?”奶奶打断了艾摩司的思绪，“给杨医生讲讲，你还有哪儿不舒服?”

“嗯……头痛得厉害，然后就是特别冷，感觉内脏都被冻住了……”

这时，体温计的计时器响了。“哦，体温太低了，只有35.2摄氏度。这，不太好……不太好。”杨医生站起来看着奶奶，“做好保暖，再观察观察吧。如果体温再降低就得住院了。”杨医生说完，给了艾摩司一个安慰的微笑，似乎想告诉他一切都会好起来。

奶奶忧心忡忡地点了点头，又从衣橱里拿出一条毯子给艾摩司盖上。“乖乖睡一觉，我等会儿再过来。”

艾摩司闭上了眼睛，听着奶奶和杨医生的脚步声“咯吱咯吱”地穿过走廊，在爷爷的房间门前停了下来。艾摩司用双手挪动自己有些麻木的双脚，慢慢地下了床。他猫着腰，小心而又艰难地挪着步子，终于到了门边，他把耳朵贴在门上，想听听走廊上的动静。

“孩子是怎么伤的?”

“……滑倒……刀……艾摩司……缠……”

“看上去感染了，可能更严重……清理……”

“孩子他爷爷……更糟……第一次……回家，但你知道那天……满月……快……”

“内脏有伤不一样……有没有可能……中毒了?”

“中毒?”奶奶吃了一惊，难以置信地问道，“老头子怎么会中毒呢?”

“只是……症状……像是感染，实际上……中毒。您的爱人……强壮……但这可能并不是一件好事儿……我不确定……如果能搞清楚……从哪里来，我也许能找到……解毒，如果不能判断是什么毒，就需要……”

“谢谢……麻烦……我送您到门口吧。”奶奶对医生说。

艾摩司屏住呼吸，直到奶奶和医生走下楼梯，才蹑手蹑脚地打开门朝爷爷的房间走去。*中毒？好好的，爷爷怎么会中毒？是因为我吗？爷爷会死吗？是什么毒害了爷爷？*艾摩司心里有太多疑问。

来到爷爷的房间，艾摩司看到爷爷正闭着眼睛休息，他的双手放在身体两侧，脸上没有一点血色。

“爷爷，您没事吧?”

爷爷睁开眼睛，淡淡地笑了笑：“艾摩司？你怎么过来了？爷爷没事，就是有些累了。”

“您怎么找到我的，爷爷?”

“我听见你在哭，孩子，我就……”

“嘘，嘘，嘘，”艾摩司打断了爷爷，把一根手指放在爷爷薄薄的嘴唇上，“其实，我记得树林里那只可怕的狐狸……爷爷，您别骗我，到底发生了什么?”

爷爷的目光在艾摩司身上停留了许久。随后，他将自己强壮的大手搭在艾摩司的肩膀上，说道：“现在，孩子，你现在可能还小，但是，或许你也应该知道一些事情了。如今我这个样子，如果还不告诉你，真怕以后没有机会了……”

“是什么事啊，爷爷?”

“你遇到的，是平常人连名字都叫不出来的东西，可能，它不属于这个世界……它偷走了你身体里的……”爷爷突然咳嗽起来，捂住肚子，表情十分痛苦。

艾摩司双手握起爷爷的一只手，睁大了眼睛问道：“您知道那只狐狸妖怪是吧，爷爷？您相信我说的，对吧？”

“我们家在这里住了很多年，一直保护着这个村庄……我不知道它是怎么进来的。”

艾摩司突然想到了自己在隔间里找到的项链和斗篷，不由得心里一紧。*难道是它们把狐狸吸引来的？*

“对不起，爷爷，要不是我晚上溜去树林，您也不会受伤。”艾摩司感到很内疚，他紧紧握着爷爷的手说道，“您得好好的，好吗？求求您啦！”

爷爷点了点头：“我当然会好好的，我……只是需要……休息。”

艾摩司低下头哽咽道：“要不是您找到我，把我救回来……对不起，对不起……”

“好孩子，没事的。来，爷爷问你，你……是怎么找到你爸爸以前的木箱的？”

“我梦到过木箱，然后就跟着梦里的记忆找到了它。爷爷，我只是很好奇，想看看木箱里面有什么好玩的，我没有料到会闯出这样的祸。”

爷爷看着艾摩司，点了点头："我们早就该把它交给你爸爸的。这些年，我和你奶奶的生活平静而幸福，你爸爸又总是很忙，所以一直没有找到一个合适的机会。现在，我担心……本该属于你爸爸的命运，已经降临到了你的身上。"

爷爷长叹了一口气，继续说道："孩子，你之所以觉得冷，是因为你的灵魂已经不完整了，除了现在这个在我房间里的你，还有一部分的你如今并不在这个世界上。但是……慢慢来，你的身体会适应的。我以前见过这种情况，那是很久以前发生的事了……会好的，你一定要有耐心。"爷爷捏了捏艾摩司的手，"相信我，你会好好长大的，长得又高又壮，成为我们的骄傲。"

艾摩司坐在爷爷旁边，听得半信半疑，思绪万千。*先不管灵魂不完整是什么意思，如果爷爷这次因为救我而真的出了事，我永远都不会原谅自己……都是我的错……妈妈和爷爷都是最爱我的人，也都是我最在乎的人，可是因为我，他们都受到了伤害。*

"我一定会的，爷爷。"艾摩司说着，闭上了眼睛。他感到冰冷麻木、头晕眼花。

这天晚上，他梦到了安居古镇，还有很多以前的事情，他梦到了爷爷向奶奶求婚，梦到了爷爷奶奶在那里捡到还是婴儿的爸爸……

艾摩司一觉醒来，奶奶又在他身边，并将一杯热腾腾的奶茶递给他。虽然能品尝到茶香和奶香，但他并没有感到一丝暖意。

“感觉好点了吗?”奶奶摸了摸艾摩司的额头。

“奶奶，鲁弗斯去哪里了？我好像记得，在林子里……”艾摩司突然问道。

奶奶避开艾摩司的眼神，把目光转向窗外，耸了耸肩说：“鲁弗斯就在附近吧，昨晚、今早我都见它到处晃悠呢。你放心，鲁弗斯独立得很，它就喜欢在村子周围走走，看看有没有老虎什么的，它想保护我们。”

“可我们这里没有老虎。”艾摩司皱着眉头反驳道。

“养鲁弗斯之前，据说我们这里经常有老虎出没。”奶奶赶紧解释。

艾摩司陷入了沉思。*如果爷爷说的都是真的的话，那我现在正处于灵魂缺失的状态，并且会渐渐适应这种状态。可如果适应了的话，我还算是一个完整的人吗?*

难道我会一直需要奶奶的照顾吗？最重要的是，受伤的爷爷会有生命危险吗？

“奶奶，爷爷是在哪里向您求婚的呀？”艾摩司突然问道。

“怎么突然问这个？你这小脑袋瓜真有意思。”奶奶说。

“是不是在安居古镇的一个石凳那里，一场表演结束后，爷爷就向您求婚了呢？”

“这是格蕾丝姑妈告诉你的吗？她呀，就喜欢讲我和你爷爷的‘陈年旧事’……”

“其实，是我自己梦到的……我还梦到，也是在那里，您捡到了还是婴儿的爸爸。爸爸就躺在一个篮子里，对吗？”

奶奶僵住了，半天说不出话来。“你这孩子……一定是把姑妈告诉你的故事和你自己的梦搞混了……”

“也许吧。”艾摩司敷衍着回答。

奶奶凝视着窗外，似乎陷入了沉思，祖孙俩就这样沉默了好一会儿。

“奶奶……可是这是真的吗？爸爸是你们捡来的？那

我是不是……也是捡来的?”艾摩司有点想哭，但始终流不出眼泪，也许，要拿回另一半灵魂，他才能哭得出来。

“不，孩子，你当然是爸爸妈妈亲生的，可不能乱想,”奶奶轻轻地拥抱了一下艾摩司,“你这些天经历得太多了，今天要好好休息。”

奶奶走后，艾摩司那颗烦躁不安的心却无法平静。他知道自己能活下来已经很幸运了，他也知道自己应该听杨医生的话在家养好身体，可是,“所有这些事情都是因我而起”的念头却像一根鱼刺似的卡在艾摩司的喉咙里，他无论如何都咽不下去。艾摩司觉得，自己不能坐视不管，自己闯下来的祸，一定要想办法弥补。

艾摩司开始琢磨一个计划。这个计划让他在绝望中看到一丝希望。

夜晚，等到爷爷奶奶都睡了，家里变得一片寂静之后，艾摩司起身，穿上柔软的兔子耳朵拖鞋，蹑手蹑脚地来到爷爷奶奶的房间。爷爷依旧脸色苍白，奶奶似乎睡得很不安稳。艾摩司小心翼翼地在爷爷奶奶的房间里翻找，想找到自己之前在隔间木箱里发现的斗篷和项链。他在爷爷奶奶的床下翻到一个麻布袋，里面有摸着像戒指一样的东西，于是轻手轻脚地拿好麻布袋，从爷爷奶奶的房间里出来并关上门。来到走廊，他打开系好的麻布袋——正是那条挂着戒指的项链，还有那件丝绸斗篷。艾摩司欢喜地拿出项链并迅速戴上，接着，他走下楼梯，坐在厨房的桌子旁，开始给爷爷奶奶留纸条。

写完纸条，窗边的小雷"喵喵"地叫起来，它的尾巴高高翘起，望着窗外泛着紫色的夜空。

"小雷，我准备出发了。"艾摩司低声问，"你要跟我一起吗?"

小雷"喵"了一声，坐在了艾摩司脚边。

艾摩司溜出了门。

一段冒险就要开始了。

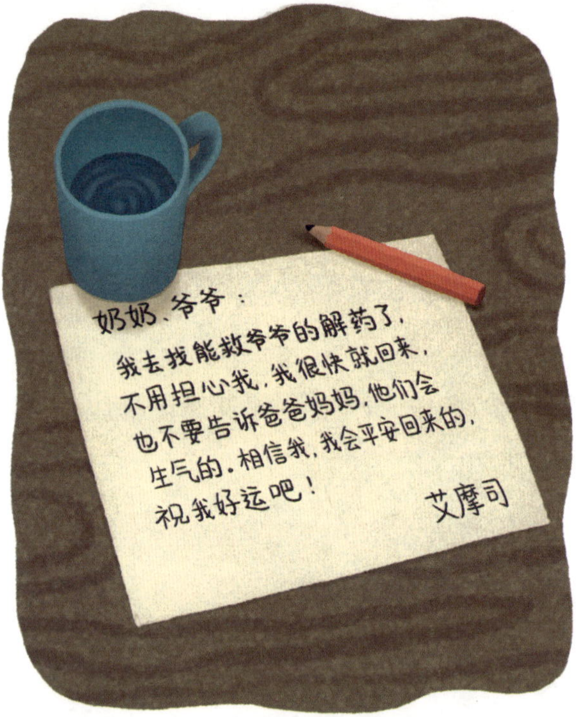
奶奶、爷爷：
我去找能救爷爷的解药了，
不用担心我，我很快就回来，
也不要告诉爸爸妈妈，他们会
生气的。相信我，我会平安回来的，
祝我好运吧！
艾摩司

- Amos The Amazing -

第九章

传送门

IX

第九章

- 传送门 -

戴着耳机，听着爸爸最喜欢的爵士乐，艾摩司在黑夜中前行。不知不觉中，黎明橘色的阳光一点点穿透了铜梁靛蓝色的天空，鸟儿们的合唱迎来了新的一天。沿着老城的路，艾摩司往安居古镇的方向走，他要去找通往另一个世界的传送门，去易形狐的世界，找到解救爷爷的方法，找回自己的灵魂。

大清早的道路上只有零零星星的车辆，一辆路过的旧皮卡车放慢了行驶的速度。一位老人摇下车窗："小伙子，你是范玫的孙子吗？"

"我……我……您是？"艾摩司并不认识他，于是含糊其辞地回答。

"别紧张，我认识你，还有你爷爷奶奶，我是卖菜的张良，"大爷微笑着朝艾摩司挥了挥手，接着问，"要搭我的车去安居古镇吗？"

"不……不用了，谢谢您，我想自己去。"

大爷耸耸肩，说："那好吧，自己注意安全啊。"

艾摩司穿着蓝白相间的T恤，外面套着那件他自认为像魔法师服装的家居袍子，脚上踩着心爱的兔子耳朵拖鞋，虽然有点脏，但是绝对用心洗过。

小雷时不时跳进路边的草丛中，艾摩司也不管它，反正一会儿它自己就会跟上来，有时嘴里还叼着一只大虫子。

艾摩司到达安居古镇的时候，太阳已经快升到头顶了。古镇的门口有几个人坐在台阶上打牌，还有人叫卖着包子等小吃。

“酱肉包、鲜肉包、酸菜包、芽菜包，豆浆、稀饭，应有尽有。小伙子，吃包子不?”

闻到包子的香味，艾摩司的肚子“咕咕”直叫。可他现在身无分文，又没带手机，于是忍着饥饿摇了摇头。他穿过那扇古老而巨大的石拱门，走在鹅卵石路面上，想要寻找他和奶奶上次停下来休息的那个地方。他隐约记得梦境中，那附近有一扇门，可以通向另一个世界。走着走着，突然，一只老鼠不知道从哪里窜了出来，小雷立马紧随其后，追着它跑进了一条小巷。

“小雷，别跑远了。”艾摩司喊了一声，继续往前走。

他走到一个凉亭，爬上一个小山坡，沿着弯路往下走，发现自己兜了一个圈居然又回到凉亭这里了。艾摩司停了下来，打算休息片刻，他又累又渴，大口喝起了水壶里的老鹰茶。

突然，艾摩司感到自己手指上的戒指在振动，他兴奋地起身观望了一下四周，沿着石板路走到一条小吃街上，戒指振动得更厉害了。这时，远处的一个石凳映入了艾摩司的眼帘——正是他和奶奶上次来时，坐下休息和吃东西的地方。

艾摩司一坐到石凳上，手上的戒指就快速地转动起来，并拖着他的手走向不远处一扇绿色的铁门。艾摩司来到铁门前，将手放在铁门上，戒指在铁门上蹭出“嘎吱嘎吱”的声音。紧接着，随着“哐”的一声巨响，铁门动了一下，裂开一条门缝。

艾摩司吓了一跳，不由得后退了几步。这是一扇装饰用的假门，锻铁做成的，被漆成了绿色，非常高大，正常应该是无法打开的。与周围雕刻精美的建筑相比，这道门实在是不起眼。艾摩司小心翼翼地凑了过去，想要透过刚才裂开的门缝一窥门后的世界。他双脚站稳，

用力推了一下铁门，只见门缝中透出了星星点点的光芒。他又使劲儿推了推，门缝被推开了好几厘米，能塞进去一只脚了，继续推，艾摩司的整个身子都能从门缝中挤进去了。

*要不要进去呢？里面会不会是什么可怕的地方？我既没有剑，也没有盾，更不会魔法……就算找到了易形狐，我能打得过她吗？*艾摩司有些犹豫。*但是，只有去那个世界，我才能找到易形狐，她伤害了爷爷，眼下，去找她或许是救爷爷唯一的办法……*

这时，小雷不知道从哪儿冒了出来，“喵”地叫了一声，蹭了蹭艾摩司的小腿。“小雷，”艾摩司蹲下身，一边轻轻抚摸着小雷的头一边自责地说，“如果我之前没有在树林里乱跑，也不会遇到易形狐，爷爷也就不会变成现在这个样子，你说我应该……”话还没说完，小雷“嗖”的一声便冲进了铁门的门缝里，然后消失在一片黑暗之中。

艾摩司大吃一惊，愣在原地。很快，他站起身，深吸了一口气，钻进了门缝中。里面一片漆黑，看不到尽头。现实中重庆的一切，都离艾摩司越来越远。

艾摩司进入了通往另一个世界的传送门，黑暗中充满了量子泡沫，形成了多维度的平行世界。在传送门里，艾摩司沿着数十条轴线高速飞行，他的身体被无数次地拉伸和扭曲。在黑暗中，他拼命地向前游，想早点通过这黑暗的通道。12岁的艾摩司已经下定决心，无论接下来会发生什么，自己都要竭尽全力去救爷爷，还好，他还有小雷相伴。艾摩司相信，自己会在那个魔法世界里闯荡一番，如果还能再回到重庆，自己将变成一个厉害的男子汉。

“对不起，我们现在要打烊了，请带好您的随身物品，欢迎您下次光临。”书店里的机器人服务员走了过来。

“哇哦……”爱丽丝感叹了一声，一只手还握着自己的空杯子。她揉了揉自己发麻的手指，急切地问老者：“然后呢?”

老者笑着把自己的空杯子往前推了推，慢慢地站起身。“我也很想告诉你，但看来我们得走了。时间不早了，我还得去个地方。或者……”

“哎呀！”爱丽丝叫了起来。意识到自己反应太大，她的脸涨得通红，然后低声说道：“再讲一会儿，就一小会儿，您能告诉我接下来会发生什么吗？”

老者讲述的故事，仿佛在呼唤着爱丽丝的某段记忆，她感到自己心跳加速，连太阳穴附近的脉搏都在跳动。但记忆又如此模糊，她找不到故事与自己的人生相重合的地方。*为什么？艾摩司的故事是真的吗？*爱丽丝屏住呼吸，等待着老者告诉她艾摩司接下来怎么样了。

“谢谢你对这个故事这么感兴趣，这是我的荣幸。但我明天要出趟远门，等我回来后，给你寄一本关于艾摩司的书吧，有我的签名哦。”老者笑着说。

“我真的必须知道艾摩司接下来怎么样了，求求您了！您接下来要去哪里？我能跟着一起去吗？”爱丽丝一边请求，一边紧紧地握住老者的手。

“真的很抱歉，爱丽丝。明早我要搭第一班航天飞机前往月球，有些要紧事要办。”

听了老者的回答，爱丽丝露出了笑容。她认真地点了点头说："好，那我就去月球上听您讲故事！"

老者睁大了眼："你要去月球上？就为了继续听故事？"

"除此之外，有一场盛大的Cosplay①大会即将在月球上举行，地点就在新开的安东尼酒店。"说完，爱丽丝拿出手机开始搜索相关信息。

一旁等着打烊的机器人发出"嗡嗡"的声音，原地旋转起来。

老者朝机器人点了点头，拿起他的帆布单肩包。

"我刚订好了Cosplay大会的门票，还有去月球的票。那我们明天月球上见喽！"正准备离开，爱丽丝犹豫了一下，"我可以跟您合一张影吗？"说着就靠到了老者身边。

老者愣了一下，然后退了一步，好一会儿才摆好姿势。他对着镜头露出微笑："当然，当然，好，拍吧。"

爱丽丝拍下了一张合照，笑着对老者说："太棒了，无敌棒！"

---

① Cosplay：英文"Costume play"的简略写法。一般指通过服装、化妆、道具等方式，对动漫、游戏等作品中的角色或剧情进行现实还原的活动。

拍完合照，老者离开书店，坐上了回家的轻轨。下车后，他走进了自己最喜欢的面馆，要了一碗豌杂面，沉浸在炖得软烂的豌豆和肉末杂酱所散发的香气里。吃完面，老者爬上一个小山坡，走进一个大院，又爬上楼梯，回到了自己的公寓里。一进屋，一只毛茸茸的棕色泰迪就摇着尾巴迎了上来，抬起头高兴地“嗷嗷”叫。老者拍拍它的头，笑着说：“瞧你现在这开心的样子，约翰尼。”

老者来到书房，坐到自己的电脑前。这时，老者的妻子抱着一堆快递包裹走进家门。她留着短短的刘海，虽然已年过半百，但依旧很美。约翰尼“嗷嗷”地跑向她，老者也走出书房帮妻子整理包裹。他一边整理，一边思索着刚才在书店里发生的事情。

那个女孩对艾摩司的故事如此着迷，有没有可能是因为艾摩司的经历跟她有所关联，或者说让她想起了什么。如果真是这样，那么这个女孩，有可能就是我一直在寻找的，爱丽丝。

I

- Amos The Amazing -

特别篇

月球上的相聚

爱丽丝穿了一件印有小兔子图案，但风格又有些酷的外套，乘坐一辆氢动力自动驾驶出租车来到了重庆太空港。在夏日灼热的阳光下，从下车到太空港大门十几步路的距离，爱丽丝走得汗流浃背。“哎哟，真是的，还是以前的太阳友好，”她皱着眉头自言自语道，“这颗新太阳也太较真了吧。”

太空港大厅里很是凉爽，这里的装潢设计采用了希腊圣托里尼蓝白相间的风格，高高的白色柱子向上一直延伸到天花板，天花板上装着巨大的LED屏幕。爱丽丝看到屏幕上正在播放视频，视频中，一架月球航天飞机上坐着一群孩子，稚嫩的脸蛋上满是好奇。从规划伊始，这座太空港就承载着人们对于太空旅行的梦想。如今，这一切都变成了现实。

登机口外面是一支长长的队伍，都是一大早就过来排队的游客。他们一个接一个地把手腕上的电子设备放到专用仪器上，以“加盖”一枚安全标记。这是一种电子安全协议，用以保证地球边境出入和太空旅行的安全。每一位通过安检而即将进入登机口的旅客，都需要进行身份验证和安全筛查，与地理定位卫星相连的验证系统会将旅客的信息传输到专用的加密芯片中，也就是说，旅客的个人信息都是准确而安全的。

爱丽丝排在长长的队列中很是无聊，她东张西望，观察起了形形色色的人。周围有穿着制服的工作人员、穿着蓝色连体衣的工程师，还有即将登上航天飞机的游客们。游客当中有一群人非常显眼，是精心打扮后准备参加Cosplay的人们。爱丽丝感觉自己找到了同伴，正准备上前打招呼，旁边传来了一阵“嘟嘟”的铃声，是电子系统在提醒旅客登机了。一家四口兴高采烈地往前走去，一群打扮得像美少女战士的女孩笑容满面地说着话往前走，爱丽丝也跟着队伍向前移动。

两个光头男性随着队伍靠近登机口的时候，警报突然响了。两个人不解地看着彼此。只见一个机器人旋转着从墙上冒了出来，一言不发地就朝这两个人，还有排在他们后面的人喷洒消毒剂，空气中顿时充满了刺鼻的气味。

“柯斯洛克，”其中一个男人吼道，“我们没时间了。”

“我们的确没有时间了，福莫斯。如果我们错过了这班飞机，那全都是因为你。”柯斯洛克也生气地吼道。他俩的眼睛鼓鼓的，像金鱼一样。

接下来，这两个人，还有排在他们后面的那群“美少女战士”都被工作人员带去了环境隔离室，以进行二次检查和消毒。过了一会儿，又一组穿着防护服的工作人员走过来，带着一对老夫妇离开了。一切都是为了安全，工作人员要确保地球上的某些病毒不会被带到月球。

渐渐地，空气中刺鼻的气味消失了，墙上的机器人又旋转着收缩了回去。爱丽丝顺利地进入了登机口，不由得松了一口气。这时，一个穿着冲浪短裤的男孩背上的背包撞到了爱丽丝的肩，男孩扭过头准备道歉，可手上的冲浪板又打到了爱丽丝的头。

“哎呀，对不起，真是不好意思。”他急忙说。

“你怎么还带着这么个大家伙，月球上又不是没有。”爱丽丝抱怨了一句。

“这套装备对我来说很特别。”男孩说着，朝她傻乎乎地笑了笑。这个笑容让爱丽丝想起了自己的好友，艾摩司。上次见面已经不知道是多久以前的事了，爱丽丝昨晚又梦见了他，不知道他如今在什么地方，自己还能一眼认出他吗？登机口的自动扫描装置响起，爱丽丝在扫描后顺利进入了廊桥。登上航天飞机后，她把行李放进头顶的行李舱，坐到位子上并系好了安全带。座椅在识别爱丽丝的人体结构后，自动将椅背调整到了一个令她舒服的角度。爱丽丝闭上眼睛，一会儿就睡着了，还梦见自己变成了一只猫。

四个多小时后，爱丽丝被一阵音乐吵醒，原来是在提醒旅客飞机即将降落并着陆。在系统精确的控制下，飞机会自动降落在中国的月球度假胜地——“宁静海”的停机坪上。五年前，“宁静海”成了月球上第一家“6A”级旅游酒店，至今仍是那里最受欢迎的酒店。

飞机顺利着陆，爱丽丝从太空港乘坐高速列车到达了酒店。酒店门口有一个标识牌，上面的两个卡通人都举手指着“安全协议”的标识，这是在向旅客们承诺酒店的安全性，表示酒店没有受到宇宙中某些病毒和有害辐射的污染。爱丽丝走进圆顶花园大厅，想起了第一次来到这里的情景。当时，爱丽丝的爸爸在公司的抽奖活动中赢得了重庆市的太空旅行票，他们一家人于是成为第一批能够在太空中享受火锅乐趣的幸运儿。她依稀记得那次旅行后，自己向佟睿比和艾摩司分享了这段经历，他们都非常羡慕……爱丽丝揉了揉眼睛，童年的记忆有时会断断续续地冒出来，但又很模糊，还常常会消失掉，她没有办法把这些记忆片段串联起来。

“小姑娘，来一次月亮石按摩吗？给你优惠。”一个声音把爱丽丝从混乱的思绪中拉回了现实，她笑着摇了摇头。周围有一些月球居民举着旅行公司的广告牌：“月球一日游”“陨石坑之旅”……爱丽丝在一个写着“太空鲸之旅”的广告牌前停了下来。举着广告牌的是一个船长装扮的老人，他头发花白，嘴里叼着电子烟斗。爱丽丝忍不住问道：“真的有太空鲸吗？真的有人见过太空鲸吗?”

老人听后哈哈大笑，扭了扭他的船长帽说道：“当然有，我啊，不仅见过，甚至还捕猎过，我见过的太空鲸比其他任何一个船长都多。”

“可我不相信它们真的存在。”爱丽丝说。

老人向前探了探身子，低声道：“竟然会有人不相信太空鲸的存在，”他笑了笑，“你知道吗，不愿再想象和探索这无垠的宇宙，是一件非常悲哀的事情。”

爱丽丝皱起眉头：“但这并不能证明太空鲸是真实存在的。”说完，她扭头继续往前走。

爱丽丝来到了酒店前台。她在前台的屏幕前扫描了一下人脸，一串清脆的音符后，屏幕上显示“办理入住成功”。接着，爱丽丝又通过脸部扫描进入房间，很快，机器人将她的行李箱送了过来。爱丽丝整理好行李，打算稍微休息一下。

大约半小时后，爱丽丝来到了酒店的咖啡吧，她和老者约好了在这里碰面。她四处张望，想找一张靠角落的安静的桌子，却发现不远处一位老妇人正一边喝着咖啡一边看着自己。老妇人长着一张非常和善的脸，穿着一件绿色的上衣，手臂上套着白色的防紫外线袖套。看着她，爱丽丝的脑海中响起一个声音，好像有人在对她说：“你最近没见过她吗？你那天离开书店后，在地铁上，你没看到她就坐在你旁边吗？”爱丽丝看了看四周，并没有人。*这是谁的声音？这话什么意思？是我的幻觉吗？*爱丽丝疑惑不已，只能朝着老妇人礼貌地笑了笑。

爱丽丝选了一张角落里靠窗的桌子，坐下后，她对着桌子上的屏幕说道："四杯巧克力拿铁，四个牛角面包。"确认后，屏幕扫描了一下她的脸，把费用记入了她的账户。

除了老者，爱丽丝今天还约了两个朋友来这里。她拿出手机，给朋友发信息，问他们什么时候到。过了一会儿，戴夫回复了她：他们上午在玩"月球冲浪"，马上就结束了。

当爱丽丝啜完最后一滴混着巧克力的咖啡后，看见两个人向她走来，一个是"疯帽子"[①]，一个是"红皇后"[②]——一定是戴夫和辛蒂！

爱丽丝笑了起来："你们俩这打扮可真酷，快坐下！我今天约你们来，是想让你们见见一个人，如果我没猜错，他应该是一个作家，总之是个与众不同的人。"

装扮成"疯帽子"的戴夫笑着问道："那他来了吗？"

"红皇后"辛蒂环顾了一下四周："万一他迟到了怎么办？我们下午还有直播……"

---

①19世纪英国儿童文学作品《爱丽丝梦游仙境》中的人物。

②19世纪英国儿童文学作品《爱丽丝梦游仙境》中的人物。

话还没说完，她看到一位年长的绅士，穿着一件黑领衬衫，一只胳膊上搭着一件夹克，正向他们走来。

“你们好。爱丽丝，我们又见面了。”老者笑着说道。

“你好，”爱丽丝说，“这两位是我的朋友戴夫和辛蒂。戴夫，辛蒂，这位是……”

“好，好。不着急，我们慢慢会认识的。这杯咖啡，是给我的吗?”老者打断了爱丽丝。爱丽丝点了点头。老者在他们身边坐下，端起温暖的咖啡杯啜了一口，随后凝视着窗外，思绪飘到了天边。接着，他回过神来，掰下一块牛角面包，一边嚼一边再次陷入了沉思。

辛蒂清了清嗓子，想打破这份沉默。

“嗯，上次我们说到了……哦，对，艾摩司进入了传送门。”老者放下咖啡，调了调自己的坐姿，正式进入讲故事的状态，“现在，艾摩司的心中只有两个目标——救爷爷和拿回自己的灵魂。要完成这两个目标，只有去到那片梦境的土地，那是另一个世界……”

重庆市出版专项资金资助

艾摩司的奇幻之旅 II

【加拿大】乔拉·凯 著 | 高非 译

重庆出版社

目 录

Amos The Amazing

- Amos The Amazing -

第一章

另一个世界

I

第一章

- 另一个世界 -

传送门的通道里有一种量子流，黑暗在隐约的紫光中向四周扩散，形成层层叠叠鱼鳞状的漩涡。不知过了多久，艾摩司被从通道里抛了出去，飞在半空中。展现在他眼前的，像极了一幅色彩浓烈的抽象派油画，蓝色、绿色、棕色、紫色、红色，天空、树木，甚至湖水的颜色都格外鲜艳。天上挂着两个太阳，其中一个太阳是血橙色的，又大又热；另一个太阳是蓝色的，很小。艾摩司像一颗横冲直撞的彗星，划过橘红色的天空，飞过一片古老的森林，最后在一个巨大的湖泊上方开始向下坠落。湖畔站着一个人，在巨大的冲力下，不偏不倚地，艾摩司一下子就撞进了这个人的身体里。

一阵晕眩后，艾摩司揉了揉眼睛，惊讶地发现自己的双手竟然呈椰壳那样的棕色。他注意到湖中的倒影，不由得倒吸了一口气。倒影里的人穿着一件黑紫相间的褶边衬衫、一条棕色的裙子和黑色紧身裤，脚上踩着一双软皮靴；从手肘到手腕都戴着刻有符文的皮质护具，身上披着一副黑棕相间的盔甲，背上还背着剑和盾。*这是谁？*艾摩司扭动着身体，想寻找自己的倒影，却见这个倒影也跟着自己扭动。他低下头，发现自己的双腿变短了，整个人也变矮了。艾摩司顿时有些心慌。

他再次看向水面，倒影中应该是一个女孩，留着“爆炸头”，头顶上长着一对小鹿角，嘴唇是酒红色的，耳朵又长又薄。她有一双淡紫色的眼睛，目光犀利，脖子上的紫水晶系在一根皮绳上，泛出浓郁的紫光。艾摩司看着这个倒影，终于明白了——他就是倒影里的女孩。

艾摩司变成了一个女孩！

“我怎么变成了一个女的?!”艾摩司惊呼，“这是怎么回事！”

*你是谁？*一个声音从艾摩司的后脑勺传来。艾摩司向四周张望了一番，这里确实只有他一个人。

“谁？这是谁的声音?”艾摩司大声问道，“你是什么妖怪？你在哪儿跟我讲话?”

*妖怪？真是可笑，居然不认识我大名鼎鼎的斐思。*那个声音又说道，*我是夏日女王的圣骑士，是扉境的精灵！*

“你……你是在我的……脑子里吗?”艾摩司问道。

*是你在我的脑子里。*女孩说，*你到底是谁？我刚才打了个喷嚏，你就从我的耳朵钻进我的身体里了。*

艾摩司愣住了。他发现，这个叫斐思的精灵和自己交流的时候，可以不用出声，而是直接在脑海中向自己投射想说的内容。这样的交流方式让他有些不习惯。

他怯怯地回答道:“我是艾摩司，是传送门把我从另一个世界送到这里来的，我来这里，是为了……”

什么？另一个世界？

“是的，我的爷爷中毒了，我到这个世界里来，就是为了寻找解药，救爷爷。对了，你知道九尾易形狐吗?我想去找她……”

“你要找易形狐?”斐思忍不住笑出了声，“那你快去吧，祝你好运!”

“可是我现在只有一半的灵魂，另一半被易形狐偷走了，我没有办法自己去，要不，我们一起……”

我可没有时间陪你玩！我还身负重任，夏日女王派我去霍布海姆。再说了，我才不想去招惹易形狐。

“可是，我……我也不知道现在我的半个灵魂要怎么离开你的身体……哦，对了，我有一些神奇的东西，也许它们能帮我，我试一试把它们找回来。”

艾摩司闭上眼睛，集中注意力，想用意念召唤回自己的“神器”。只见斐思身后冒出一团红色的雾气，雾气很快凝结成一片光滑的丝绸——艾摩司在旧木箱里翻到的那件红色斗篷回来了，现在正裹在斐思身上。“他们”再往湖面看去，只见倒影中的斐思身披红斗篷，头上的兜帽让她看起来就像是动画片里的“小红帽”。艾摩司的项链也回来了，挂在斐思的脖子上，不可思议的是，项链竟然自己嵌进了斐思的紫水晶里。最后，“他们”往斐思的手指上一看，艾摩司的戒指也回来了。

你是怎么把这些东西变出来的?!

斐思显得惊讶又好奇。突然，她看到了项链和戒指上的图案。等等……*这个是，紫杉树叶！我的鹿首神啊，你到底是谁?*

“我是艾摩司，”艾摩司重复了一遍，朝着湖面中自己的倒影挥了挥手，“我来自中国重庆。”

你知道这个紫杉树叶的符号代表着什么吗?

艾摩司摇了摇头。

这是古老扉境的代表……那扇传送门把你的灵魂抛进了我的身体里，这真的是巧合吗？莫非是女王……罢了，总之我有非常重要的任务，我要完成我的任务，至于寻找易形狐的事，就只能看命运的安排了。准备好了吗，我们要出发了。

听到这话，艾摩司松了一口气，露出了笑容。现在，自己残缺的灵魂寄住在了斐思的身体里，他不再感到寒冷和麻木了，仿佛变回了被易形狐吸走灵魂前的自己。

你多大了？

“我12岁。”

真是个小孩子。

“那你呢？”

*我们精灵是没有年龄的，我想，我已经有一百多岁了。*斐思的语气中带有一种自豪感。

“那可真酷！”艾摩司瞪大了眼睛。

突然，艾摩司瞥见湖面上出现了许多泡泡，只见一只拳头大小的蜘蛛露出湖面，扭动着身子朝他们游过来。蜘蛛的八条腿闪闪发光，身体鼓得像半透明的灯泡，里面好像还有一根闪烁的灯丝——对，它的整个身子就像一个灯泡！蜘蛛游上了岸，朝艾摩司的方向爬过来。紧接着，几十只这样的蜘蛛陆续冒出水面，向他们爬过来。艾摩司感到身体就像触电了一样，直发麻。

你还在等什么？快跑啊！这些是电蜘蛛，在有水的地方碰到它们就遭殃啦！

艾摩司赶紧蹦起来，一边脱下一只靴子攥在手里当武器，一边跑向身后的树林。跑到大树下面后，他转身四处观望，确认了周围没有危险，正准备松一口气，却突然感到一阵头疼，而且越来越强烈。这时，艾摩司的项链振动起来，闪闪发光，接着，头疼的感觉消失了。

“斐思？你怎么不说话？”艾摩司慢慢平静下来，意识到斐思好久没说话了。他想问问斐思刚才的情况，但斐思始终没有出声。突然，一群鸟儿从树冠中飞了出来，逃命一般飞向远方的乌云。艾摩司清晰地看到，鸟儿身上的机械齿轮在不停地旋转。

不一会儿，地面响起一阵“隆隆”声，远处的地平线上出现了一群大型动物，它们卷起一片片尘土，正向这边奔来。艾摩司赶紧躲到一棵大树的后面：“斐思，那些是什么怪物啊！是冲我们来的吗？”

斐思还是没有回答。

“隆隆”声越来越响，艾摩司渐渐看清了，那是几十头巨象，样子就像远古时代的猛犸象。随着巨象越来越近，艾摩司惊讶地发现，它们的身上裹着黄铜盔甲，背上竟然还背着一座城堡，城堡里的一些烟囱在冒着烟，两侧围着城墙，边上矗立着高高的塔楼。城墙上还安装了旋转大炮，大炮旁边站着几个穿着卫兵服装的人。

巨象们来到了湖边，踩进湖水里，开始用鼻子喝水。*它们简直就是野生动物和精密机械的完美结合啊！*艾摩司感叹不已，忘记了恐惧，他好奇到底是谁创造出了这样神奇的生物。

突然，艾摩司听到了一声“喵——”，低头看见一只灰色的小猫正在斐思的腿上蹭来蹭去。

“小雷！”艾摩司激动地叫道，“你能认出我是吗？你怎么找到我的？你这个聪明的小家伙！”

小雷探出鼻子嗅了嗅斐思的手，好奇地盯着她，嗓子里发出“咕噜咕噜”的声音。

“小雷，你知道这是哪里吗？我们接下来该往哪里走呢？”艾摩司一边抚摸小雷的头，一边望着远方迷茫地问。小雷跳到前方，对着艾摩司叫了两声，似乎是让艾摩司跟着自己走。艾摩司起身点点头，*反正也不知道往哪里走，就跟着小雷好了。*

他们沿着一条从湖泊分支出来的小河往前走，这条小河望不到尽头，一直延伸到森林深处。小雷在前面蹦蹦跳跳，发现艾摩司离自己远了就会停下来等他跟上。茂盛的树冠挡住了阳光，树枝伸展得很开，有的悬到了水面上，树干上的藤蔓和菌类发着幽幽的光。鸟儿叽叽喳喳，虫子窸窸窣窣，灌木丛也有独特的声响，这片森林充满了生机。

越往前走，森林越发茂密，到后面，艾摩司得手脚并用才能通过，累得一身汗。但巧的是，前方突然出现了一条狭窄的通道，刚好够艾摩司猫着腰，带着小雷钻进去，仿佛是森林特意给他们开的一条路。在这条很窄的通道里，他们一走就是几个小时。艾摩司累坏了，停下来喘着气。他晃了晃自己的，不对，是斐思的头，擦去额头上的汗水，靠着一棵老树休息。

“嗯，嗯，你好……”耳边传来一个低沉的声音。树干上竟有一张脸！

艾摩司惊讶地跳起来，连退几步："哎呀，对……对不起……"

"我已经在这里一千多年了。"树干说道，"我的孩子，别害怕，你尽管靠着我休息。"

接着，周围的树都开始你一句我一句地说起话来。艾摩司有些害怕，于是赶紧带着小雷离开了。他们来到河边，艾摩司双手捧起水大口喝着，又顺便洗了洗脸。

"这个森林好像是有生命的，我觉得它有脉搏，而且在跳动，你说是吗，小雷？"小雷忙着玩那些发光的藤蔓，并没有回应他。他们继续往前走，不久，浓密的树冠上出现了一个缺口，透过缺口，他们可以清楚地看到天空。此时的天空已经变成了深紫色，那颗蓝色太阳正好挡在血橙色太阳的前面。

"小雷，快看！"远处的地平线上矗立着一座白色的塔楼，艾摩司指着塔楼喊道。这时，一只飞蛾扑扇着翅膀落到了艾摩司伸出的手指上。飞蛾厚厚的翅膀上长着黑色的斑纹，腹部有浅棕色和橙色相间的斑点图案，胸前有一道黑色的条纹，还有一个像是骷髅形状的标记。

"骷髅飞蛾？"艾摩司吃了一惊，正打算再次确认，

小雷已经挥舞着爪子把飞蛾赶走了。

艾摩司找到了一个树洞，里面铺满了松软的树叶，刚好可以让他坐下歇息。刚一坐下，小雷就跳到了他的腿上，不一会儿便趴着睡着了。艾摩司的眼皮变得沉重，很快也睡着了。他又梦到了易形狐那双琥珀色的眼睛，猛地惊醒过来后，发现天已经黑了，周围一片黑暗。

- Amos The Amazing -

第二章

蜘蛛达尔文

Ⅱ

黑暗中，有八个发光的球状物在窸窸窣窣的声音中向他移动而来，还伴随着一股羊毛和潮湿泥土混杂的味道。球状生物越来越近，艾摩司看清了它们的样子——是一只长着八只眼睛的巨型蜘蛛！艾摩司简直要吓晕过去了，他从来没见过如此大的蜘蛛。蜘蛛的胸前发出“咯吱咯吱”的声响，头上的触须正欢快地扭动着。

艾摩司想要起身逃跑，但发现自己被蜘蛛网裹得严严实实的，他拼命挣扎，但越挣扎越紧。他想起了以前在科学课上学到过，澳大利亚有一种蜘蛛叫“达尔文树皮蜘蛛”，它吐的丝韧性很强，比铁丝还强数倍！

艾摩司开始呼救，但周围没有人，小雷也不见了。

真是倒霉，竟然碰上你这么不中用的人。

艾摩司听到了斐思的声音。*斐思！是你吗？你终于说话了！快想办法救救我们！*艾摩司激动地喊道。他发现自己也能不出声就和斐思交流了。

我能有什么办法，现在是你在掌控这个身体。真是

难以置信，作为夏日女王的圣骑士，我居然被倒挂在蜘蛛网上，还要被森林里的怪物吃掉！

艾摩司感到后脑勺的脉搏在跳动，背后的斗篷也在隐隐颤动，他有些头晕目眩。*要是我能变成一只蝴蝶就好了。*就在这个念头出现的一瞬间，艾摩司感到自己身轻如燕，越变越小，最后竟真的变成了蝴蝶的模样。他努力扇动翅膀，成功挣脱了蜘蛛网，随即冲向天空。不幸的是，艾摩司的头顶还有一张蜘蛛网，撞上去之后，他又掉回到了刚才的蜘蛛网上。随后，艾摩司从蝴蝶变回了斐思的样子——他们又被困住了。艾摩司闭上眼，期待着魔法斗篷再起作用，但这次斗篷失灵了。

巨型蜘蛛发出“嘎吱嘎吱”的声音，似乎很高兴。它靠近艾摩司，将脸贴在艾摩司，不对，是斐思的脸上。“再见咯，你这个会飞的小东西。可惜呀，个头这么小，还不够我塞牙缝的。”说完，它张开了血盆大口。

“等一下，”艾摩司扯着嗓子尖叫起来，“你不会想吃我的。”

“为什么？掉入我的网，你就是我的食物。我真是饿坏了。”

“等等，你先听我说，”艾摩司赶紧接话，“你的胃口那么大，吃了我根本就不够。再说了，你看，这个……我其实是人类，我全身都是骨头，肯定会卡在你喉咙里。”

“你是人类？可你看起来是扉境的精灵啊，刚刚你还变成了蝴蝶。你可骗不了我，虽然很抱歉吃掉了夏日女王的精灵，但我就快要饿死了，一定得吃东西。”

“我们可以商量一下，现在我必须得去帮女王处理一些重要的事，如果你现在能放我走，我保证我会回来，还会给你带回很多好吃的，让你这个大个头饱餐一顿，哦不，是饱餐一年！”

“你想让我放弃现在嘴边的食物再等你回来？这太荒谬了！”蜘蛛回答道。尽管如此，艾摩司还是从它的声音中听出了一丝犹豫。

“你想想，夏日女王还在等着我回去。你吃了我，既吃不饱，又惹恼了她，实在是得不偿失！”

蜘蛛叹了口气，问道：“那该怎么办？”

“只要你现在放了我，我保证很快就回来。”

“真的吗？你说话算话？那我们一言为定！你得保证

会带食物回来!”蜘蛛流着口水急切地说道。

“我说话算话，一定会兑现我的承诺。”艾摩司心里知道，人不能轻易承诺，因为一旦承诺了就得做到。这次，他并没有把握能做到，但目前的情况容不得犹豫，只有先“承诺”了。

“那好吧，我接受你的承诺。”蜘蛛后退了一点，用几只脚把包裹艾摩司的网撕开。艾摩司自由了，斐思也自由了。

“赶快去吧，先去完成你的任务，然后带着很多食物回来，必须得快点儿，我还饿着肚子呢!”

“谢谢!”艾摩司心怀感激地站了起来，对蜘蛛说，“你还没有名字吧？我可以叫你‘达尔文’吗？这个名字容易记。”

艾摩司再次出发了，他又看到了地平线上白色的塔楼，而且比昨天看上去更近了。艾摩司大步朝着塔楼走去。不知道为什么，在艾摩司心里，塔楼就像希望一样。

天渐渐地亮了，两个太阳同时从地平线上冒出半个头，把天空映成了淡紫色。前面是一大片草地，草足足有半人高。小雷突然从草丛中跳出来，它正追赶着一只蜻蜓。

“小雷！”艾摩司高兴地叫道，“你跑去哪里了？”他大步走到小雷跟前，俯身摸了摸它的脖子。小雷“喵喵”地叫了几声，像是在回答他。接着，他们一起离开了森林，钻进野草丛生的草地。他们已经在这个“梦境世界”里熬过了一天一夜，艾摩司下定决心，一定要找到九尾易形狐，拿到解药，夺回自己的灵魂，回重庆救爷爷。

- Amos The Amazing -

第三章

险象环生

Ⅲ

橘红色的太阳逐渐变亮，盖过了蓝紫色太阳的光。艾摩司穿过草地，踏过平原，朝着塔楼的方向前行。前面的小雷仿佛不知疲倦，一直无忧无虑地跳来跳去，时不时还扑一扑飞在前面的昆虫。

“小雷，那是什么？”艾摩司看见小雷将一只长长的虫子拍在了爪子下。走近一看，原来是一只蜈蚣。可这只蜈蚣的样子很奇怪，全身呈现出光滑的铜色，脚是用细电线丝做的，眼睛是发光的红色二极管。

“小雷，这是一个多么神奇的地方啊，”艾摩司不由得感叹道，“这个世界里的动物真是不可思议，这些动物是生来如此吗，还是谁把它们变成这样的呢？”

小雷叫了一声，把蜈蚣放了，他们继续往塔楼的方向走。前方有一棵孤零零的树，从树上飞下来一个毛茸茸的东西，围绕着小雷的头顶飞舞。小雷跳起来，一个后空翻却扑了个空，尴尬地摔在干草地上。

“小雷，”艾摩司笑着问小雷，“你发现了什么？”艾摩司抬起头，看见头顶的树枝上有一个巨大的巢穴，紧接着，一只拳头大小的蜜蜂飞到了他眼前。

“你是蜜蜂吗?”看着这么大的蜜蜂，艾摩司不确定地问道。

蜜蜂露出难过的表情。

“发生了什么事吗?”艾摩司又问，“这里只有你自己吗?”

“你不会明白我的处境的。”蜜蜂皱起了眉头，抬头看向蜂巢。

“你可以告诉我啊，我一向足智多谋，我经常给别人带去希望，我……”艾摩司顿了顿，有点心虚，“那个……确切地说，可能我现在还没有那么厉害，但我想成为那样的人。对了，你有名字吗?”

“比利。”

“好吧，比利，到底发生了什么事情？你的朋友们都离开了吗?”

“比这个更糟糕，我……刚经历了一场生存危机。”

“‘生存危机’是什么意思?”艾摩司希望能听到一段惊心动魄的经历。

“蜜蜂的蜂生啊，生存还是毁灭，这是个问题……”蜜蜂比利用莎士比亚的名句开了个头，随后开始了它诗歌般的独白。“是忍受命运的毒刺，还是对抗毒蛾的吞噬？抵抗，反击，睡去。也许，梦里会有甘露。我已经没有希望了，我的蜂蜜没了，伙伴也没了，这个世界上就只剩下孤零零的我。”说完，比利用两个触角遮住了自己的眼睛。

艾摩司将比利放到了树下的花朵上：“如果蜂蜜没有了，可以再去采一些。”过了好一会儿，沮丧的比利睁开了一只眼睛，嗅了一下，然后将头埋进了花朵里。

这时，一只紫色的蝴蝶轻轻地向他们飞了过来。

“这只蝴蝶真漂亮。”艾摩司饶有兴致地看着蝴蝶落在花上。

*后退！*斐思突然说。

*怎么了？发生什么事了吗？*艾摩司被斐思吓了一跳。

只见蝴蝶露出藏在身体底部的嘴，一口咬住了蜜蜂比利的头。瞬间，某种像烟雾一样的东西从比利的身体里飘了出来——那是它的灵魂。

“啊！这是……”艾摩司惊呼道。

*安静！这是噬魂蝶。*斐思说。

小雷扑向噬魂蝶，只听“咔嚓”一声，噬魂蝶被咬成了两半。

比利得救了，迷迷糊糊地打着圈儿飞走了。无论艾摩司怎样喊，它都没有再回头。艾摩司立在原地，看着比利消失在天空中，心里感到一阵失落和孤单。

突然，斐思的尖耳朵竖了起来。

*快躲起来！*斐思纵身一跃，扑进了最近的灌木丛里。荆棘划伤了斐思的皮肤，扯烂了艾摩司的斗篷。

“我的宝贝斗篷！你这是干什么?”艾摩司气急败坏地蹦了起来。斐思用手堵住自己的嘴，又迅速趴回了灌木丛中。

*闭嘴，你这个傻瓜！*斐思说，*你听到了吗?*

艾摩司竖起耳朵听。果然，他听到了像是马在奔跑的声音。*是谁在朝这边过来吗?*

*是兽人掠夺者。*斐思回答说。她的声音像是卡在喉咙里一般，听起来有些痛苦。

“小雷，快躲起来。”艾摩司朝着小雷叫道。

闭嘴，你这个大傻瓜！他们对猫可不感兴趣，要躲

起来的是我们!

尘土飞扬，疾驰的马蹄声越来越大，兽人掠夺者越来越近——啊！他们骑的不是马，是石头做成的野兽。他们个个身强力壮、全副武装，黑色的盔甲上装饰着猛兽的尖牙和利爪。

“停！”骑行队伍最前面的兽人用低沉的嗓音喊道。紧接着，在距离斐思和艾摩司藏身之处不到二十步的地方，这群兽人骑兵停了下来。艾摩司用两只手捂着嘴，透过浓密的荆棘观察着这群兽人骑兵，大气不敢出。

离他们最近的几个兽人原地转了几圈，又对着空气嗅了嗅，接着拔出了锯齿状的刀。

*他们能闻到对他们有威胁的气味。*斐思说。

四个兽人从坐骑上下来，转过身直勾勾地盯着艾摩司和斐思藏身的灌木丛。*难道我们被发现了?* 四个兽人朝着灌木丛走来，艾摩司的心脏狂跳不已。

*如果躲不过去，*斐思对艾摩司说，*我今天便豁出去了，非得跟他们拼个你死我活!*

等等*!* 艾摩司急忙说，*你别冲动，我想想……我能飞，我真的能飞起来!* 他紧紧闭上双眼，想用意念唤醒自己的神器。很快，脖子上的魔法项链似乎听到了艾摩司的召唤，发出剧烈的“嗡嗡”声。艾摩司继续发力，*快，我的魔法斗篷！项链！还有戒指！请赋予我超能力，我不能这样坐以待毙！*接着，艾摩司感到自己的头像是撞上了一堵看不见的墙，一股疼痛感从前额一直蔓延到太阳穴。斐思闻到一股血腥味，原来是几滴鲜血从她的鼻孔里流了出来。

*快呀，快呀，快呀，快呀！*艾摩司顾不上擦鼻血，在心里苦苦哀求道。奇迹发生了，斐思的身体变成了一只棕灰色的大飞蛾，飞向离他们最近的树。在高高的树梢上，他们看见四个兽人向他们刚才藏身的地方扑了过去。

四个兽人失望地踱着步，又使劲儿在空气中嗅了嗅，想发现鲜血气味的来源。一个兽人抬起头，发现了树梢上的飞蛾。他长得青面獠牙，瞪大的眼睛里布满了血丝。正当他们准备离开时，有两个兽人发现了躲进灌木丛的小雷。他们兴奋地叫起来，开始追赶小雷，但领头的兽人用喉咙发出一声低沉的命令，他们又匆匆回到队伍里，随着队伍离开了。待兽人走远后，飞蛾模样的艾摩司回到地面，变回了斐思的模样。

*真是有惊无险，*斐思说道，*你的魔法神器还不错嘛。*

那些兽人是谁？我好像梦到过他们……

他们是入侵者，赢得了战争之后便在这里横行霸道，将这里的财富、人口、资源带回他们自己的国度……总之，我们最好避开他们。

小雷从灌木丛里跳了出来，他们继续前进。

白色塔楼几乎近在咫尺了，可天空突然乌云翻滚，还刮起了大风。艾摩司饥肠辘辘，他爬上一棵苹果树，狼吞虎咽地吃下四个苹果，又摘下两个塞进衣兜里。吃饱后，艾摩司准备下树休息一会儿，却突然看见塔楼一侧有一只老虎。他从来没见过这样的老虎。老虎全身闪烁着金属的光泽，它的脸部一半跟艾摩司所熟知的老虎一样，另一半则是由镀铬的齿轮和熔合的金属板铸成的，上面还有一只闪闪发光的红眼睛。老虎的尾巴夹在两腿之间，颤颤巍巍的，正被大风拖着向后退。塔楼的另一侧还有一条小路，这条小路藏在草丛里，如果不是站在高处很难发现。让艾摩司惊喜的是，这条小路朝着苹果树一直延伸过来。他激动地跳下树，沿着小路向塔楼飞奔而去。

*喂，你干什么？*斐思问道。

*我看到一条到塔楼的近路！*艾摩司回答。

艾摩司很快冲到了塔楼底下，风变得更大了，他慌慌张张地在塔楼的外墙上摸索着，想赶紧找到塔楼的入口。天空下起了倾盆大雨，艾摩司围着塔楼走了一圈也没有找到入口，他在风雨中半睁着眼，无处可躲。这时，小雷“喵喵”地叫起来，它跳到艾摩司的脚上，然后径直穿过了墙壁。

电闪雷鸣，风雨越来越大，艾摩司壮了壮胆，径直冲向那堵墙，进入了塔楼。

- Amos The Amazing -

第四章

塔楼里的公爵

IV

第四章

- 塔楼里的公爵 -

塔楼内部安静而祥和，墙面如水晶一般透明。艾摩司意识到，这里的墙壁是单面镜，从外面看不见里面，但从里面能清楚地看到外面——外面雷电交加，狂风呼啸，暴雨正猛烈地拍打着塔楼的外墙。

“你好——请问有人吗?”艾摩司大声喊道。

没有人回答。

艾摩司向四周张望，塔楼的底部简陋但很干净，地上没有一滴水。小雷一个跃身跳上螺旋状的楼梯，艾摩司赶紧跟了上去。“等等，小雷。”喊声在塔楼内部回响着，听上去有些令人害怕。艾摩司紧跟着小雷一层一层地往上爬。爬到一半，他发现墙上挂着一幅幅神奇的画，画里的景物和人都会动，他不由得放慢了脚步。一幅画中，一群骑手骑着野兽在沙漠中奔跑，他们的坐骑有恐龙那么大，样子像蜥蜴。另一幅画里有一个坐落在山顶的国度，国度里有许多小矮人，他们留着络腮胡，看起来强壮而敦厚，正在开采金属矿。一转头，这边的画里

有一群大象模样的野兽，它们的背上坐着小矮人，浩浩荡荡地走在地平线上，就像一座移动的城市。

快到楼梯顶端时，艾摩司又看到了一幅画：在波涛汹涌的海面上，几艘大船上的海盗正与几头巨大的海怪战斗，大船的旁边有一些小船，其中几只被巨大的氢气球带上了天空。楼梯顶端的画里有两座城堡一样的建筑，它们上方的天空在昼夜之间不停地转换。这些画让艾摩司很是着迷，他想停下来仔细看看，但魔法斗篷似乎很着急，推着他朝塔楼顶层大厅的尽头走去。

顶层大厅很宽敞，大厅的尽头有一个人背对艾摩司坐着。艾摩司小心翼翼地走到他身边，发现他正目不转睛地盯着一张空白的画布。这个人身材瘦削，穿着奶油色的西装，宽大的衣领上布满了褶皱。他拄着一根手杖，指尖在手杖顶端有节奏地跳动。过了一会儿，这个人慢慢地转过身来，他看上去有些衰老，脸色苍白，略微发白的金发被整齐地梳到后面，一双没有神的眼睛冷冷地望着艾摩司。艾摩司发现，这个人的眼睛跟格蕾丝姑妈的一样，也是双眸异色。

“你来得太晚了，”神秘人开口了，“太晚了，来不及了。我还有其他的事要忙，你也去忙你自己的事吧。祝你好运。”

“等等，”艾摩司恳求道，“拜托了，我需要帮助，我是说，能不能请你帮帮我……”

“每个人都有需要帮助的时候，”神秘人说，“斐思，这次要靠你自己了。”

艾摩司的心沉了下去，他失落地转过身，但他的魔法斗篷又将他推到神秘人跟前。这时，魔法斗篷扬起一边包裹住了神秘人，并轻轻拍了拍他面无表情的脸。一瞬间，神秘人像是摘掉了面具一般，冰冷的眼神里流露出喜悦：“是你啊，斗篷精灵！你……你走了多久了？你还记得这里，是吗？”接着，他转过头看了艾摩司好一会儿，说：“我是这里的公爵。在这个地方，我已经有一万年没有看过月亮了，真是可悲。”

“发生什么事了吗？”

“发生了大爆炸。”

“难道有人把你们的月亮炸了？！”

公爵眉头紧锁，用念诗的语气说道：“混沌初醒，开天辟地，万物出生，和谐平静；龙施魔法，生灵涂炭，众神降临，守护孤岛……你，知道龙和神灵吗?”

你知道他在说什么吗? 艾摩司问斐思。

斐思没有回答。艾摩司闭上眼睛，试图用意念寻找沉默了很久的斐思。原来，斐思被困在了魔法项链里，他试图把斐思拽出来。

公爵似乎明白了一切，他对艾摩司摇了摇头。

“不，不，不要叫她出来，你一个人就够了。”公爵一边说一边打了一个响指。神奇的事情发生了，斐思脚上的软皮靴变成了兔子耳朵拖鞋，身上的盔甲变成了红色家居袍。艾摩司用手摸了摸自己的头，忽然醒悟过来——他又回到自己的身体里了!“我的天啊!这可太酷了，你是用的什么魔法吗?我……居然变回来啦!”

公爵一边打量着艾摩司，一边转动着他的手杖，手杖上的水晶闪闪发光。

“你是谁?”公爵问道。

“我……”艾摩司被这个突如其来的问题问住了，他支支吾吾，不知道该怎么解释这一切。他思索了一会儿，觉得自己应该告诉公爵实情，于是回答说:“我叫艾摩司，我是从另一个世界来的，我只有一半的灵魂，不知道为什么就撞进了斐思的身体里……对了，是我的猫咪小雷带着我来到这座塔楼的。”

公爵面无表情地继续问道：“你来这里做什么？”

“我……事情可能有些麻烦，我想找到易形狐和解药，但我不知道该怎么去找，我……你可以帮助我吗？”

“我为什么要帮你呢？”公爵叹了一口气，转头看向远方。过了一会儿，他回过头盯着艾摩司，表情更加严肃了。

艾摩司有些心慌，刚认识就请人家帮忙可能确实有些唐突。*也许我应该先跟他做朋友。*他抬起头，用手指戳了戳空白的画布，问道：“嗯……我刚才进来的时候，看见你一直盯着这块空白的画布，你是不是在烦恼，不知道该画些什么？”

公爵双手抚摸着画笔：“我已经画完了，这幅画已经很完美了，你不觉得吗？”

听了公爵一本正经的回答，艾摩司忍不住笑起来：“可是这画布上什么都没有呀？”

“画布本来就是空白的，它代表着极简，极简是一种自然的力量，只是容易被破坏。”

“我不明白。”艾摩司说。

公爵望了望窗外，又回过头看着艾摩司。“每个人都认为自己是艺术家，”他冷冷地说，“但这个世界上，错误的选择太多，人们常常创作出错误的东西，然后造成令人痛苦的结果。所以，什么都不画，空白，是最好的。”

“但……但是，一幅空白的画有什么意义呢?”

“空白就是意义，”公爵说，“至少，它平静而富有包容性。你知道吗？一幅美丽的画可以让人们为之疯狂，甚至可以引发一场战争。我亲眼见证过这样的事情发生，或者也可以说，我参与过这样的事情。”公爵的眼睛竟然泛起了泪花。

“可……可我还是觉得，画的内容表达了画者的思想和感情，不管别人怎么理解，对于画者而言那就是真实而可贵的东西，这样的东西才更有意义，不是吗?”

公爵皱起眉头说道:“你能知道些什么!”接着他低下头，眼里涌出一阵悲伤，“如果再画，或者说，重新开始的话，我不知道会怎样。眼前已经没有路了，也许就这样保持空白，就这样什么都不做，才是最好的选择。”

艾摩司想起了爸爸的话，说：“我爸爸告诉我，在大部分情况下，我们都难以了解事情的全貌，也无法掌控事情发展的走向。但我们不能因此就什么都不做，如果对现状感到不满而想要有所改变，必先有所行动。”

“想要有所改变，必先有所行动?”公爵重复道。

艾摩司紧张地点点头，他不知道自己刚才说的话是不是准确表达了爸爸的意思，于是又仔细回忆了一下爸爸的话，然后模仿起了爸爸说话的节奏和语调。“我们不能因为当下没有道路，就寄希望于未来有一天道路自己铺展开来，”他又加上了自己的理解，“就是说，在事情不顺利或者我们觉得走投无路的时候，不能什么都不做，我们要争取想出新的办法，总之要先行动起来。”说完，艾摩司挤出一个自认为好看的微笑。

公爵笑起来，看上去像个孩子。他伸手摸了摸艾摩司乱七八糟的头发。艾摩司心里一阵暖意，他突然有些想家了。

塔楼外，暴风雨已经停了，阳光照进塔楼里，轻盈的灰尘在光束里自由飞舞。公爵走到画布跟前，拿起一把干巴巴的画笔刷，在画布上试探性地刷了几笔。一瞬间，公爵的眼神中有了些许光亮。“也许，一切都可以重来，一切都还有可能。艾摩司，你讲得很有道理。”

公爵转过身来，把目光聚焦到艾摩司的魔法项链上。“谢谢你刚才说的，这对我来说是一份礼物。作为回报，我也想送你一份礼物。你刚才说，希望可以得到帮助，是什么呢?”

“我……我想知道，”艾摩司回答说，“我下一步，该往哪儿走呢？那个偷走我灵魂的易形狐，我要去哪里才能找到她呢?”

“你得把一切都告诉我，但要简明扼要。你只有半个灵魂，你的时间不多了。”公爵一边回答一边摆动着双手，只见一支羽毛笔从桌子上飘起来，浸入墨水中，随后在一张纸上“唰唰”地写起字来。

艾摩司深吸了一口气，从头开始仔细地讲起来，从辣椒冰激凌、隔间里的箱子、易形狐，到他的爷爷，以及他是如何遇见斐思的，没有漏掉一个关键环节。

公爵耐心地听着，艾摩司讲完后，他开口说道：“你所说的‘魔法世界’，还有易形狐所去的‘安雅特拉’，都是这个‘梦境世界’，这个世界有很多名字。同样，你要找的易形狐也有很多名字，她还有很多伪装，有好的一面，也有坏的一面。”

艾摩司似懂非懂地点了点头。

“这是一个看不见的面具，你过来。”公爵一边说，一边从自己的脸上摘下一个隐形的面具。摘掉面具后，公爵的眼神看上去有些闪躲，表情也有些不自在。“我总是感到害怕，所以每天都戴着这副面具，我已经戴着它……很多年了。虽然这并不能消除我的恐惧，但确实能让我好受一些。”

“真的吗？”艾摩司问。他戴上了隐形面具，瞬间感到心里涌出一股勇气，他确实感觉好多了。

公爵点点头说：“现在你可以勇敢地面对这个世界了。”

“你是个魔法师吗？”艾摩司有些崇拜地问道。

公爵微微一笑：“以前是有人这么叫过我。这副面具你留着吧，艾摩司。不过，我想告诉你的是，这个世界的情况你已经看到了，等你离开塔楼之后，一切都不会像你想象的那样顺利。你可以考虑留在我这里，这里安全而舒适，而我会教你魔法，你会变得强大。”

艾摩司有些心动——学习魔法，变得强大，这是自己一直以来的梦想。可是，他的脑海中又出现了奶奶在床边照顾爷爷的情景。爷爷体内的毒素正在扩散，爷爷非常、非常地虚弱。

见艾摩司沉默不语，公爵用画笔刷在画布上刷了一下，接着从颜料管里挤出颜料，开始在托盘上调色。他画了一个奶油色、椭圆形的物体，物体表面闪闪发亮，仿佛其内部藏着耀眼的光芒。

“这是珍珠吗？你画得可真好看，太有才华了！”艾摩司一边评价一边眯着眼睛仔细地观察这颗珍珠。

“有才华固然是好事，但天赋也很重要，”公爵说，“还好，在众神的庇护下，你的天赋正在苏醒。”公爵压低声音说，“在你自己亲身经历之前，不要轻易相信其他人的说法，相信你自己就可以了。信仰是非常强大的东西，你要保护好自己的精神花园，不要让那里杂草丛生。”

艾摩司再一次似懂非懂地点了点头，他也不知道这个点头的含义是什么。注意到艾摩司有些不安，公爵又亲切地拍了拍他的肩膀：“只要点一盏灯就行，艾摩司，在灯光之下，噩梦就没那么可怕了。”

这时，艾摩司身上的魔法斗篷开始呼呼地翻腾，他知道，这意味着自己得出发了。“我得找到易形狐，夺回我的灵魂，公爵先生，你能告诉我接下来该去哪里找她吗?”

“当然是你即将到达的地方，去霍布海姆吧，你只需要一直往前走。”公爵凝视着远方。

“那我要怎样才能救爷爷呢?”

“往前走，找到女巫，她们会告诉你的。这一路曲折而黑暗，也许你会遇到贵人……但你切记，要严格遵守自己的诺言，否则，你将得不到任何帮助。”

艾摩司点了点头:“那我必须试试。”

- Amos The Amazing -

第五章

吸血巨魔

V

第五章

- 吸血巨魔 -

艾摩司从塔楼出来后，斐思挣脱了魔法项链的束缚，重新出现了。她惊讶地发现，现在角色已经转变，是自己在艾摩司的身体里了。艾摩司本来担心斐思会生气，但她并没有说什么，而是平静地接受了，他们再一次一起前进。

脚底的道路坑坑洼洼，不少地方都出现了下陷，大概曾经有不少大型动物从这里经过。进入沼泽区后，艾摩司的脚经常陷进泥土中，每一步都比平时要艰难很多。更糟糕的是，天空竟突然下起了雨，这让路面的情况更加糟糕了。

*往树多的地方走，*斐思说，*我们得尽快离开这里。*

“没问题！”艾摩司一边回答斐思，一边往森林的方向走。这片森林里的树枝纵横交错，长长的藤条光秃秃地卷曲着。前方长满了芦苇，艾摩司艰难地穿越茂密的芦苇丛，芦苇的叶片割伤了他的脸。艾摩司有些害怕，他想跟斐思聊聊天来缓解内心的恐惧。

“那个……”艾摩司的声音有些颤抖，“那个，嗯，霍布海姆是一个什么样的地方啊?”

霍布海姆是一片广袤的土地，那里居住的大多是普克人。我也要去那里，我有重要的任务要完成。

“是什么任务呢?”

跟你没关系，管好你自己的事情，别出声，快走。

艾摩司正准备再问，可突然传来的一阵呼啸声把他吓了一跳。

*那是风吹过岩石峭壁的声音，傻瓜。*斐思说，*这被我们称为“风灵之声”。*

艾摩司有点尴尬，他把双手围成一个喇叭的形状，用力往里面吹气，想模仿风灵之声。他的声音传得很远，在沼泽上空回荡。

*你在做什么？你疯了吗？我不是让你别出声吗？*斐思惊慌地说。

“听到回声了吗?”艾摩司咧嘴一笑。

*你知不知道这里到处都是……哦，不，我的天啊，我们现在有大麻烦了！快跑！往那边跑，找高大的树！*斐思的声音听起来惊恐万分，艾摩司感受到了她的恐惧，

心里涌起一种不祥的预感。

这时，艾摩司闻到了一股奇怪的味道，紧接着身后传来一阵“沙沙”声。他忐忑地转过身，只见两个魁梧的身影正从灌木丛中爬出来——是两只巨大的怪物，身上长满了苔藓。怪物一声一声地低吼着，伸出手，露出锋利又肮脏的指甲，想抓住艾摩司。艾摩司一个躲闪，怪物抓空了，又一个躲闪，怪物还是没有逮住他。但是，怪物越来越多，艾摩司很快便被它们包围住了。

*你这个傻瓜！*斐思很生气。

我……我做错了什么？这些都是什么东西？

你吵醒了一整窝的吸血巨魔！

吸血巨魔？那我们现在怎么办？你快想办法呀！

跑！艾摩司，别停下来！我们快点离开这里！

但是已经来不及了。吸血巨魔们张牙舞爪地朝着艾摩司靠近，艾摩司动作还算敏捷，但是巨魔的数量太多了，他最终没能躲过，一只脚被巨魔的爪子抓住。*这下完蛋了，*艾摩司心想，*难道我就这样栽在吸血巨魔的手里了吗？*

艾摩司脊梁骨发冷，僵在原地。他的意识深处又出现了易形狐的身影，现在的感觉就像被易形狐牢牢抓住那样，身体动弹不得，内心极度恐惧。

“艾摩司，快挣脱它的爪子！”斐思突然尖叫出了声，“让我来教训这群吸血鬼！”

又一群巨魔蹒跚着从沼泽中走出来，向艾摩司伸出干巴巴的手臂。艾摩司挣扎着从巨魔的爪子中抽出自己的脚，一个踉跄摔在地上，接着手忙脚乱地往后退。

“血……血……”吸血巨魔发出嘶哑的声音，艾摩司能闻到它嘴里腐烂的味道，只觉得头脑一片空白。

幸运的是，斐思的战斗本能终于被唤醒了，艾摩司的身体又变回了斐思的身体。她猛地拔出剑，一个侧劈就割断了钩住她手腕的爪子。不等爪子落地，斐思敏捷地俯身，用背上的盾牌挡住了伸向她的另一只爪子。

“你们这些该死的怪物！”斐思一边喊一边挥舞着剑砍向身边的巨魔。她以仰卧的姿态举剑向上猛刺，又一跃而起，挥舞着剑向下猛劈。艾摩司看得眼花缭乱，只见身边巨魔的手指头掉了一地。接着，斐思又飞快地从背上取下盾牌，用剑猛烈地敲击盾牌，发出“哐哐哐”的响声。她对着吸血巨魔大声喝道：“来吧，丑陋的家伙，你们难道只有这点儿本事吗？”

吸血巨魔并没有什么反应，依旧是低着头、笨拙地朝他们走过来，试图抓住眼前这个还没有它们膝盖高的精灵。可是它们哪里能抓住灵活的斐思，只见斐思挥舞着利剑冲向巨魔，动作仿佛行云流水，疼得它们仰天嚎叫。

在逐渐变暗的天色中，斐思的剑发出一种柔和的光。这把剑是有灵性的，在触碰到巨魔的血液后，它已经知道了该如何对付巨魔，更神奇的是，剑身开始分泌出一种化学物质，可以延缓巨魔伤口复原的速度。可是，尽管斐思不停地抗争，但吸血巨魔源源不断，慢慢地把她往森林的方向逼退。

这时，一个黑影挡住了斐思的退路。她转过身，抬起头，看见一只浑身疙瘩的吸血巨魔。这只巨魔的体形更高大，背上挂着一件苔藓和海草做成的斗篷。它用粗哑而浑浊的声音对斐思说：“我要吃了你……”话音刚落，它的嘴里飞出一片片海藻，粘在了斐思身上。

斐思气得龇牙咧嘴，还没等巨魔反应过来，就一记重拳打了出去。“哎哟，你这个混蛋精灵！”巨魔一边吼

叫一边俯下身，想一口把斐思咬成两半。斐思抡起盾牌用力一砸，一口墨绿色的血从巨魔的嘴里喷射而出。斐思跳到了它的背上，打算彻底制伏它，没想到另一只巨魔趁机从背后扑来，用锋利的爪子划破了她的盔甲和皮肤。鲜红的血液从斐思的背上流下来，与巨魔深绿色的、黏糊糊的血液混合在一起。

斐思强忍住疼痛，挥起剑刺向抓伤她的巨魔，接着跳到附近的一棵树上，沿着粗大的树枝逃跑，来到了一条湍急的溪流边。停下来之后，她意识到自己的右腿被巨魔咬伤了，毒液正通过血液流向全身。斐思瘫软地坐在地上。

艾摩司也能感觉到同样的疼痛。他焦急地四处张望，想看看附近有没有人能帮助他们。突然，他看见远处升起一阵袅袅的炊烟。

“斐思快看，那里有人！”

“是……有人……”斐思含糊不清地重复道。她强撑着起身，一步一瘸地朝着炊烟的方向挪动。

“斐思，你看，是个小木屋！你再坚持一下，我们马上就到了！”

又走了一段路，他们终于到了小木屋跟前。艾摩司发现，小木屋的门前有一些红色和白色相间的尘土。斐思没有力气了，她把头靠在门上，费力地抬起一只手，在门上敲了三下。艾摩司突然感觉自己轻飘飘的，随着屋檐下一阵风铃的声音，他竟从斐思的耳朵里飘了出来。

接着，门开了，斐思倒在了两位女士的怀里，其中年长的一位穿着绿色的长袍，年轻的一位穿着灰色的长袍。她们小心翼翼地把斐思抬进了屋内，把她放在一张毛茸茸的毯子上。斐思很快昏睡了过去。

- Amos The Amazing -

第六章

另一个魔法学校

VI

“他们正在过来的路上。”戈婼克一身护士服，俯身在易形狐的床前低声说道。

易形狐的头上套着兜帽，兜帽挡住了她的脸，只能看到那双闪着光的琥珀色眼睛。她向四周看了看，确认屋里只有自己和戈婼克后才放松了警惕，摘下兜帽。

通过克罗诺司旺斯魔法学校的传送门后，易形狐穿越到了斯洛莫斯魔法学校。戈婼克托起一个浑浊不清的水晶球，水晶球开始旋转，从里面传出一阵脚步声。透过水晶球，她们看到六名身着黑色盔甲的士兵走向一座有八个塔尖的城堡。城堡坐落在一片荒废的土地上，周围只有扭曲的树木，这正是斯洛莫斯魔法学校——一座兽人魔法学校。而易形狐和戈婼克，此刻正在这所学校校医院的病房里。六名士兵朝校医院的方向走来，易形狐知道，他们一定是来抓自己的。

易形狐身上缠着绷带，她一只手放在喉咙的伤口上，另一只手到处摸索着自己的匕首，目光游移在病床旁边的符文盔甲和武器上。

“你准备逃跑吗?”戈婼克问道。

“又能逃到哪里去呢?”易形狐用嘶哑的声音回答道,“这里没有我可以躲藏的地方……”

戈婼克的目光停在了易形狐被咬破的喉咙上:“你现在的状态,是不可能……”

“我是不会逃跑的,”易形狐低吼道,“把我的匕首给我。”

戈婼克叹了一口气,按易形狐说的,递给她一把套着黑色皮鞘的匕首,隐约可见的魔符在匕首光滑的刀柄上旋转。易形狐接过匕首,把它藏在枕头下面。随后,她们把目光转向水晶球。突然,戈婼克睁大了眼睛,盯着队伍前面的人——天哪,是革加·拉格拉将军!

“如果他发现……”戈婼克的声音在颤抖。

“那我俩都活不了。”

革加·拉格拉将军一行人进入学校后,史露布校长接待了他们,这会儿正领着他们穿过通道,这些通道可以通往城堡的八个塔尖。从上空俯瞰,这座城堡就像是一只巨大的蜘蛛,而这八个塔尖则像是蜘蛛的八只脚,学生们能够在此学习到八种不同的法术：戒术、变形术、召唤术、心灵融合术、占卜、幻术、召魂术和死灵术。除此之外，城堡的中央可以学习剑刃术，而时间术已经很久未再出现于课堂之中——这或许也是学校的学生上课总是迟到的原因之一。

校长一行七人走到校医院外面的拱门前时，遇到了两位正在聊天的教授。一位是矮矮胖胖、穿着血红色长袍的多尔祖克教授，另一位是高高瘦瘦、头戴羽毛大檐帽的普劳夫教授，他的整个身体在宽大的棕色长袍下显得单薄又脆弱。史露布校长稍微放慢了脚步，向他们点了点头。

“您好啊，将军。”多尔祖克教授微笑着说。在他的旁边，普劳夫教授摘下他的羽毛帽子，优雅地鞠了一躬：“将军，欢迎您来到斯洛莫斯。”他故意拖长声调，朝史露布校长挤了挤眼睛。

“不要废话，快走。”将军完全无视两位教授的存在。

“这边走，将军。”史露布校长毕恭毕敬地对将军说。他们从两位教授身边走过，进入校医院的大厅，径直朝着住院病房区走去。

“他们来了。”护士戈婼克说道。易形狐点了点头。她的一只手伸到枕头下面，将匕首从皮鞘中抽出一半。她等待着机会，想要结束这一切。

将军一行人走进了易形狐的病房。

“将军，”史露布校长说道，“她伤得不轻，但恢复得还算不错。”

“叫醒她。”将军说道。

“可是将军，以她现在的情况……”

“我不是在建议你。”将军朝史露布校长笑了一笑。

史露布校长知道将军得罪不起，随即转向护士：“戈婼克，就照将军说的办。”

戈婼克点了点头，念出一阵低沉的咒语，伴随着施法的手势，空气中出现了一道黑色能量，还夹杂着刺眼的电光。

装睡的易形狐缓缓地睁开眼睛，侧目看了看将军。

“你好，苏格，”将军叫了易形狐的一个名字，“我相信，你应该拿到你需要的东西了吧？”

易形狐注视眼前这位兽人将军，他的身体就像一座山矗立在两条腿之上，身上的伤疤仿佛在诉说着他身经百战的经历。易形狐握紧了那把带毒液的匕首。今天，*或许是我生命的最后一天，也或许，是我重生的第一天。*

“将军……”易形狐试图让将军离自己近些，她低声回答道，“钥匙……差不多到手了。”

“差不多？”将军眯起了眼睛，朝易形狐走近了一些，“我不喜欢‘差不多’这三个字。”

“只是差一点，”易形狐喘着气说，“本来已经得手了，但是……那个小子……有人在保护他……”

“所以说，那个小孩子让你束手无策了？”将军俯下身打量着易形狐，并没有注意到她琥珀色的眼睛里闪着冰冷的光，“看来你并没有大家所说的那么有能耐啊，或许我该重新考虑我们的交易了。”接着，他点燃了一支雪茄，朝易形狐的脸上吐了一团烟雾。

易形狐将匕首握得更紧了。

“哦，对不起，将军，这里是医院，是不能吸烟的。”史露布校长赔着笑说道。

“这是谁定的规矩？”将军一边笑一边笔挺地站直了身体。

史露布校长愣了一下，点了点头，后退了几步。

易形狐眯起眼睛注视着这一切，压抑着心中的怒火，不露声色。

“那么，这次城堡里的宴会，你们知道是什么时候吗?”将军饶有兴致地问道。

史露布校长向后翻下了她的黑色兜帽，露出尖尖的耳朵和刘海底下一双闪闪发亮的深红色眼睛。“是的，将军。我们都知道……国王邀请了来自世界各地、各个学派的魔法师去霍布海姆，听说国王将展示一些非常有趣的东西。当然，我们会献上……”

将军哈哈大笑起来：“是吗，那我们可不能缺席。”他在床头柜上按灭了雪茄，随即把烟头扔在易形狐的病床上。“不过话说回来，要不是因为他手里那些破玩意儿，我们早就送他去另一个世界了。”他朝着校长咧嘴一笑，露出满嘴的尖牙。

“是的，飞蝶、飞蜘蛛、飞蜗牛，魔戒、魔链、魔斗篷，国王他们造出了许多好用的工具……”校长赶紧接话。

“我不在乎，我也不感兴趣。我们兽人族已经足够仁慈了，一直容忍他们拿这些小玩意儿来糊弄我们。”将军转头对易形狐说道，“所以，现在，你得赶紧把那个小孩子弄到手，这样我们才能获得钥匙，打开那扇门，拿到那本该死的书，清楚了吗?”

易形狐点了点头，用嘶哑的声音说:“是的，我会拿到我们约定好的东西。然后……”

“等你把书给我之后，我们再谈‘然后’，你这个可怜虫。”

“还有你们，”将军低头盯着校长和护士们，“你们最好赶快治好她，让她把事情办完。否则，史露布，你就是下一个闭眼的人。”

公爵从头到尾看到了这一切，塔楼里透明的墙壁像屏幕一样为他呈现出斯洛莫斯魔法学校里发生的事情。现在，墙上的画面从校医院转到了离开塔楼的艾摩司。自从那个住在精灵身体里的男孩来过塔楼之后，公爵心里不再孤单，他感到自己、艾摩司，还有易形狐，都被某种神秘的力量联系着。看到艾摩司和他的精灵朋友找到了森林里的小木屋，公爵不由得会心一笑。他的手指在手杖上跳动着，像是在演奏一首无声的乐曲。

- Amos The Amazing -

第七章

森林里的女巫

VII

“看这个伤，应该是吸血巨魔。”年轻的女子皱着眉头说道，涂成暗红色的嘴唇刻意地强调了“魔”这个字。

这时，斐思盔甲的缝隙间掉出一根巨魔的手指，这一定是巨魔抓伤斐思时被她砍下的。女子小心地将斐思的盔甲卸下来，发现她的身上有三道长长的伤口，深红色的血痕里能看到绿色的气泡。更可怕的是，有紫色的纹路出现在斐思的皮肤上，并像植物的根一样蔓延开来。

“那些巨魔能闻到血腥味，”穿绿色长袍的年长女子说道，“我得去把她留下的血迹清除掉。”说完，她颤颤巍巍地向门口走去。

从斐思身体里脱离出来的艾摩司待在一旁，一会儿担心地看看斐思，一会儿又低头看看自己有些透明的双手，心里有些发慌。他想让自己冷静下来，于是深吸了几口气，环顾起四周。

这里安静而祥和，每个角落都点着蜡烛，烛光怀抱着整个小屋。屋里很整洁，东西收拾得井然有序，空气中弥漫着鼠尾草和迷迭香混合的香气。客厅里摆放着许多植物，窗边的摇椅上卧着一只懒洋洋的黑猫。房间一侧的壁炉旁放着三口大铁锅，墙上有几个木架子，上面摆着形形色色的罐子，里边装满了各种奇怪的东西。木架子的上方悬挂着成捆的草药、成串的石头、几块烟熏肉和一些不知道是什么的东西。

年长的女巫回来了，她关上门说道：“我想，她没有被吸血巨魔尾随，至少现在没有发现……”接着，她转过身，对着一旁的艾摩司说道，“你们暂时是安全的，那么，现在请告诉我，你是谁？”

*原来她们能看见我啊。*艾摩司心想。

“你是幽灵吗？你为什么会在这儿？”年轻的女巫朝艾摩司走来，“你，你们俩，是密探吗？”

“密探？谁的密探？”年长的女巫有些疑惑。

“谁知道呢，可能是疯狂国王？不过，这个女孩大概是个普克人。”年轻的女巫指着斐思说道。

“可我觉得她来自扉境。她长着鹿角，我能闻到扉境的气味，他们俩的身上都有这样的气味。”年长的女巫轻轻地摸了摸斐思的脸。

“至于你，”年轻的女巫对艾摩司说，“不管你是谁，我们不喜欢不请自来的幽灵。”

艾摩司有些结结巴巴地说道：“我……我不是幽灵，我现在这个样子是因为我……我只有半个灵魂……我也不是这个世界的人，我来这里是为了救我的爷爷……我……对了！公爵！我之前和公爵在一起，公爵让我来找你们，他说你们可以帮助我救爷爷。”

两个女巫有些诧异，她们看看彼此，又看看艾摩司。

“你认识公爵？我们凭什么相信……”

突然，门外传来一阵什么东西在抓门的声音，声音很轻，但一直不停。年轻的女巫走过去，把门打开一条缝，小雷一下子溜进了门，趴到艾摩司的脚下，高兴地冲他“喵喵”叫，然后跑到斐思身边，挠了挠她一动不动的身体，接着又跑回艾摩司跟前，坐了下来。

两个女巫一脸疑惑，相互交换了一下眼神。*他居然还有一只猫，难道这小子也是个巫师？*

沉默了一会儿，年长的女巫走上前握住艾摩司的手——她惊讶地发现自己能实实在在地触摸到这个幽灵。“我叫梅尔德，也叫‘格林女巫’，”年长的女巫自我介绍道，“这里是我的家，我们本来有三个人，但有一个离开了……总之，欢迎你的到来。”她一边说一边拉下自己的兜帽，给了艾摩司一个慈母般的微笑。梅尔德白色的头发打着结，在脸的两旁凌乱地卷曲着。她的眼睛很圆，像猫的眼睛，鼻子是鹰钩鼻，脸上有许多岁月的痕迹，看上去充满了智慧。

年轻的女巫也凑了过来。“我叫丽瓦娜，”她说，“很高兴认识你。”丽瓦娜长长的黑发一直垂到腰部，精致的鹅蛋脸上也长着鹰钩鼻。她的皮肤是冷白色的，就像冬日的月亮，身上还散发着薰衣草的气息。

“哇塞！你们果真是女巫！”艾摩司有点兴奋，“你们好，我叫艾摩司！”

“艾摩司，这只猫是你的吗？”丽瓦娜回头看着小雷，问道。

小雷一点也不见外，已经跳上了摇椅，正使劲儿嗅着黑猫身上的味道。

“它是我奶奶养的，它叫小雷，我觉得它好像认识你们家的猫。”

“我们的猫叫菲戈门特，”梅尔德点头表示认同，又指着斐思问，“那，她又是谁?”

“吸血巨魔把她伤得不轻啊。”丽瓦娜叹了一口气。

她们看向卧在毯子上的斐思。

“她是斐思，是扉境的精灵，也是我的同伴。她救过我的命，要是没有她，我早就不存在了……我的意思是，我的灵魂就不会出现在这里了……而且……”艾摩司有些语无伦次，“我很想把自己另一半的灵魂找回来，所以我需要斐思跟我一起，拜托了，你们能救救她吗?”

“我们可以帮她，但要制作解药的话……”

“啊！说到解药，我的爷爷也中毒了……你们能告诉我要怎么救他吗?”

“中毒？什么症状?”

“爷爷的伤口又黑又紫，又肿又难闻。”

“闻起来像什么?”

“就像是……某种花的味道，是一种非常强烈的香味，香得都有些发臭……”

两个女巫交换了一下眼神。

“那你爷爷是怎么中的毒，你又是怎么发现他中毒的?”丽瓦娜问道。

“好了，”年长的女巫说，“丽瓦娜，你知道得够多了，不要再问下去了。”她又转向艾摩司，说道：“解救你的爷爷和同伴需要一种材料，可那实在不好找。”

“你的意思是，只要能找到这种材料，就能熬制出解药吗?”

丽瓦娜点点头，回答道：“你得去找胃石，或者独角兽头上的角，或者……”

“等等，等等！独角兽的角？如果没有了角，独角兽不就死掉了吗?”

“是，但必须如此才能做解药。”

“可是……”艾摩司很是为难，“那……胃石，我决定去找胃石！那是什么东西呢?”

“就是一种胃里的结石。”

“需要哪种动物的结石？我要怎样才能得到这种结石呢?”

“奇美拉，它栖息在北边的山上，胃石具有解毒的奇效。”

“奇美拉？我从来没听说过这种动物……”

“它们长着狮头、羊身和龙尾，嘴里能喷火。只要打败它，它便会交出胃石。”

听到这里，只有半个灵魂的艾摩司默默地低下了头。

“当然，如果你的心性足够纯洁，意志足够坚定，你也可以试试去龙王曹腾的洞穴里寻找‘曹腾之花’。那种花能解百毒、治百病。”梅尔德挠着下巴说。

“‘曹腾之花’是吗？我要去试一下！那个洞穴在哪里呢？离这儿远吗？”艾摩司问道。

“洞穴在寺庙的附近，寺庙在霍布海姆的方向，非常远，而且一路上充满了危险。”

霍布海姆？我正要去那里！这下岂不是正好顺路？

“那……我如果离开很长时间，斐思怎么办？她也中毒了，她会死吗？”

“我们可以熬制药膏，减缓毒素的扩散，让她恢复一些精神。所以艾摩司，你先休息一会儿，我们得去帮帮你的同伴了。”

两个女巫忙来忙去，从储藏室里取出各种草药，从巨魔手指里挤出一滴血，和蜂蜜搅拌后，加入草药和一些艾摩司不认识的东西一起捣碎。她们将这黏糊糊的混合物铺在绷带上，然后把绷带缠在斐思的伤处。不一会儿，斐思抽搐了几下，又动了动，最后揉了揉眼睛，慢慢坐了起来。她环视了一下房间，看到了艾摩司。

“你……”斐思睁大了眼睛，想说些什么。

“对不起，斐思，是我害你受伤了，来到这里之后，不知道为什么，突然间我就从你的耳朵里飘了出来……”

斐思就像一只丛林野猫一般，猛地跳了起来。在伤口的拉扯下，她感到一阵剧痛，于是转身问女巫：“我感觉现在心跳好快，是药膏的作用吗?”

“你喜欢这种感觉吗？这能让你恢复一些精神。”梅尔德回答说。

“不过这只是暂时的，暂时的。”丽瓦娜重复了一遍，眼神很严肃。

“毒素还在你体内扩散，只是速度比较缓慢。你是扉境的精灵吧？趁你还扛得住，最好赶快回到夏日女王身边去。”

斐思难过地摇摇头：“我现在还不能回去，我还有重要的任务没完成，我必须得去一趟霍布海姆。”

艾摩司赶紧点了点头说道：“我也是！公爵让我继续前进，说要去霍布海姆才有可能找回我另一半的灵魂。”

“艾摩司，你最好别去那里。霍布海姆……情况很复杂。”梅尔德皱着眉头说道。

“无论如何，我先去找你们说的‘曹腾之花’，一定要帮斐思和我爷爷解毒才行。”

梅尔德摇摇头，长叹了一口气。

丽瓦娜端出了饼干、糖果，还有热腾腾的果茶，对斐思说：“今晚先在这里休息吧，我们再替你准备一些药膏和绷带，一路上也好延缓毒性发作。”

斐思感激地点点头。

夜里，斐思躺在沙发上，艾摩司躺在一把扶手椅上。

“艾摩司，我认为，你能得到那条魔法项链、我们能莫名其妙地凑在一起，以及之前那条项链把我封住，一定都是有原因的。虽然我现在还不清楚原因具体是什么，但我相信，我最终会知道的。你放心，我们一起努力，一定会到达霍布海姆，也会拿到‘曹腾之花’。”

艾摩司点了点头，心里感到一阵温暖。*在这样一个陌生的世界里，有一个朋友真好！*他突然很想知道，妈妈现在怎样了？爸爸还在手术室里忙碌吗？奶奶是不是独自坐在厨房的餐桌旁为自己担心呢？而更让他揪心的是，爷爷是否还能坚持到自己找到解药、回去救他的时候。

“晚安，斐思。”

“晚安，艾摩司。”

他俩都累坏了，很快睡着了。

- Amos The Amazing -

第八章

湖底海怪

Ⅷ

第八章
- 湖底海怪 -

一觉醒来，女巫们已经做好了早餐，丽瓦娜端出了一盘煮蛋，一盘浆果松饼，还有一锅炸土豆。几个木凳围着一张长长的餐桌，餐桌的另一头是塞得满满当当的餐具柜。摇椅上，黑猫和小雷不见了踪影。借着清晨的亮光，艾摩司发现小屋厨房里的东西可真不少，有调料架子、精致的料理书、种着草药的花盆，还有一个橱柜，上面放着一些盛水的器皿和一个冒着泡泡的喷泉玩具。

“赶紧吃早餐吧，也好早些出发。”斐思对着东张西望的艾摩司说道。

“你们真的要走吗？我们的小屋有魔法的庇护，你们在这儿不会有危险。斐思也可以慢慢疗伤，而艾摩司，或许我还可以教你魔法。”丽瓦娜一边说，一边向艾摩司眨了眨眼睛。

“我……”艾摩司似乎有些犹豫。

“我们有三口大锅，”梅尔德说，“我俩一人一个，第三个嘛，我们的那位同伴，天知道她什么时候才会回来。

总之，那口锅给你们用，我敢肯定，你们一定会因此获益匪浅。”

“你们的同伴去哪儿了呢？”艾摩司一边问，一边往嘴里塞了一块浆果松饼。

“她嘛，满脑子都是梦……”梅尔德说，“然后，就去……”

“去魔法学校教学生去了，那里的学生是未来的魔法师。”丽瓦娜一边说一边在桌子下轻轻踢了踢梅尔德。

“你是说，她去了……”

“对，魔法学校。”梅尔德说，神情有些失落。

“你想她了，是吗？”艾摩司问。

梅尔德点了点头，丽瓦娜沉默不语。

“我倒是希望，你有机会见到她……总之，艾摩司，斐思，我真心地欢迎你们留下来。”梅尔德抬起头，脸上带着温柔的笑。

“谢谢你们，我也很喜欢这里，也很想要学习魔法，但我必须救爷爷和斐思，还要去找回我的灵魂。”

艾摩司咽下碗里最后一个炸土豆，转身对斐思说：“我们准备出发吧。”

“不远处有一个巨大的湖泊，湖边有一只船，是我为你们准备的。记住，你们的船会经过一个大瀑布，当你们听到瀑布的水声时，就往岸边划，可不要靠近那里，很危险，明白了吗?”梅尔德叮嘱道。

艾摩司点点头，他注意到，女巫家养的黑猫不知道什么时候又回到了窗边的摇椅上，但小雷没有跟着回来。

艾摩司和斐思要出发了，女巫们与他们拥抱告别：“祝你们好运，孩子们。”

艾摩司和斐思带着用香蕉叶打包好的午餐和零食，还有一些魔法绷带，小心翼翼地踮起脚尖，跨过门口红色和白色相间的尘土，出发了。

走出门的一刹那，艾摩司一阵晕眩。他感觉自己的身体似乎被两股力量同时拉扯着，眼前漆黑一片。突然，黑暗中出现了一道亮光，如同一颗燃烧的流星，那是斐思！一瞬间，艾摩司残缺的灵魂飞向斐思，他们又合体了，世界再一次透过斐思淡紫色的眼睛呈现在艾摩司面前。

斐思尖尖的耳朵抽动着，她听到了水流的声音，接着很快就分辨出了湖泊的方位，大步朝那个方向前进。

两个太阳已经冉冉升起，水流声越来越清晰。

*谢谢你，斐思。*艾摩司没有出声，而是轻轻地在心里将感恩投射给斐思。

谢我什么？

谢谢你和我一起踏上这段生死未卜的旅程。

其实，我也没有其他选择。

让你受伤了，我很愧疚，我不是故意的……

“我明白，艾摩司，”斐思说，“我跟你说过，夏日女王让我们以这样的方式结伴而行，一定是有原因的。还有，你戴的那条魔法项链，对我来说，可能意义重大。夏日女王交给了我一项重要的任务，我们要一起完成这项任务。”

“还有，找到解药。”艾摩司补充道。

斐思点点头。

“我还要找到易形狐，把我的另一半灵魂找回来。”他继续说。

斐思又点点头：“可以说，我们现在是一条船上的人了，艾摩司。”

“对，我们是朋友了！”艾摩司很是开心。

“朋友……在你原本生活的世界里，你有朋友吗？”斐思问道。

“哦，当然有！我的朋友们棒极了！比如，爱丽丝很爱笑，我经常给她讲笑话，有时候也会搞点恶作剧。还有佟睿比，她超级聪明，但很害羞，总是脸红。”

“恶作剧？那你的朋友会怪你吗？”

“当然不会。我们的爸爸妈妈是很好的朋友，我们从小就在一起玩，就像是亲兄妹一样。”

见斐思没有说话，艾摩司又问道：“那你呢？你有朋友吗？”

“当然，”斐思回答说，“我在凹林谷的侧影区结识了很多朋友……他们，嗯……不知道他们现在好不好……”

突然，斐思的尖耳朵又竖了起来：“我们到了！”

前方便是湖泊，湖面上飞舞着几只蜻蜓，不远处，一艘小木船被绑在岸边的木桩上，船上还有两支桨。

斐思快步走到岸边，迅速地解开绑着小船的绳结，就像是训练有素的水手。随后，他们慢慢地把船推向湖里，紧接着跳上船，划起桨，离开了岸边。

小船在平静的湖面上行驶了一段时间之后，艾摩司感到周围的空气越来越差，湖水似乎也被污染得很严重。

“这里以前不是这样的，”斐思说，“一定是霍布海姆那边搞的鬼。他们不仅把动物变成了机器，还……”

“把动物变成机器?！还有这样的事情吗？什么东西能让动物变成机器呢?”艾摩司打断斐思，瞪大了眼睛问道。

“据说，疯狂国王一直在试验一种‘发条魔法’，更让人担忧的是，没人知道他到底想干什么。”

艾摩司皱起了眉头，问道：“‘发条魔法’？那是什么?”

斐思回答说：“是一种罕见又可怕的魔法，能让死者复活，变成没有灵魂的机器——就像给死者装上了发条。”

艾摩司感到后背一阵寒意：“听起来是很可怕。”

“那是一种见不得人的魔法，还会产生魔污。”

“魔污是什么?”

“有一些魔法会给世界带来肮脏的东西，我们称这些东西为‘魔污’。如今，这里的空气和水都散发着恶臭，水里面还有一些看不见的黏液，这些都是魔污。”

艾摩司借用斐思的鼻子闻了闻：“这味道像臭鸡蛋

一样。”

斐思开始加速划船，她想尽快离开这个地方。

“我需要知道霍布海姆那边到底发生了什么事，”斐思说，“你知道吗，艾摩司，霍布海姆那里一直有人在发出求助信号，在这片森林都能接收到。”

“所以你觉得，这会是因为国王……”

“一定是因为国王！在霍布海姆的上空，飘着近乎黑色的云。而且现在的疯狂国王并非从一开始就是国王，据说他是从另一个世界来的，之后，他成了当时王室的顾问。霍布海姆这个国度的人是普克人，身形跟我一样，都是矮小的个头。”斐思接着说，“但是，国王很高大，更像……”

“更像我们人类的个头，是吗?”艾摩司问道。

“也许是吧……总之，我一定要弄清楚他在干什么！不查个水落石出，我绝不甘心。”

“可你现在的伤……都怪我……”艾摩司说。

“是啊，的确有你的‘功劳’，艾摩司，所以你不能再那么莽撞了。我们身边处处隐藏着危险，你必须学会多听、多观察，要谨慎行事。”

“我保证。”艾摩司点了点头。

斐思划着船继续前进，不久，他们听到了“哗哗”的水声，且声音越来越大。

“不好！是瀑布，快，我们快往岸边去！”斐思突然惊呼道。但水流的力量如此之大，无论斐思怎么努力都无法靠近岸边，相反，小船正被水流快速地拉向悬崖。瀑布奔流而下，呼啸的水声震耳欲聋，他们应该早点靠岸的，如今来不及了。

“抓紧啦！”斐思的手和脚都紧紧地扣在小船的扶手上。

小船随波逐流，很快被水流抛了出去，随着飞流的瀑布直直下落。

艾摩司感到胃里翻江倒海，他努力地抓紧船舷，就像一只趴在浴缸边、被迫洗澡的猫，每一块肌肉都紧绷着，嘴里不由自主地发出低沉的呜咽声。

艾摩司的紧张让斐思难以自如地操控身体，她被颠得猛烈摇晃，几乎失去了平衡。伴随着一阵晕眩，他们掉入了湖里，艾摩司感觉自己就像一片树叶，在水流中颤抖着。

*现在怎么办？*艾摩司问。

你能用你的魔法斗篷把我们变成鱼吗？

艾摩司试图集中注意力，唤起自己的魔法斗篷，但他满脑子都是水流的声音，斗篷也迟迟没有反应。

不行，我不能……我该怎么办？

你再试试！

不行，我不行！

好吧……总之，我们先到水面上去！

斐思以最快的速度往湖面上游去，周围环绕的鱼群让她有些头晕。

突然，周围的鱼群散开了。*哦，不！*艾摩司看到一个巨大的、发着光的家伙正向他们游来，通过脖子上的魔法项链，艾摩司能感觉到这个大家伙来自远古，拥有强大的力量。大家伙越来越靠近，艾摩司发现它的身体上布满了眼睛，而且全部都冷冷地盯着自己。更加不可思议的是，这些视线竟然把他从斐思的身体里吸了出来。

大家伙的触须缠住了斐思。艾摩司看得更清楚了，它大得离谱，身体像一只巨大的鱿鱼，面部像狗，鼻子跟象鼻一样长。

*你是谁？*这个怪物竟也可以不出声就将思想投射给别人。

我吗？我是艾摩司……

*一个男孩的灵魂与一个扉境的精灵，这可真有趣。*怪物在一团团漆黑的漩涡中抽动着触须。

*那……你是谁？*艾摩司问道。

我？我叫克希拉，是一个古老的灵魂，我被困在了这里。

克希拉，能不能请你帮帮忙，把我们和我们的小船送回到水面上呢？我的朋友在水里不能呼吸，她撑不了多久了。

*我原本属于海洋，享受着广阔的自由，后来却被困在了这个湖里，一过就是很多很多年。小子，你说一说，水面上有什么呢？*海怪克希拉并不理会艾摩司，自顾自地说着话。

嗯，上面有两个太阳……还有个非常大的瀑布……哦，对了！还有一个疯狂的国王，他把动物变成了机械一样的东西。

*小子，你从哪里来？你闻起来不属于这里。*海怪一

边说，一边用一根触须把艾摩司拉到它其中一个发光的眼睛上，就像一个拿着放大镜的孩子在观察一只小小的跳蚤。

我是……嗯……这是一个复杂的问题。我的确来自另一个世界，在那里，易形狐偷走了我一半的灵魂，还毒害了我的家人，我是费了好大劲才追着她来到这个世界的。在这里，我剩下的一半灵魂和扉境的精灵撞到了一起，所以我们得一起行动。我想要尽快找回我的灵魂，还有解毒的药，然后回到我的世界，我的父母一定很担心我。

海怪满身的眼睛眨了眨，面无表情，似乎在思考什么。

你是说，你可以穿梭于不同的世界?

不，我是说……实际上，我也不知道怎么就来到这里了。

我迫不及待地想要离开这里，你要离开的话，一定要带上我。

艾摩司看见斐思的嘴里冒出一些气泡。

我的朋友快不行了，拜托，你能先帮我们离开水

里吗？

*我可以帮你，*海怪又眨了眨满身的眼睛，*但你得给我一个承诺。*

一个承诺？

是的。事实上，我的父亲也在等我回去，所以你得帮我离开这个湖，还要带我去不同的世界看看。

艾摩司有些犹豫。*斐思，斐思？我现在怎么办？*

斐思没有回答，她已经失去了意识。

好吧，我答应你！不过你得马上、立刻把我的朋友带到水面上，还有我们的小船。你帮助我们，我就答应你。

*好，你承诺了，我相信你。我帮你一把，你完成你的使命后一定要回来，带我离开这里，让我自由。去吧，艾摩司，不要让我等太久……*瞬间，艾摩司感到一阵暖流包裹住了他，接着，他们连同小船一起“嗖嗖”地冲出湖面。离开湖面的那一刻，艾摩司和斐思又合体了。随后，他们落在了小船上。

“斐思，斐思！”艾摩司大声喊道。斐思咳出一口水，随即大口地喘了几口气，接着又呛出几口水，她感到头晕目眩。斐思的心跳快极了，艾摩司能感觉到她的脉搏在额头上跳动，在手掌上跳动，在胳膊上跳动。

艾摩司……是你吗？

听到斐思的声音，艾摩司欣喜若狂："是我，是我！"

斐思又咳出了几口水，慢慢地缓过气来："刚刚发生什么事了？"

"这个……一会儿再说吧，总之有惊无险，你先休息一下。"

斐思点了点头。

天空已经布满了星星。在星空下，艾摩司想念起了重庆的家人和朋友，想念起了自己喜欢的那家汉堡餐厅，以及餐厅里那个长得像火车的机器人。

突然，斐思指着天上的星星说道："艾摩司，看到那颗星星了吗？那是北极星。我们跟着它一路朝北走，就能到达霍布海姆。"

艾摩司点点头："原来这里也有北极星。"

"那里，看到那六颗聚在一起的星星了吗？那是'曹腾'星座，'曹腾'是这个世界里最后一条巨龙。在我们这里夏季的夜空中，这个星座是最显眼的。"

“龙？你是说龙吗！这个世界有真正的龙吗？”艾摩司兴奋起来，他很喜欢龙，痴迷于各种有关龙的故事和电影。

斐思并没有回答他，而是又指向另一个星座：“那个由15颗星星组成的星座，叫作‘长尾星座’，象征着音乐之神……”

话还没说完，小船角落里一道银白色的光芒吸引了斐思的注意。她起身走近一看，发现一颗拳头大小、微微呈椭圆形的白色珍珠正在星光下闪闪发光，美得让人着迷。

*船上怎么会有一颗这样的珍珠？*斐思有些疑惑地捧起珍珠，仔细观察起来。

“这个……难道是……海怪的礼物？”斐思突然瞪大了眼睛，“艾摩司，你接受了克希拉的礼物？你承诺它什么了吗？天啊，你怎么能随便和它做交易？你知道未能遵守承诺的后果吗？”

“可我没有别的选择啊，我总不能眼睁睁地看着你被淹死吧！”

斐思沉默了。

“斐思，你放心，我并不是随口一说，我一定会遵守承诺的。我会找到易形狐，会拿到解药，会给蜘蛛达尔文带去食物，也会帮助海怪克希拉离开这个湖。”

“这个世界里的事情，并不像你想的那么简单。那个易形狐，是个职业杀手。你想要打败她再要回你的灵魂，本来就像让鱼儿自己跳进渔网一样难了，你如今还要帮克希拉离开这个湖……实在是异想天开。”

艾摩司沉默了一会儿，说：“再难，我也必须去试一试。”

- Amos The Amazing -

第九章

迷宫里的美杜莎

IX

第九章
- 迷宫里的美杜莎 -

一群海鸥在艾摩司和斐思的小船上空打着圈儿飞，“咕咕”地叫个不停。两个太阳高高地挂在空中，阳光照在水花上，水花拍打着他们的小船。斐思突然坐起来，喊道：“艾摩司，湖中心有座岛！”

艾摩司朝着湖中心望去，真的有一座岛！

“一直有传闻说，这湖上有一座会移动的岛，因为它的位置不固定，所以地图上并没有画出来。”

“会移动的岛？居然还有会移动的岛？”

“据说这座岛存在于一只巨型乌龟的背上，所以会跟着乌龟移动。”

艾摩司瞪大了眼睛：“这可真是闻所未闻，简直不可思议！”

水流把他们的小船推向了小岛，小船停靠在了红色的沙滩上。艾摩司迫不及待地跳下船，踢掉斐思的软皮靴，光脚踩在沙滩上。沐浴在阳光里，艾摩司感到了久违的温暖和舒适，他兴奋地大叫了一声。

*别出声，还不知道这座岛安不安全。*斐思提醒道。

他们往岛中心走，不久便看到一片高大而茂密的灌木树篱，平平整整的，像一堵密不透风的墙。

“斐思，你看，这些灌木好像被人修剪过。”

*这里仿佛是一个迷宫，咱们小心一点。*斐思有些不安地说道。

他们沿着树篱继续往前走，渐渐地，密密匝匝的树篱出现了一些缝隙。透过缝隙，他们隐约看到前方有一扇宽大的门。

“斐思，你说，那会不会是迷宫的入口？”

*别出声，门口有动静。*斐思示意艾摩司保持安静。接着，她猫着腰，蹑手蹑脚地往前走，来到了声音的侧后方。

透过树篱的缝隙，他们看见四个骑士正围着两个戴兜帽的小个子，双方似乎在争吵。一个骑士俯下身，抓起了其中一个小个子。

*马身人！*艾摩司和斐思异口同声地惊叹道。原来，他们看到的“骑士”并不是骑在马上的人，而是上半身是人、下半身是马的马身人。

被抓起来的小个子大叫着表示抗议，他拉下兜帽，露出一张蜥蜴般的脸。马身人抓着他的脖子，把他摁在篱墙上。小个子双腿悬空，使劲挣扎，从喉咙里挤出一阵模糊的声音："你要干……干什么？"

"老实点，"马身人说，"你这个懒惰的家伙。像你们这种爬行动物，叫……什么来着？"

"变色龙。"说完，小个子皱起鼻子，变成了和身后的树篱一样的颜色。

"请等……等一下，让……让我和他……说……说几句，也许，我能……劝他。"地上另一个戴兜帽的小个子对着几个马身人结结巴巴地说道。说完，他转身面对树篱上的伙伴："聪……聪明的……萨……萨尔瓦多，你为……为什么不……带领我们……一起走了？"

"现在的餐厅啊，价格高得离谱。"变色龙萨尔瓦多漫不经心地说道。

"他在说什么？"一个头发花白的马身人问道。

地上的小个子转过身来，拉下了兜帽，原来是一个小地精。他长着一头棕色的卷发，一双炯炯有神的小眼睛上架着一副眼镜，脖子上还戴着一条橡木项链。"他是想……想要更……多的钱。”

“更多的钱？可我们已经付了一大笔钱！”一个年轻的马身人吼道。

“是……是的。”小地精一边结巴地说，一边搓着手仰视着一个健硕的马身人。“但他觉……觉得，迷宫非……非常危……险，所以想要更……更多的钱。”

“你们这些贪婪的家伙！”马身人狠狠地将变色龙萨尔瓦多扔到地上，“我真想把你们扔进水沟里！罢了，罢了，你们赶紧带路，等我们找到宝藏，登船离岛的时候，你们可以再得到二十个金币。但是，你们必须保证我们能赶在黎明前返回船上。所以，现在就带路，立刻！”

“既然问题解决了，我们出发吧。”变色龙萨尔瓦多拍了拍身上的灰尘，径直走向那扇宽大的门，四个马身人跟了上去，结巴的小地精摇了摇头，也跟着跑进了迷宫。

“斐思，我们跟上他们吧。”艾摩司小声说道。

“别开玩笑了，我们还是快点离开的好，”斐思说，“这可不是在玩冒险游戏，危险是真实存在的，任何行动都会有真切的后果。”

“我并不是想玩游戏，而是我的直觉告诉我，我们应该走下去。不知道为什么，我总觉得迷宫里面有什么力量在拉扯着我，仿佛前方是通往目的地的必经之路。”

斐思沉默片刻后，点了点头，走进了迷宫。

斐思本来打算以篱墙外的某个物体为参照物来辨别方向，但迷宫里面的篱墙比外面更高、更密，她甚至找不到可以看出去的缝隙。另外，斐思还发现，马身人他们明明刚经过这里，草地上却没有一丝痕迹。这意味着，他们没有任何关于方向的线索。

斐思叹了一口气道：“我们随便走吧。”

他们走到了一个岔路口，选择了右边的那条路。很快，他们发现尽头没有路了。他们回到岔路口，这次选择了左边的路。不一会儿，尽头又没有路了。没办法，他们沿着原路折回，可是前方依旧是一条死路。

艾摩司有些沮丧：“斐思，我们是原路返回的啊！怎么会这样呢?”

“我也不明白怎么回事，这迷宫仿佛在动。”斐思也有些泄气。

突然，斐思感到有什么东西在自己的腿上蹭来蹭去，吓得往前蹦了两步。她转过身来一看，原来是小雷！小雷正抬着头看她，还咧着小嘴在笑，那模样，就好像人类一样。

“小雷！我是在做梦吗？你怎么会在这里？你怎么总是突然出现呢！”艾摩司兴奋地喊道，蹲下身摸了摸小雷的小脑袋，又挠了挠它的下巴。小雷发出了“咕噜咕噜”的声音。接着，小雷抬头朝艾摩司长长地“喵”了两声，随即便朝着旁边的一堵篱墙走去。没等艾摩司和斐思反应过来，小雷已经穿过了篱墙。

“小雷！”艾摩司赶紧上前，伸出手想去抓小雷，但篱墙上长满了荆棘，随着一阵刺痛，斐思的手指被刺破了。

“斐思，你说，是不是有的时候，我们并不能太相信自己的眼睛？”

“我们试一试，闭上眼睛，只管往前走。”斐思点头说道。

艾摩司和斐思闭上眼睛，凭着直觉朝篱墙走去。就在准备感受荆棘带来的刺痛时，他们竟然完好无损地穿过了篱墙！他们睁开眼睛，发现自己正站在一片广阔的空地上，身后的迷宫已经消失不见了，而眼前，哗哗的海浪正拍打着红色的沙滩。

这时，艾摩司听到一阵“咕噜咕噜”的声音，往下一看，小雷正静静地坐在自己脚边。艾摩司把小雷抱起来，搂在怀里。他们沿着海岸线向远方望去，发现远处的岸边似乎有许多人，但很奇怪，他们都一动不动。

“我们往前去看看，”斐思低声说，“不要出声，千万小心一点。”

他们朝着那些人轻轻地走过去。

*斐思，我觉得那些应该是人形的雕像。*艾摩司向斐思投射自己的想法。

*我总觉得有些不对劲。*斐思回应道。

走近后，艾摩司发现，这些沿着岸边排列的雕像都是一些半人半兽的生物，动物的部分有狗、猫、马、山羊、鱼，还有一些他根本认不出来。每一个雕像都有不同的姿势和表情，看上去栩栩如生。

艾摩司不禁感叹道：“雕得可真好，具有浓郁的艺术气息。”

斐思却感到脊背发凉——这些根本不是什么精心雕刻

的雕像！“艾摩司，他们……是石化了的兽人。”

艾摩司一愣，赶紧将搭在雕像上的手缩了回来。

“你看那几个，不就是先我们几步进来的马身人？”斐思一边说一边指着他们左侧的几个“雕像”，只见他们持剑站立着，领头的马身人还举着一个镜面盾牌，不过盾牌似乎并没有起作用，马身人还是被石化了。看来，他们没有办法赶在黎明前登船离开了。在其中一个马身人身后，藏着变色龙萨尔瓦多，他用手捂着脸，但这也无济于事，他也被石化了。

艾摩司和斐思小心翼翼地继续往前走，突然，艾摩司听到身后传来一阵歌声。他吓得浑身一激灵，回头一看，只见海岸边的礁石上坐着一个女人，正是她在唱歌。艾摩司听不懂歌词，但旋律是那样优美，还带着些许淡淡的悲伤，吸引着艾摩司向她走去。

*喂，艾摩司，你要去哪里？*斐思有些不解，但艾摩司并没有回答，只是继续向前。

女人一边唱歌一边用手打理着自己长长的金色头发。

*她真漂亮啊。*艾摩司心想。

艾摩司又向她走近了一步，但小雷却十分抗拒，它挣扎着想从艾摩司的怀里跳出去，一个不小心抓伤了艾摩司。

“哎哟！小雷！”艾摩司疼得大叫一声，把唱歌的女人吓了一跳。歌声戛然而止，女人转过身，长长的金发瞬间竖立起来，每一缕头发都变成了一条响尾蛇。只听见“砰”的一声，小雷从艾摩司的手中猛地一摔，砸在了海滩上——小雷变成了石头！

斐思和艾摩司还没反应过来怎么回事，便感到一阵冰冷席卷全身，但紧接着，艾摩司的魔法戒指振动起来，一股强大的暖流包裹住了他们，冰冷的感觉也随之消失了。

“你这样突然冒出来，可真是吓了我一跳。”漂亮的女人眨了眨眼，接着，她头上的蛇又变回了一缕一缕的金发。她拍了拍礁石说道：“小姑娘，来，来这儿坐下吧。”

*小姑娘？对了，她看不到我，只看得到斐思。*艾摩司有点脸红，在心里默念道。

*艾摩司，这是美杜莎，真是不可思议，我们居然在她的身边而没有被石化。*斐思说道。

*我也不知道，我的魔法戒指一直在振动，*艾摩司回答说，*也许是戒指消除了魔法。*

艾摩司坐到女人身旁。女人捧起身旁的椰子喝了一口椰汁。她细长的眉毛翘了起来，细细打量着斐思。

“你的猫咪变成石头了，很遗憾。它看起来是个可爱的小伙子。”

“我家的小雷是个女孩子。”艾摩司认真地说。

“对不起，小雷很快就会恢复原样的，被石化与贪婪有关，小猫能有多贪婪呢？不过话说回来，我很好奇，你是怎么能遇上我的目光而不被石化的？”美杜莎问道。

艾摩司明白了，那些石化的兽人都是被美杜莎的歌声吸引过来的，但因为他们内心的贪婪太重，因此在美杜莎的目光下变成了石头后，始终无法恢复原状。

“我有一个魔法戒指，”艾摩司伸出手，给美杜莎看手上的戒指，“可能是戒指的原因，刚才本来出现了一阵寒意，但很快就消失了，我也不清楚具体怎么回事。”

“你可真让我长见识了，”美杜莎眨眨眼说，“你是从哪儿来的呢？”

“我……”艾摩司正打算回答，斐思便抢先一步回答道："我来自凹林谷。"

"噢，那可是一个迷人的地方！很高兴认识你，我是美杜莎，你叫什么？"

"我叫艾——斐——摩……"艾摩司和斐思同时回答道，两人一开口便发现了不对劲。

"什么？你叫'爱肥猫'？"美杜莎发出一阵清脆的笑声，"那你的小猫一定很幸福，可我觉得小雷也不肥啊。"

艾摩司也笑起来。斐思有些不好意思，她问道："美杜莎，这里有这么多的石像，他们都是来寻找宝藏的吗？"

美杜莎叹了一口气，轻轻地回答道："总有那么多的人，觊觎着不属于自己的东西。他们心中的贪婪太沉重了，才会一直在这里当石像。不过我相信，你和他们不一样。"

艾摩司赶忙说："当然，我只是路过这里而已，我只想救爷爷，还有我自己。"

美杜莎盯着斐思看了好一会儿，笑着说道："你说的什么我不太明白，但是既然你来了，而且没有被石化，我就感觉自己仿佛有了一个朋友。你知道吗，真正的友

谊能够打破黑暗，找到光明，给彼此带来希望。你说，我们可以成为朋友吗？”

艾摩司和斐思都拼命地点头，感到心里暖暖的。

太阳慢慢地滑向地平线，洒落在水波上的夕阳如同水晶般闪闪发光。美杜莎起身，轻轻地唱起了歌。接着，水面飘出了许多泡泡，更让人意想不到的是，这些泡泡逐渐聚集在一起，最后竟然形成了一个小男孩的样子。艾摩司观察着每一个从身边飞过的泡泡，他发现这些泡泡不是空的，并且每一个泡泡里都有着不同的东西。他盯着其中一个看了好久，有些不敢相信自己的眼睛——里面好像装了一个星系。

美杜莎的歌声犹如天籁，泡泡随着歌声轻柔地摇摆。过了好一会儿，美杜莎停止了歌唱，泡泡渐渐落到水面，溶入水中。

“天快黑了，你也出发吧。你带着的那颗珍珠，以后会派上用场的。”美杜莎看着斐思鼓鼓的口袋说道。口袋里面正是湖底海怪克希拉给的珍珠。

“你怎么知道……”

“我能听到珍珠的呼唤，就像海浪的声音一样清晰。

当然，其他人也可能会听到，所以你要小心为好，千万别把它弄丢了。不用担心，你会知道怎么用它的。”

“那你呢，你要一直在这里吗？要不要跟我们一起走呢？”艾摩司问道。

“实在抱歉，扉境的小精灵，我不能跟你一起走，我要待在这儿。你刚刚也看到了，这里有个气泡男孩，我要保护他，直到他长大成人。”

“我能理解。那我还是早些出发的好，要从这个迷宫走出去的话，看起来不容易。”斐思点点头，说道。

美杜莎轻轻一笑，道：“别往回走，往前走，前面有条路直通小镇。”她将头转向另一边，为斐思指出正确的方向。

“谢谢你，美杜莎，很开心能够遇见你。”斐思说着，上前一步，给了美杜莎一个温暖的拥抱。艾摩司一声不吭，他有些不好意思。

“我也是，我的朋友。”美杜莎笑着说，“对了，你的猫咪小雷，先把它留在这儿吧，它很快会恢复原状，之后，它会去找你的。”

艾摩司和斐思点点头，转身出发了。

他们走了不远，便听见一旁的灌木丛里传来一连串窸窸窣窣的声音。艾摩司朝灌木丛里看了一眼。原来是之前和马身人一起的，那个说话结巴的小地精。

“请……请……请问，这……这边是出……出去的路吗?”小地精看到斐思，有些激动又有些胆怯地问道。

“是的，小家伙。”斐思回答说，“你一直在躲海边那位女士是吗?”

小地精点头答道：“是……是的，靠……靠近她非……非常危险。”

“但我觉得她非常友好，”艾摩司有些得意地说，“我猜啊，危不危险，可能跟你来这里的目的有关。”

小地精眨了眨眼睛，一脸的不知所措，又小心翼翼地问：“你……你知……知道出去……的路吗?”

“我知道，”艾摩司说，“小家伙，拉着我的手，跟我们一起走吧。”

“‘我……我们’?”小地精只能看到斐思一人，因而感到有些疑惑，但他还是抓住了斐思的手。

“你叫什么名字啊?”艾摩司问。

“我叫莱……莱蒙额……斯特，那你……你呢，叫什么?”

“很高兴遇见你，柠檬鹅先生,”艾摩司叫出小地精名字中前三个字的谐音，笑着说,“我啊，你就叫我‘爱肥猫’吧。”

*这么难听的名字，还是别用了吧。*斐思对艾摩司说。沿着小路，他们一边说话一边向小镇走去。

- Amos The Amazing -

第十章

笼子里的猫人

X

小路是深灰色的岩石路，越往前走，路变得越宽敞起来，可以容纳两辆马车并排经过。一路上，艾摩司牵挂着小雷，总觉得心里面空落落的。

天色渐渐暗下来，一抹紫色的云挂在空中。前方的地平线上，一座尖顶建筑映入他们的眼帘，那好像是一座教堂或是塔楼。

“前面一定就是小镇了。”艾摩司兴奋地说。

“我们还是谨慎一些为好。不过，至少我们能找些吃的。”斐思说。

他们朝着小镇继续向前走。突然，艾摩司感到一阵剧烈的疼痛从背后袭来，紧接着，自己像是被一块大石头砸到了一般，脸朝下地瘫倒在地。*一定是斐思的伤势严重了。*

“柠檬鹅先生，可以帮帮我吗?”艾摩司将手伸进口袋里，摸出女巫给的绷带，然后朝小地精挥了挥手，说道，“你能帮我换一下绷带吗？不过，可能得先把伤口清理一下。”

莱蒙额斯特走了过去。“啊，天哪！”他惊声叫起来，“这……这是吸血巨魔留下来的伤口吧？这……这看起来太可怕了，你不该……这么强撑着，该早点告诉我，我……我能帮你。”小地精说着，用斐思随身携带的清水冲洗了她的伤口，然后帮她换上新的绷带。“这绷带上的药膏非常独特，稍等片刻，马上就处理好了。”换好绷带之后，小地精将双手放在斐思的背上，顿时，伤口周围的水泡开始变小，斐思感到有一股暖流流遍了全身。

斐思很是意外：“我现在感觉好多了，小地精，不，莱蒙额斯特先生，谢谢你，真的非常感谢！”

“真没想到，你还懂医术！”艾摩司说，“还有，你刚刚说话好像没怎么口吃？”

“只有当我紧……紧张或害怕的时候，我才……才会变得口吃。对了，你们到底要去哪儿呢？”

“我们要去霍布海姆。不过，现在我的猫咪小雷还留在迷宫里面，”艾摩司说，“没有了小雷当向导，我们现在只能估着方向前进。”

休息了一会儿之后，他们继续往前走，一边走，莱蒙额斯特一边说道：“你们要去霍布海姆，这让我想起了一位寺庙里的老朋友，他……”

听到“寺庙”两个字，艾摩司跳了起来：“你说的，是曹腾洞穴附近的那个寺庙吗？那你一定知道曹腾洞穴在哪里了，对吗？求你了，带我去吧！”

莱蒙额斯特回答道：“如果你要去霍布海姆，你会经过曹腾洞穴，但你需要先穿过呼啸荒原。而且，在这之前，你还要先到达这个湖的北端，可是……”

“我们走过去要多久？”艾摩司打断了他的话。

“我也不知道。”莱蒙额斯特想起斐思的伤口，低下头，一言不发。

艾摩司叹了口气，说道：“没关系，多远都要去。只是，这个湖的北端……要是有船就好了，我真想快一点到达……总之，我们快走吧！”

他们加快脚步，继续往前走。

前方有一个大铁笼，笼里有许多落满尘土的骨头。

“这里一定发生过可怕的事情。”艾摩司感叹道。

“这是卡威力牢笼，”莱蒙额斯特一边点头一边回答说，“在这里，人们会把叛徒关进笼子里，以示惩罚。”

突然，艾摩司发现，牢笼的角落里有什么东西在动。定睛一看，这是一只半兽半人的猫——它长着猫咪的脸，身材和一个成年人差不多。猫人全身长着灰色的蓬松的毛，这让艾摩司一瞬间想起了自己的灰猫小雷。

“小雷？”艾摩司忍不住叫了出来，猫人转过身来，眼睛忽闪忽闪的。

*小心点儿，我可不喜欢这么大的猫。*斐思说。

“不要靠……靠近它，也不要表……表现出怜悯，”莱蒙额斯特有些着急地说道，“如果被人看……看到，我……我们也会被关起来的。”

艾摩司并不理会，反而朝笼子又走近了一点。

“你们好，好心的人！”猫人用温柔的声音向他们问候道，“我不小心把自己困在这个笼子里了。你们能帮我开开门吗？”

艾摩司惊讶地问道：“你会讲人类的语言？你叫什么名字？有人叫你‘小雷’吗？”

*艾摩司，这怎么可能是小雷！*斐思说。

*可我有一种感觉，这就是小雷。*艾摩司对斐思说。

至于为什么是这个样子，我想应该是魔法的缘故，你忘了吗，小雷总是神奇地突然出现在我们身边。美杜莎也说过，小雷会来找我的。

可是你看看，这个猫人被关在笼子里，很可能是个罪犯！

“还记得你最后一次见到我是什么时候吗？”见斐思犹豫的样子，猫人开口说道，眼睛还直直地看着她。

艾摩司不由自主地朝笼子靠近。斐思努力保持清醒，咬紧牙关，想要抵抗那股吸引艾摩司向前的力量。突然，魔法项链开始发光，斐思又被封印住了。

随后，艾摩司非常认真地回答说：“当然记得，我们几个小时之前还在一起的啊！我们穿过迷宫的中心，惊吓到了美杜莎，然后她的目光把你变成了石头。”

听完，猫人模仿起艾摩司严肃的样子，也很认真地说：“对你来说，也许只是几个小时，但梦境世界里，时间可以伸缩，时间是有弹性的。”

“那对你来说，已经过了多久了呢？”艾摩司有些激动，“你怎么会变成人形的？”

“等……等……等一等，*爱肥猫*。”小地精莱蒙额斯特想打断他们的谈话，但艾摩司并没有理会他。

猫人看着艾摩司，又问道：“你还记得你的家吗？”

“家？”艾摩司喃喃说道，“当然记得，家……我的家在重庆，我在爷爷奶奶家过暑假。我和你一起走进了安居古镇的魔法门，然后就来到了这个世界，也不知道还能不能回去……”

猫人伸出双手，握住艾摩司的手，说道：“我们一起去找魔法门，你帮我打开笼子，相信我，我们很快就能回家。”

“等等，”艾摩司对猫人的话有些意外，“我现在可不能回去，我们要去找救爷爷的解药，还有我的灵魂。你没有忘记吧？”

“当然没有忘记，我相信，我们都会找到的。现在，拜托，先把我放出来吧！”

“是谁把你困在这里的？”艾摩司继续追问，他非常想要相信眼前这个猫人就是小雷，但理智上还有一点点怀疑，“到底发生什么事了？”

猫人眨巴着眼睛看了一眼小地精，又看了看艾摩司，“我醒来的时候，发现自己在沙滩上，感觉很饿很饿，就

想抓条鱼吃。可有个渔民发现并抓住了我，说我是小偷，把我变成了现在这个样子，然后又把我关进了笼子里。”猫人一边说，一边从喉咙里发出“呼噜呼噜”的声音，那是艾摩司熟悉的声音。

艾摩司转动门闩，打开了牢笼的门。瞬间，猫人小雷就像一阵烟雾一样飘到了笼外，用毛茸茸的手臂抱住了艾摩司。

“谢谢你！”猫人松了一口气，“我就知道，你一定会来救我的。”

艾摩司掏出一个被擦得亮铮铮的红苹果，递给猫人，温柔地说：“吃吧，小雷。”

“等……等……等一下，这……这样做是不……不合法的。”莱蒙额斯特急切地抗议着。猫人伸出猫爪模样的手捂住了他的嘴。

“我们要去霍布海姆，要先到达这个湖的北端。”艾摩司说，“我们抓紧时间，马上行动。”

“是的，马上行动，”猫人一边说一边盯着艾摩司的魔法项链，“不过，我有个更好的主意。我有个朋友住在前面，他会帮助我们的。”说完，猫人拉着艾摩司急匆匆地往前走。莱蒙额斯特快速地倒腾自己的小短腿，好不容易才跟上他们，累得小脸通红，上气不接下气。

很快，他们来到一间木屋前。木屋后面有一个小码头，码头上停靠着一艘小帆船，虽然很破旧，但看上去还能用。

“小雷，你在这儿怎么会有朋友?”

“哦，当然，我们猫咪每到一个地方就……就会结交新的朋友。我们可以借这位朋友的船，离开这个讨厌的地方。”

“等……等等，别……别上船。”莱蒙额斯特想要阻止他们。

“我们要走了，不方便带上你，小地精先生……虽然很遗憾，但是再见了。”猫人转身说道。

“我们不能丢下他不管。”艾摩司说。

“他的目标和我们不一样，他应该走自己的路。”

艾摩司摇摇头:“不能扔下他，他也是我们的伙伴。”

猫人双眼闪烁地盯着艾摩司。突然间，艾摩司仿佛被催眠了一般。他点了点头，转向莱蒙额斯特，说道:“祝你好运，柠檬鹅先生，希望还能再见到你!”

见状，莱蒙额斯特没有再说什么，他叹了一口气，独自转身离开了。

猫人和艾摩司匆匆来到屋后的小码头，猫人解开小帆船的绳子，然后和艾摩司一前一后跳进小船里。突然，后方传来一阵吵闹声，只见几个渔夫打扮的人冲向了码头。借着傍晚的余晖，艾摩司看到他们有着鱼一般鼓出来的大眼睛，身穿破旧的衣服和高高的橡胶靴，嘴里嚷嚷着，似乎很愤怒。

“你！”年长的渔夫大声喝道，“马上给我停下来！”

“我们得快点，”猫人赶紧说，“这间屋子也许不是我朋友的。”

“啊？”艾摩司还没反应过来怎么回事，猫人便迅速地拉开了船帆。这时，一个年轻的渔夫扑了上来，一手抓住了船舷，一手抓住了一支船桨。猫人赶紧握住船桨的另一头，想把船桨夺回来。这时，其他几个人也扑向了小船。

“快攻击他们呀，爱肥猫，快用你的剑啊！”

艾摩司只觉得脑子一片空白，他愣在那里一动不动。

斗不过力气更大的年轻渔夫，猫人无奈松手放开了船桨。年轻的渔夫向后跌去，撞倒了其他几个人，大家一屁股摔在地上。这时，小帆船借着风力，摇摇晃晃地驶离了码头。

岸上，渔民的身影越来越小，风吹船帆的声音也渐渐淹没了他们的叫嚷，小帆船在风力的推动下平稳地前行。

不久，紫色的天空开始变得灰蒙蒙一片，西边山脊上出现了深色的风暴云。很快，闪电划破天空落在湖面上，雷声震耳欲聋，倾盆大雨从天而降。艾摩司觉得，这艘小帆船仿佛置身炮火里。

不知过了多久，艾摩司挣扎着醒来，他全身都湿透了，冷冰冰的。艾摩司爬出破旧的船舱，清晨橘红色的天空给他带来了一丝暖意。这时，他注意到，船帆上的线被抽掉了，所以船帆软塌塌地悬挂着，并没有撑开。

猫人正在船边钓鱼，几根鱼刺散落在一旁。“你醒啦！这里有一根小竹竿，我把船帆上的小绳子拆下来当作渔线，在你的包里拿了一些零食当鱼饵，我想我很快就能钓到一条大鱼。对了，你要吃早餐吗?”猫人一边朝艾摩司眨眼，一边把一条鱼扔给了他。艾摩司摸到冰冷的鱼身后有些反感，他走到船的另一头，把鱼扔回了水里。

“你把早餐放跑了。”猫人耸了耸肩，说道。艾摩司觉得自己还是喜欢小雷变身前的样子，喜欢那只还是小猫咪的小雷。

风又刮起来了，但船帆上的线被猫人抽掉了，所以船帆撑不起来，小船只是在水中摇摇摆摆地晃动。艾摩司有些郁闷，他拽了拽斐思的耳朵，又扯了扯斐思的头发：*斐思，你在吗？你说，我们要怎么才能用一支桨和一艘没有帆的帆船去到这片……湖，还是海……的北端呢？*斐思依然没有反应。

一时间，艾摩司有些怀疑自己。自己以前为什么那么想要成为冒险家呢？到目前为止，自己经历了种种冒险，但这些冒险和自己想象中的根本不一样，一路上除了危险重重和饥寒交迫以外，什么成就都没有，完全感受不到冒险的乐趣。

艾摩司感到无助而愤怒，他抓起剩下的那支船桨，开始拼命地划船，希望能找到一个可以靠岸的地方。

不久，艾摩司的胳膊就酸疼难耐，他放下船桨，任由水流推动着他们的小船。很快，艾摩司和猫人开始口渴，艾摩司能感觉到，斐思的伤口又隐隐作痛。*没有太多时间了，斐思需要治疗，爷爷需要解药，我不能这样一直漂浮在水上。*艾摩司一边想，一边紧紧地握住了自己的魔法项链。

突然，他听到了斐思的声音。

*我们这是在哪里？*斐思迷迷糊糊地问道，*你是不是又惹了什么麻烦？*

*斐思！你终于说话了！我们在小船上，准备去这片水域的北端，但不是很顺利。*艾摩司又惊又喜，赶紧回答道。

好吧。坚持，加油，不要放弃。

斐思并没有数落自己打开笼子救小雷，这让艾摩司有些意外，更有些内疚。

*我不会放弃的！*艾摩司默默地给自己打气，

暮色降临，两个太阳又落到了地平线上。夕阳中，数百条鱼跃出水面，扑腾在小船的周围，猫人兴奋地跳了起来，抓了好多条。

“小雷，先别抓鱼了，过来帮帮我，斐思的伤口需要换绷带。”艾摩司指着后背的伤，朝猫人喊道。猫人乖乖地走了过来，一边走还一边舔舐着猫爪模样的手。

“爱肥猫！快看，有一艘船！”换好绷带的猫人突然惊呼。艾摩司赶紧抬起头，只见一艘大船正朝他们的方向行驶过来。

“救命啊！救命啊！”艾摩司大喊起来，仿佛看到了救星。他们站在小船的两头，朝着大船使劲挥舞着手臂。

黑色的大船越来越近了，艾摩司能看到，甲板上挤满了海盗装扮的人，不对，应该说是海盗装扮的“海鲜怪人”！这些人里，有胳膊像螃蟹腿的人，有长着龙虾脸的人，还有上半身是鱼的人。

艾摩司的心里隐约有一种“来者不善”的感觉。

这时，有几个脸像鲇鱼的人冲着他俩大喊大叫起来。他们朝艾摩司的小船扔出了一个抓钩，钩子钩住小船后，他们便将小船拉了过去。

“呜呀——呜呀呀！”从大船桅杆上传来一阵喊叫，接着，几个“海鲜怪人”纵身一跃，跳到了艾摩司他们的小船上。

斐思……这些是……朋友还是……?

*肯定不是朋友。*斐思有些不安地回答道。

“跟他们走吧，总比待在这里好。”猫人笑着说，声音却有些颤抖。

- Amos The Amazing -

第十一章

至暗时刻

XI

“抓好了。”长着鲇鱼脸的水手说道。

斐思，这些人是不是……

*是的，*斐思回答说，*他们是海盗。*

他们一上船，就有一群长着触须、爪子和背鳍的海盗聚集在他们周围，推推搡搡地讲着话。艾摩司觉得，他们的声音听起来湿漉漉的。

*你知道他们在说什么吗？*艾摩司问斐思。

*别说话。*斐思说。

海盗们用铁链捆住斐思的手脚，还拿走了斐思的剑和盾。

“别碰我的剑！”斐思尖叫着跳上前，用头撞向那个拿走她佩剑的海盗。其余海盗们伸出瘦长的手按住了她，并用脚猛踹她。斐思疼得在地上蜷缩成一团。

“哎哟喂……”虽然被打的是斐思的身体，艾摩司同样感到疼痛无比。

*他们拿走了我的武器，*斐思说，*我的武器……对我*

来说很重要!

*你别急,我们肯定有办法把武器找回来,然后逃出去。*艾摩司安慰斐思。

*你有什么办法吗?*斐思问道。

艾摩司一时语塞,他还没想到办法。

很快,他们被拖走,关进了一间黑暗的牢房。艾摩司一进去就被里面的恶臭味呛得直咳嗽,那是氨气、霉菌和一些说不出来的东西的气味。猫人被关进了旁边的一间牢房里,始终一句话也没有说。

门被“砰”的一声关上了,外面传来上锁的声音。除了甲板缝隙中透进来的几道微光之外,他们几乎处于一片漆黑之中。

这么快又回到牢里,猫人感到无比绝望。

*斐思,我们不会死在这里吧?*艾摩司问道。

*我也不知道。*斐思一边说一边用手揉着她肿胀的腿。她伤口的感染从腿部一直蔓延到腰部,跟后背的伤口连成了一大片。

艾摩司尝试召唤自己的魔法项链和戒指,他想变成一只鸟或一条鱼,然后逃离这个鬼地方。但不知道为什么，他无法唤醒他的项链和戒指。几次尝试失败后，艾摩司呆呆地坐在地上，盯着甲板缝隙里微弱的光线，他多么希望有一个绝妙的办法能马上从脑袋里蹦出来。

不知过了多久，门开了，透过微光，艾摩司看到一个脸上长着触角、仿佛乌贼一样的人走了进来。这个人解开了斐思手脚上的铁链，然后递过来一杯水。

艾摩司接过水，大口大口地喝起来，陶醉在清凉淡水的甘甜中。

这时，两个身强力壮的水手走进了牢房，他们拿着火把，四处检查了一下。“没有问题。”其中一个人说道。接着，二人留下火把便离开了。很快，又进来一个人，这个人一头卷发，穿着浮夸的紫色西装和戏剧里的那种白衬衣，宽大的袖口上装饰着褶边，手拿一顶紫色的羽毛帽，腰间别一把金柄银弯刀。艾摩司注意到，这个人的脖子上戴着镶满珠宝的金项链，耳朵上戴着好几个耳环，手指上戴着不同颜色的珠宝戒指，它们时不时碰撞在一起，发出清脆的声响。这个人对艾摩司投来好奇的目光，又朝他露出一个微笑。

接着，这个人把目光转向猫人。“你……你不是弘太纪吗？这可真是好久不见了，我这个船长可记得你！哦，对了，上次那件事之后，”这个人耸了耸肩，“霍布海姆的国王可是出了一大笔赏金要抓你呢。”

*谁是弘太纪？猫人不是我的小雷吗？*艾摩司跳起来，紧张地问道：“小雷，他在说什么，你认识他吗？他为什么叫你弘太纪？”

猫人抿着嘴角，露出疲倦的微笑，说道：“看到‘厄运诅咒’号时，我就猜到你还是船长，紫衣王子。”

牢房里的火把忽闪着，艾摩司盯着猫人，质问道：“你不是小雷，对不对？”

猫人看着斐思，叹了口气说道：“我是弘太纪。我说自己是小雷，只是想让你帮我把笼子打开。”

艾摩司又懊悔又生气，他擦了擦额头上的汗，咬牙切齿地说：“你这个可恶的家伙，你这个骗子！”

“没错，你现在可知道了。”紫衣王子盯着斐思，若有所思地说道：“莱蒙额斯特告诉我，你的身上有一个有趣的故事，真是让人好奇。哦，对了，有个好消息，我要去参加国王的宴会，你可以跟我一起，我们会很快到

达霍布海姆。怎么样？高兴吗？”

“真的吗？”艾摩司的愤怒快速变成了惊喜。

“当然！你可是我们重要的客人。”紫衣王子一边说，一边俯身问道，“所以，你到底是谁呢？”

*别告诉他，这个人很危险。*斐思警告艾摩司。

*怎么这里的每个人都这么危险？*艾摩司问。

*这个人尤其危险。*斐思补充道。

见艾摩司没有回答，紫衣王子耸了耸肩，说道：“如果你想和我一起去霍布海姆，那作为交换，我需要从你的小脑袋里搜出些小秘密。来吧，先跟我到甲板上，去餐厅里好好休息一下。”紫衣王子歪嘴一笑，露出闪亮的牙齿。

餐厅里回荡着欢快的音乐，还有热闹的聊天声，烤肉的香味让艾摩司有些头晕目眩，他已经记不清上次吃烤肉是什么时候了，之前在奶奶家吃火锅，仿佛已经是上辈子的事。

除了海盗和水手之外，餐厅里还有许多宾客围着桌子喝酒吃饭。艾摩司看到一旁坐着几个矮矮胖胖的男人和女人，他们正在尽情地饮酒，丝毫不在意酒已经洒漏在了精美的绸缎长袍上。

*斐思，这些人是矮人族吗？*艾摩司问斐思。

没错，山地矮人，他们大多是商人。

在他们的旁边，有一群身材高大、身穿深色长袍、面目狰狞的人，他们说话声音很低，时不时伸出苍白的手去取一些水果或肉。

你看那些穿长袍的高个子，看起来好像坏心眼的巫师。

*比那更糟，他们是斯洛莫斯的教官。*斐思低声说道。

这时，艾摩司看到了小地精莱蒙额斯特，他坐在不远处的桌子旁，正和一个穿白色裙袍的女人聊天。那个女人长着精致的五官，尖尖的耳朵，额头上有一个白色的角，蓝色的皮肤上布满了星星一样的光点。

*斐思，快看，是柠檬鹅先生！*艾摩司兴奋地朝莱蒙额斯特挥了挥手，但莱蒙额斯特并没有注意到他。

艾摩司坐在紫衣王子的身旁，猫人弘太纪坐在另一边，和一个长胡子的矮人聊起天来。

艾摩司面前摆着香喷喷的火腿、吱吱冒油的烤肉、新鲜的水果，还有一壶醇厚的香草茶。艾摩司馋得直流口水，他迫不及待地吞下一块烤肉，瞬间，他感到脑子里关于快乐的化学物质在疯狂分泌。

此刻，一支普克人的乐队吹起号角、奏起音乐，接着唱起了粗犷的水手歌谣。宾客们欢声笑语，载歌载舞。这一切，好像是一场款待英雄的盛宴。

斐思，我不是在做梦吧？

不要被这些东西迷惑了，可别忘了你来这里的目的。

听到斐思的话，艾摩司收了收笑容，从桌上端起一杯饮料喝了一口。这杯紫色的饮料十分浓稠，还有一股浓郁的果香味。

“喜欢吗？”紫衣王子问，“这是加了莓果的葡萄汁，是我最喜欢的饮料。”他一边说一边指着房间四周，“我的饮料和这里的所有东西一样，都是美好的紫色。”

“你很喜欢紫色吗？”艾摩司一边问一边拿起一个油亮的大鸡腿，咬了一口，汁水从嘴边淌下来。“这里的东西都太好吃了，真的很谢谢你请我吃这么美味的食物。”

“你应该感谢我今晚的主厨——艾尔·达拉。”他笑着指向那个刚刚和小地精莱蒙额斯特聊天的女人。

“她看起来就像星星一样。”艾摩司说。

*她来自精灵族。*斐思怀着敬意说道。

*刚刚柠檬鹅先生还在跟她说话呢，*艾摩司感叹，*他竟然认识那个美丽的精灵！*

*所以啊，是你之前小看他了，也许，他的实力深不可测。*斐思回答道。

紫衣王子向精灵招了招手，然后回过头对艾摩司说："那么，现在请告诉我，你是谁？"

艾摩司看着紫衣王子，不知从何说起。

紫衣王子转了转右手食指上的戒指，笑着说："让我猜猜，你是夏日女王的人？"

见斐思不说话，紫衣王子又说道："看来，你的确是夏日女王的人，她怎么让你和那个无赖碰到了一起？"他一边说一边指了指正啃着肉排的猫人，"不过，我听说，除了那个无赖之外，你还有个同伴。"紫衣王子眯起眼睛，凑近斐思说道，"让我猜猜，是谁躲在这双眼睛后面？要出来玩玩吗？"

一瞬间，艾摩司心跳加速，他确信紫衣王子能够看到斐思身体里的自己。

"没关系，等你准备好了再出来也行。"紫衣王子说着，拿起一颗葡萄，把玩了一下，扔进嘴里，“不过，我可以先猜一猜……”他转了转左手食指上的戒指，戒指在灯光下闪闪发光。

突然，艾摩司感到紫衣王子正在阅读他的思想。这可不行！他可不想自己的一切被这个紫衣王子知道，得赶紧想一些别的事情！*啊，我最爱的重庆火锅，里面有满满的辣椒、牛油、香菜牛肉、毛肚、腰片、虾滑、鸭肠、鹌鹑蛋、藕片、豆腐、蘑菇，还有豆芽，通通都要下锅涮！对了，西餐也好吃！我最爱意大利披萨，盖满奶酪、帕尔马干酪、马苏里拉干酪、菲达干酪和意大利乳清干酪*……想着想着，艾摩司的魔法项链轻轻振动起来。

紫衣王子皱了皱眉头，喝了一大口葡萄汁，笑道：“你可真是个有趣的家伙，脑子里装着秘密是吗？无所谓，国王会留下你的。”接着，他举起手中镶满珠宝的金杯，大声喊道：“为了爱和金钱！”宴会上的所有人应声举杯，艾摩司也跟着举起了手中的果汁。

随即，乐队奏起了一首节奏欢快的乐曲，鼓手们兴高采烈地击鼓，人们随着节拍欢呼摇摆。若不是自己现在得抓紧时间找到解药，艾摩司真想上台演唱一曲。

这时，艾摩司注意到紫衣王子正盯着一把闪闪发亮的银勺子，好像在思考什么。他若有所思地转了一下左手上的戒指，伸手去取盐瓶，往盘子里撒了点盐，随即熟练地拔出他的金柄银色弯刀，朝左后方连刺了三下。只听见后面“咣当”一声，一把剑落在了地上，一个隐身的黑袍刺客若隐若现，血液从他的黑袍下流出，他跪倒在地，大口喘着气。紫衣王子用餐巾将自己的弯刀擦拭干净，又拍了拍手，几个船员便冲上来把刺客拖走了。紫衣王子耸耸肩，叉起一块烤肉，咬了一口，说道：“艾尔，这烤肉真是不错。”

那个美丽的精灵艾尔·达拉走了过来，站在了紫衣王子身后。

*刚才到底发生了什么？*艾摩司问斐思。

看起来像是一场失败的刺杀。

*这个王子连眼睛都没眨一下。*艾摩司惊愕地瞪大了双眼。

*我告诉过你，他是个非常危险的人。*斐思说。

艾尔·达拉俯下身对紫衣王子说：“我保证这种事情

不会再发生了，我们等您的命令，随时可以起飞。”

紫衣王子点点头，说道：“准备起飞吧。”

*起飞？这居然是一艘飞船！我们要起飞了？*艾摩司有些惊讶，还有些兴奋。

*是的，但我们的身份是囚犯，而且，我还没有了武器。*斐思沮丧地说。

艾尔·达拉点点头，退下了。

不一会儿，桌子周围开始长出藤蔓，将紫衣王子的酒杯等餐具固定在了桌子上，这样，就算船飞起来，酒杯也不会倒。

乐队换了一首曲子，艾摩司见紫衣王子正和别人说话，便起身离开，走到了小地精莱蒙额斯特身边。

“柠檬鹅先生！真没想到还能再见到你！”艾摩司开心地说。

小地精犹豫了一会儿，说道：“紫衣王子要去见疯狂国王了，而你也要跟着去。你知道吗，一旦见了国王……总之，国王不会放你走的，你可能没有办法再去曹腾洞穴了。”

艾摩司闻言一愣，紧接着从椅子上弹起来，说道：

“这不行！我无论如何都要先找到爷爷的解药！还有斐思的伤口也……柠檬鹅先生，你知道怎么离开这里吗？我必须逃出去……”

莱蒙额斯特赶紧拉艾摩司坐下，眼神有些躲闪：“甲……甲板右侧……有救……救生艇，你……你可以……”

他的话还没说完，艾摩司便回答道：“我明白了！柠檬鹅先生，我真不知道该怎么感谢你。你要跟我们一起逃走吗?”

“不……不……我不能……”莱蒙额斯特拼命地摇头。

“你看，他们都在聊天，没人注意我们，机不可失!”艾摩司一边说一边警惕地环顾四周。

“他们不……不会放你走的，他们可……可能……正……监视着我们。但是，如……如果你真的……能逃出去……的话，到了寺庙，就……就去找智玄法师。至于我……我在这里还有任务……”

“好，我明白了……”艾摩司站起来说，“走，我们去跳舞!”

“啊，不……”莱蒙额斯特还没来得及拒绝，艾摩司已经紧紧地抓住了他，并把他拽到舞池里。艾摩司带着莱蒙额斯特转起了圈圈，一边转一边往人群密集的地方挤，估计紫衣王子和船员们已经看不见自己的时候，艾摩司将莱蒙额斯特交给了一个矮人姑娘，然后偷偷地摸出了人群，从后门溜出了餐厅。

艾摩司躲在暗处，蹑手蹑脚地走向甲板。

*等一下，我们还没拿回我的剑和盾，*斐思突然说，*我不能没有它们。*

这时，船上发出“嗡嗡”的声音。艾摩司停下了脚步，有些犹豫，他知道，如果现在返回，也许就无法再下船了。

斐思，我觉得我们现在必须先下船。

不行，我不能丢下我的剑和……话还没说完，艾摩司的魔法项链开始发光，斐思又被封印住了。

*斐思，对不起，我们先去找解药，不然你和爷爷都有危险。*艾摩司在心里默默地向斐思道歉。

甲板上的水手们正匆匆忙忙地为飞船起飞做准备。艾摩司悄悄地靠近救生艇区域，趁没人注意，他用一支船桨把一艘救生艇钩了下来，然后将救生艇扔到了水面上。接着，他小心翼翼地爬上围栏，深吸一口气，闭上眼睛往下跳。

“扑通”一声，他没有照计划掉在救生艇上，而是掉进了水里。斐思的身体开始往下沉，艾摩司一时间有些不知所措。

*加油，孩子，*一个古老的声音从水底传来，*你答应过我的。*

艾摩司立马反应过来，开始拼命挣扎，终于爬上了救生艇。他浑身湿透，瑟瑟发抖，一边咳嗽一边喘气。但是不能休息，他得趁着紫衣王子还没发现，赶紧离开这里。他刚拿起船桨，便看到飞船黑色的船身焕发出彩虹般的色彩，接着，飞船升入空中，周身散发出紫色的魔纹。很快，一个棱柱形的推进器启动了，只听一声长鸣，飞船加速起飞，艾摩司看着飞船变成一个小小的光点，越飞越远，最后消失在视线中。

艾摩司笨拙地划着桨，他多么希望这时有斐思帮助自己，或者有莱蒙额斯特陪着自己，又或者有亲爱的小雷……就算是那个猫人弘太纪也行。但是，艾摩司现在孤零零的一人，在黑暗中完全摸不到方向，别无选择，他只有向前划，一直划，一直划。

艾摩司孤单、迷茫、绝望。

爱丽丝长叹一声，装扮成“疯帽子”和“红皇后”的戴夫和辛蒂也皱起了眉。讲故事的老者喝了一口水，说道：“或许，你们想休息一下了?”三个年轻人都听入神了，一动不动，并没有回答老者的问题。

过了一会儿，爱丽丝摇了摇头，说道：“我觉得很悲伤。”

“我以为这是一个快乐的冒险故事。”戴夫说。

“艾摩司真是个不幸的孩子。”辛蒂补充道。

爱丽丝一脸沮丧地问：“难道这就是他的结局吗?”

老者显得有些惊讶：“结局？不，不，艾摩司的故事还没结束呢。”

三个人惊讶地看着老者。

“那，那后来，他成功了吗？是怎么成功的呢？毕竟他现在已经无路可走了……”爱丽丝问道，“他自己要怎么划到岸边呢？斐思，还有他的爷爷，能撑得住吗？”

“这个晚上对于艾摩司来说，的确很难熬。”老者点点头说，“但这并不是结束，摔倒了再爬起来，是人生常态。你们也知道，黎明前的夜晚总是最黑暗的。”

“可是现在他一个人，靠着一艘救生艇，怎么才能划到岸边，再去寺庙找解药呢？而且还得去找易形狐？”戴夫也问道。

“我也想知道后面又发生了什么。您快点接着讲吧。”辛蒂迫不及待地说。

老者看着三个人疑惑又担忧的眼神，笑了笑，接着讲起来：“对，黎明前是最黑暗的时候。事实上，在这个了无生气的夜晚……”

- Amos The Amazing -

第十二章

希望的灯塔

XII

厚重的云层遮住了所有的星星，天空没有为艾摩司留下任何指引。艾摩司的救生艇漂荡在水面上，水面上波浪起伏，他感到了从未有过的空虚，似乎剩下的一半灵魂也沉入了黑暗的深渊。

艾摩司难过地抽泣了一会儿。回想起来，都是因为自己，妈妈生病，爷爷中毒，奶奶悲伤憔悴……如今，斐思的伤越来越重，小雷也不知所终……艾摩司感到自己正在逼近失败与崩溃的边缘。但是，他心中有一个支撑着他，并且无论如何都不会倾塌的信念——爷爷和斐思。爷爷和斐思危在旦夕，除非自己已经到了生命的最后一刻，否则怎么可以认输？怎么可能放弃？想到这儿，艾摩司握紧了船桨。他不停地划着桨，即使两只胳膊像灌了铅一样麻木也没有停下来。渐渐地，他感到划桨这个动作不再费力，反而像呼吸一样自然，两支船桨仿佛变成了他身体的一部分。

夜色渐渐褪去，玫瑰色的晨光照亮了海岸线。艾摩司不知道什么时候睡着了，此刻，在后背的一阵阵疼痛中，他醒了过来，起身揉了揉眼睛——展现在他眼前的，是他苦苦寻找的陆地。更让他惊喜的是，陆地上矗立着一座灯塔。他赶紧抓起船桨，顾不得疼痛，拼命往灯塔的方向划去。很快，艾摩司到达了岸边，他激动地扑向沙滩，迎着清新的晨风，摇摇晃晃地朝着灯塔走去。

艾摩司爬上环绕在灯塔外的楼梯，来到一扇门前。他轻轻地敲了敲门，没人回应，他接着敲，还是没有回应。斐思的伤势似乎更严重了，疼痛愈发剧烈，艾摩司将身体靠在了门上。

就在这时，门里面传来了一阵脚步声。在几声“咔嗒”的开锁声之后，门“嘎吱嘎吱”地开了。门里站着一个高大的人，可他的脸却像是青铜蜥蜴一般。这个蜥蜴巨人全身覆盖着鳞片，穿着蓝色的长袍，手里握着一把巨大的、闪闪发光的刀。这把刀的刀刃锋利无比，刀背呈参差不齐的锯齿状，刀柄则是抛光的青铜所制，上面还刻着三个人脸一样的图案。

“你是谁？”对方用低沉而沙哑的声音问道。艾摩司

觉得，他的声音听起来就像是群山在碰撞。

“我是艾摩司……也是斐思。”艾摩司指了指自己的身体，“蜥蜴勇士，请你帮助我们，可以吗?”

蜥蜴巨人的脸上没有流露出任何情绪，只是用他那带金色斑点的眼睛静静地盯着艾摩司。“我不是蜥蜴，我是龙人。我能帮你做什么?”

“斐思受伤了，可不可以帮我换一下药膏和绷带……”艾摩司伸出手，指了指自己的口袋。龙人点了点头，让艾摩司进屋躺在巨大而柔软的沙发上，接着又转身回到屋里，拿出一条粗羊毛毯子盖在斐思身上。这种柔软的触感，让艾摩司感到了久违的轻松和温暖。

龙人端着一杯热茶回来了，他轻轻地说道：“把这个喝了吧。”

艾摩司把杯子端到嘴边，啜下温热的草药茶。

“我看看你的伤。”龙人眉头紧皱，“这是很严重的感染，我得先帮你把伤口清洗一下。”说完，他转身从架子上取出一瓶生理盐水，开始帮斐思清洗伤口。不知是不是因为盐水刺激所产生的剧痛，斐思的意识突然回来了，并发出一声痛苦的尖叫。

伤口清洗完毕之后，龙人拿起斐思的口袋找药膏。打开袋子的那一刻，龙人发出了一声惊叹，艾摩司回头一看，只见龙人睁大了眼睛，双手正捧着海怪克希拉给的那颗珍珠。片刻后，龙人小心翼翼地把珍珠放下，掏出药膏敷在斐思的伤口上，接着又帮她缠上绷带。很快，药膏舒缓的作用传遍了全身，斐思的呼吸也渐渐趋于平稳。

这里温暖又安全，在炉火“噼噼啪啪”的声音中，艾摩司很快睡着了。他睡得很沉，没有做梦。

不知过了多久，艾摩司慢慢睁开眼睛，迷迷糊糊地环顾四周。这是一间质朴而温馨的屋子，沙发一旁的书架上整整齐齐地摆放着各种各样的书。艾摩司想看清书脊上写的什么，却发现上面的文字他都看不懂。书架上还有一些小工艺品，每一件都很别致。艾摩司想，这些大概是龙人从各地集市淘来的宝贝，每一件背后都有一段耐人寻味的故事。

龙人坐在炉火旁，手里捧着海怪克希拉的珍珠。看到艾摩司醒来，他连忙问道：“你是怎么得到这个的?”

“这是湖里的一只海怪给我的。”艾摩司回答。

龙人静静地看着艾摩司，接着低下头沉思了一阵。接着，他站起来，拍了拍艾摩司的头。

“睡吧，被选中的艾摩司和斐思，等到明天，哦，明天会是一个伟大的日子。”

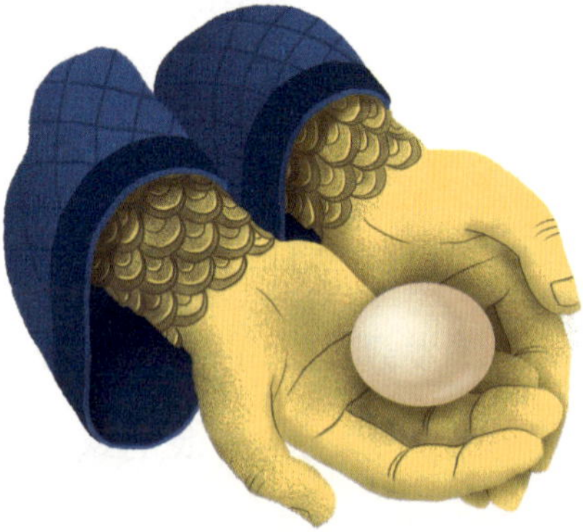

- Amos The Amazing -

第十三章

龙骑士

XIII

艾摩司在炸土豆的吱吱声中醒来，屋里充满了黄油吐司和煎蛋的香气，他的肚子开始咕咕直叫。厨房里，高大的龙人围着围裙，手里握着一只煎锅。他颠起煎锅，把煎饼抛向空中，煎饼懒洋洋地翻了个筋斗，又回到锅里。艾摩司有些恍神，一时间感到自己在家里，而爸爸正在准备周末的早餐……

*啊！对了！斐思，你感觉好些了吗？*艾摩司回过神来，问道。

*我目前还好，*斐思说，*只是，女巫给我的药膏，怕是快用完了。*

沙发的对面有一面镜子，从镜子中可以看到，斐思的皮肤上有着紫色的感染纹路，绷带覆盖了背部，绷带边缘还在冒着绿色的水泡。

“啊，我的鹿首神啊，我现在的样子太可怕啦！难道我会死于感染，再变成吸血巨魔吗……”斐思叹了口气，声音悲伤而沉重。

想到曾经那个神采焕发的斐思，艾摩司感到很难受。“斐思，你放心！我一定不会让你变成吸血巨魔的！”

我知道你会尽力帮我。不过，艾摩司，我得先告诉你一些事情，以防有什么万一。

什么事？

当初夏日女王交给我的任务，是派我去调查霍布海姆的秘密，阻止战争发生……现在，我不确定自己还能不能撑到任务完成，甚至不知道这个任务本身是不是一个幌子……总之，如果我没能完成这项任务，我想请你替我向夏日女王道个歉……

“斐思，”艾摩司看着镜子，迎着她的目光说道，“自从认识你以来，我就觉得你很勇敢，一直很勇敢。当初你告诉我，你要调查霍布海姆并拯救你的家园的时候，我一刻也没有怀疑过，我相信你能做到。虽然我们还不知道要如何做到，但我们会一起想办法的，不是吗？”

龙人在一旁默默地听着，似乎想问些什么，但想了想又没有开口。“早午餐来了。”他喊了一声，声音依旧低沉而沙哑。

龙人在沙发前摆好一张小桌子，将煎蛋、炸土豆、黄油吐司和松软的煎饼一一放到桌子上。接着，他自己坐到了一把木椅上。

艾摩司闭上眼睛享用美食，脑海中浮现出这样一幅画面：妈妈在笑，爸爸在读书，爷爷奶奶在你一句我一句地讲故事。他感到一阵模糊的温暖。

*艾摩司，你没事吧？*斐思问道。

艾摩司回过神来，不好意思地点了点头。

龙人仔细地看了看斐思，然后说："你的身体里有两个人，所以看起来有些怪怪的，不知道的还以为你的精神有些分裂。"说完，他咬下一口被烤得酥脆的吐司，"嘎吱嘎吱"地嚼着。

"这个……解释起来有点复杂，"艾摩司说，"准确来说没有两个，应该算一个半吧。当你看到我们的时候，只能看到斐思的模样，但现在，跟你讲话的是我，艾摩司。我来自另一个世界里一个叫重庆的城市。"

"这听起来可真像是在说胡话。你们还是小孩子吧？"龙人突然咧开嘴，严肃的脸上露出一个笑容。

"艾摩司的确是小孩子，今年只有12岁。我可不是，我是扉境的精灵，我们精灵是没有年龄的。"斐思说。

“那么，嗯，龙人先生，”艾摩司说，“这是你的灯塔吗？这里还有你的同伴吗？”

“我叫罗格·格罗威姆，你们也可以叫我罗格。这里只有我，我是守护这座灯塔的唯一的龙骑士。其实，比起龙人，我更喜欢被称为‘龙骑士’。”龙人有些害羞地说，张开的大嘴就像一个长满钟乳石的洞，“我也来自一个遥远的国度，我……”

“等等！你刚才说什么？龙骑士？那也就是说，你会骑着龙战斗是吗？是真的龙吗?!”艾摩司从沙发上跳起来，有些激动地问道。

罗格摇摇头，垂下目光低声说：“说实话，我从来没见过龙。”

艾摩司有些失望，不过很快又抬起头说道：“龙骑士先生，你知道九尾易形狐吗？有一只九尾易形狐偷走了我一半的灵魂，还伤害了我的爷爷。我想要救爷爷，也想要把灵魂找回来，于是便通过魔法神器来到了这里。”艾摩司说着摸了摸他的项链，“就是这个东西，我想，这本该是属于我爸爸的……”

罗格若有所思地点了点头，自言自语道：“扉境，另一个世界，九尾易形狐，夏日女王……我记得曾经是不是有一个预言……”罗格又望向艾摩司问道：“那么，这个呢？你是怎么从海怪那里拿到这个的？”他指了指那颗珍珠。

艾摩司讲起了获得珍珠的经历，包括他对克希拉的许诺。

罗格全神贯注地听着艾摩司的每一句话。

“我们本来不想搅入无关的事情当中，更不想插手海怪的事情，”斐思开口说道，“不过很遗憾……”

罗格使劲地摇了摇头：“不，不，不，这不是你们的问题，这一切是有原因的。具体的我也说不清楚，但你们早晚会明白。当务之急是斐思的伤，我们需要先拿到解毒的药。”说完，罗格把空盘子叠起来堆在一边，在桌子上腾出一块地方，然后拿出了一张满是灰尘的旧地图。“这就是我们现在所处的位置。”他指着一个地方说，接着又指向另一个相当远的地方，“这是寺庙，龙王曹腾的洞穴也在这附近。曹腾花具有堪称‘起死回生’的治愈神力。传说中，只有心灵纯洁的人才能摘得曹腾之花，你们必须去试一试。”

艾摩司点点头。突然，他看到地图的顶部有一小段文字。

“那里写的是：已知世界，探险家巴拉·朱塔，竭毕生精力，绘制于大灾变之后14955年。”罗格说道。

“14955年?”艾摩司用手指摸了摸这个数字。

“地图上是这么写的。”罗格点了点头说道。

“巴拉·朱塔?”艾摩司问道，“那是谁?”

“是霍布海姆曾经的王子，”斐思回答说，“当初他离开霍布海姆去探寻其他国家，并与那些国家交流往来。但就在那个期间，他的皇室家族垮台了，疯狂国王成了一国之主。在那之后，就再也没人见过王子了。”

罗格点点头：“没错。”

“罗格，你从哪儿弄到这张地图的?”斐思问道。

“这是从寺庙借来的，我在那儿有几个朋友。”罗格看了看他们，“就现在来看，那里有你们需要的东西，我带你们过去。只是，这一路说不定会有危险，斐思，你现在伤口的情况怎么样？我们可以出发吗?”

斐思点点头：“没有问题。只是，我的剑没了……如果需要战斗的话……”

罗格站起来环顾四周:“有道理，为了以防万一，你应该带一件称手的武器。武器的话，我这里倒是不少，可对你来说都太大了……我该借你什么好呢……”

艾摩司被架子上一对长长的爪子吸引了，问道:“这是什么?”

“龙爪。”罗格骄傲又充满敬畏地说道，“它们来自那个被人们遗忘的时代。”

“龙爪?”艾摩司一边重复一边凝视着它们。龙爪大约有斐思胳膊的一半长，呈暗暗的银色，就像凝结的月光，隐约闪烁着光芒。他轻轻敲了敲龙爪，发现它无比坚硬，边缘也锋利得要命。

“曾经有一段时间，巨龙维持着世界的和平，即使是强大的恶魔也得退避三分，那些兽人绝不敢像今天这样放肆。那个时候，我们龙骑士保护着这片土地，维护着这里的公正和稳定。我一直保存着这些东西，作为龙骑士，我永远不会忘记使命。”

艾摩司看着罗格，他的眼睛在放光。

“斐思，你能举起这个吗?”艾摩司小声地问道。

斐思试探性地抓住一只龙爪。尽管龙爪的重量惊人，斐思却可以轻松地来回挥动，划过空中时，龙爪发出“嗖嗖”的声音。

“我该怎么用它呢?”斐思问道。

艾摩司说:“你可以两手各拿一个龙爪，然后攻击敌人。”

罗格一开始并没有当真，但看到他们俩认真的模样，他像是忽然想起了什么似的，戴上眼镜在屋里寻找起来。过了一会儿，罗格从书架后面取出一个包裹，拍了拍上面的灰尘，剪断麻绳打开了它。

包裹里有两个护手和一些小道具，还有一张写着字的羊皮纸。“这是前年夏天从克罗诺司旺斯寄来的，里面有一张纸条，说是送给一位真正需要它的人。现在看来，这个人指的就是你，而这个包裹自然也是留给你的。”

艾摩司和斐思瞪大了眼睛:“这怎么可能呢?”

“如果使用时间术这种魔法，很多事情都是有可能的。时间本身就不是障碍，我说的是真的。来，你先过来坐下吧。”罗格拿起包裹里的两个护手，对斐思说道。

护手是用鳞片和钢铁制成的，戴在斐思手臂上正好合适。罗格戴上一副护目镜，又拿起一个放大镜，检查起了护手上的绞盘系统。透过放大镜，艾摩司可以看到罗格被放大的那只眼睛。很快，两只龙爪就被罗格紧紧地固定在了护手的绞盘上。“有了护手，你就可以轻易地弹出和收回龙爪，它们比钻石更坚固，可以保护你。”罗格接着说，“看，你只需要这样操作。”他一边说一边慢慢地弯曲斐思的手臂。随着“咔嗒”一声，龙爪在护手的凹槽装置上向前滑动并弹出，延伸出相当的长度。

“这可真是太棒了！”斐思兴奋地说。

“那么，我们马上就出发。”罗格说完，就去收拾一些行李。当罗格拎着皮革袋子回来时，他已经穿好了一件由彩铜龙鳞制成的厚重铠甲。铠甲闪闪发光，大小不同的龙鳞几乎完美地结合在一起，肩膀和颈部还有锋利的尖牙装饰，看起来很是威风。穿上这件铠甲的罗格，完全就是一位高贵的龙骑士。

罗格将他那把沉甸甸的巨刀绑在自己背上，然后他们就出发了。

艾摩司和斐思跟着罗格，沿着灯塔内侧的楼梯一直往上，大约上了几百级台阶以后，他们来到了灯塔的顶屋。罗格从顶屋的门上摘下一副护目镜，又在门边的架子上翻出第二副护目镜，擦了擦灰尘后递给了斐思："把这个戴上。"接着，他从架子里掏出一支骨笛，然后憋足劲儿推开了沉重的木门。

他们跟着罗格走到门外，惊讶地发现自己已经身在云层之中。罗格把骨笛放到嘴边，吹起了一串音符。艾摩司觉得，这像是一首充满异域格调的摇篮曲。

"罗格，我们接下来准备做什么呢？"艾摩司疑惑地问道。

"等待。"罗格说。

"等待？等谁？"

"我们的坐骑。"罗格咧嘴笑着说。

艾摩司没有明白什么意思，但还是点了点头，靠在门边静静等着。突然，一道身影伴着闪光划过天空，朝他们飞来。

"看！那是什么？"艾摩司叫道。

"那是尼特欧。尼特欧！"罗格激动地大喊着。

只见一只巨大的蜗牛向他们快速飞了过来，两只又大又长的触角在它头上疯狂地摆动着。蜗牛"嗖"的一声落在顶屋外的楼板上，伸出舌头去舔罗格，嘴里发出

“呼呼”的声音。罗格揉了揉蜗牛的脖子，它的舌头就耷拉了出来，一副满足又开心的样子。

原来，龙骑士还有会飞的坐骑。

“好奇特……好可爱……好疯狂的蜗牛！”艾摩司都找不到词来形容了。

“上来吧，”罗格说，“我们不能再浪费时间了。”说完，自己就先跳上了蜗牛。

“我们这是要……飞？”艾摩司问，“哇哦，我们这是要飞！”艾摩司满怀激动地爬到罗格的身后，紧紧抓住了罗格的铠甲。“抓紧了。”罗格说完，拍了拍尼特欧的脖子。蜗牛尼特欧从塔顶俯冲下去，艾摩司的神经紧绷到了极致，他拼命抓住蜗壳，扯着嗓子尖叫。瞬间，尼特欧张开银色的翅膀，像抓住了风似的快速上升，刚才的失重感瞬间变成了超重感。那感觉就像在坐过山车一样，简直太棒了！*还好有护目镜，*艾摩司心想。

尼特欧借着风拍打着翅膀，在高空中飞速前进。不一会儿，灯塔就变成了远方的一个小点。地平线在他们的面前展开，前方是各种未知的挑战。

- Amos The Amazing -

第十四章

书卷保卫战

XIV

艾摩司他们骑在蜗牛尼特欧的背上，迎着风向前飞行，身后是早晨的太阳，脚下的云层被太阳光染成了淡淡的红褐色。他们飞越了辽阔的湖泊，又飞越了巨型的沙丘，飞得如此之高，地面上那些巨大的野兽看起来，也只是隐约可见的小圆点。

这下面真是荒凉。

下面是“呼啸荒原”，斐思说，*这片荒原是许多危险野兽的家园。人在这里待久了的话会生病，头发会掉光。大家都说这个地方被诅咒了。*

这些和霍布海姆发生的事有关系吗？

我也不清楚，所以我必须亲自去看看，疯狂国王在这片土地上，到底制造了些什么可怕的东西。

当他们飞过普克族的村庄时，天空变得阴沉起来，下面还有滚滚的浓烟。他们没有停下来，依旧飞得又高又快，一直飞向西边连绵起伏的山脉。

这些山脉被称为“火峰”，斐思说，*这里是巨龙的发*

源地。传说，当奥卡迪亚的黑暗军团横扫大地时，这里大部分都被摧毁了。

那么，现在山上已经空无一人了吗?

*还有矮人族，*斐思说。

*那精灵族呢?*艾摩司问，*比如像艾尔·达拉那样的。*

*精灵族总是独来独往。*斐思回答道。

“我们就快到了，快到寺庙了。”罗格大声说道。突然，他们看到地面有东西在闪烁，像是钢铁表面反射出来的光。罗格示意蜗牛转向，想近距离观察一下。

*是战争的喧嚣声。*斐思说。

“罗格?”艾摩司有些不安地问道，“我们会直接飞到寺庙去，对吧?”

罗格没有回答，他紧紧地盯着那些反射阳光的兵器，示意尼特欧降落到一座土丘上。

艾摩司有点慌。*斐思，他该不会是想加入战斗吧?*他悄悄地问斐思。

令他意外的是，斐思似乎也有意面对这场战斗。

*不要说话，仔细看看到底是怎么回事。*斐思说。

战场上，六个穿着土黄色长袍的光头武僧保护着一辆马车，一群骑在野兽背上的小个子骑手正在用锯齿状的长矛攻击他们。武僧们敏捷地躲闪着，防住了人数至少三倍于他们的骑手。

“快看！”艾摩司突然指着其中一个骑手喊道。只见这个骑手的长矛被击落，斗篷也被划破了。武僧们用冲击波击中了骑手的头部，骑手从野兽坐骑身上重重地摔了下来。这是个女骑手，全身上下都是锃亮的铬金材料。她戴着面具和护目镜，铜球状的背包里冒出一缕缕烟雾，并发出水沸腾一样的声音。

“那些骑手是普克人！但是，为什么他们全身都是金属？快看！看到他们的眼睛了吗？他们的眼睛发着红光！那不是盔甲，那是死灵发条——他们变成机器了！”斐思尖声惊叫道，她不敢相信自己的眼睛。在成为扉境的精灵之前，斐思也曾是一个普通的普克族女孩，如今，看见同胞被施加这种诡异而黑暗的魔法，她的内心震撼而悲痛。

野兽坐骑转过身来寻找倒下的骑手。艾摩司将它的模样看得一清二楚，这是一头身披盔甲的鸭嘴兽，头上有两只窗户一般的眼睛，长长的嘴里冒着烟雾。

这时，远处那群浑身机械的弓箭手们将弩车对准了武僧们保护的那辆马车。

“武僧们有危险了，我们得去帮忙！”罗格见状怒吼道。

“罗格，斐思身上有伤，”艾摩司喊道，“我们真的要加入战斗吗？”

罗格愣了一下，回头看着斐思，她的嘴唇有些发紫。

“但我们需要那群武僧的帮助才能救斐思。如果我们放弃救他们，独自去寺庙，那将毫无意义。”罗格说道。

艾摩司低下了头。虽然加入战斗听起来很疯狂，但如果真像罗格说的那样，不管不顾逃跑的话，斐思肯定会死掉。而战斗的话，虽然也可能会死掉，但也可能会活下来。现在这种处境下，不得不拼一把。

“那我们就豁出去了，不能让他们得逞！”艾摩司大叫道。

“同意！”罗格迎着风喊道。

罗格双手紧握他的巨刀，指挥尼特欧朝弩车扑了过去。“斐思，”罗格喊道，“你准备好了吗？”

斐思感到自己的心脏随着即将到来的战斗怦怦直跳，

她顿时完全清醒，再次焕发出了战斗力，她咬紧牙关回答道："开战吧！"

"我们上！"随着罗格的一声大喊，蜗牛撞上弩车，把周围的弓箭手撞翻在地。斐思一时间有些喘不上气，尼特欧见状飞上天绕了一圈，给了斐思一点喘息的时间。当他们再次朝弩车俯冲而去时，斐思一跃而起，随着一声"咔嗒"声，龙爪从她的手臂上弹出，闪闪发光。

斐思落在一架弩车上，用龙爪一击砍断了弓箭手的弓，弓箭手还没来得及转身，她又用龙爪背朝其头盔猛地一击。弓箭手翻了个白眼，掉下了弩车。这时，几支箭飞向斐思，关键时刻，斐思伸出手背，龙爪把所有的箭都挡落在地。斐思没有受伤，大家都松了一口气。*这对龙爪真是不错。*

突然，一头机械野兽向斐思冲了过来，嘴里喷出刺鼻的烟雾。斐思一个跳跃躲过其袭击，然后顺势将爪尖戳进了它的盔甲缝隙里，在其背部留下一道又长又深的伤口。紧接着，另外一头全副武装的野兽张开大嘴朝斐思扑过来。这一次，斐思贴地冲到它身下，在野兽的腿上猛地一砍，野兽顿时尖叫起来，翻滚着倒在地上。果然，斐思的勇猛善战是毋庸置疑的。

另一边，罗格一头扎进了战斗中，他挥舞着巨刀冲向弓箭手，迫使他们散开。看着伙伴们同这些敌人搏斗，艾摩司心里生出了一股莫名的尊敬。

“保持队形，听我命令！”骑手的首领扯下兜帽，大声喊着军令。首领是一个女战士，侧脸有一道长长的伤疤。骑手们向她靠拢，聚集在一起，想围攻龙骑士。

“罗格小心！”艾摩司叫道。只见罗格挥动着巨刀，轻而易举地击退了敌方队伍。这时，一个骑手突然从一旁冒了出来，斐思及时地用一组防守和扣杀动作拦下了他。另一个骑手又拔出棍棒冲过来，斐思用龙爪将他手里的木棍劈开，但棍子的裂缝却顺势夹住了龙爪。斐思感到右手臂传来一阵电击般的刺痛。一头野兽趁机撞了过来，斐思被撞飞，一阵晕眩后，跌落在一个武僧旁边。武僧见野兽不依不饶地追了过来，便一只手挥起大刀，朝野兽劈了过去。接着，他又挥舞起一对双节棍，速度犹如高速旋转的电风扇，在空气中制造出一堵坚不可摧的防御墙。随后，武僧转身扶起斐思。

“不准撤退！”骑手的首领再次喊道，“一定要拿下那辆马车!”随即，她带着两个随从飞驰到马车前，跳下坐骑，想冲破防守，不料却被一个武僧挡了回来。只见武僧避开长矛的攻击，一跃而起，踢飞了两个随从。两个可怜的家伙重重地摔进泥土里，一时无法动弹。武僧的眼睛闪着光，将两个硕大有力的拳头举过头顶，拉长嗓门发出一声吼叫。骑手首领警惕地盯着武僧的拳头，但武僧的速度实在太快了，还没等艾摩司反应过来，骑手首领便从空中掉下，落在了斐思身上，晕了过去。

斐思被压得喘不过气。她正想挣脱，却发现那两个摔进泥土里的随从已经拔出了佩剑，朝自己走了过来。艾摩司的心都提到了嗓子眼儿。这时，空中划过一道银色的光，接着随从便被撞倒在地，是蜗牛尼特欧！斐思赶紧起身，清楚地看到了随从镀铬手臂上旋转的齿轮。罗格拎着巨刀赶了过来，想寻找那位骑手首领，却发现她已经不知何时逃走了。

艾摩司盯着倒下的随从，只见他的表情极度痛苦，血液从机械骨骼中涌出，黑烟随着体内齿轮和机械组织的断裂不断往外冒。他发出“呜呜”的、像是机器声与人的哭声混杂在一起的声音。艾摩司注意到，他眼睛里红色的光在慢慢变暗、消失。终于，随从开始抽泣起来，这次是真正的人的哭声了。斐思意识到他快不行了，她跪在地上，搂住了这个可怜的普克人，握着他的手，直到他没了气息。

这就是战争，斐思自言自语，*没有谁是真正的赢家。*

艾摩司凝视着淡紫色的天空，蓝色的太阳在天空中若隐若现，橘红色的那颗已经在朦胧的暮色中落下。

“干得好，斐思，艾摩司。”罗格说，“我数了数，有二十二个‘铁罐’士兵被我们干倒，是绝对的以少胜多，哈哈。”他边笑边把刀擦干净，放回背上的刀鞘中。

看守马车的那群武僧向他们走来。其中一个人开口道：“你好，罗格。你是来还我们地图的吗？”

罗格微微鞠了个躬，双手互握合于胸前，说道：“这次还不是，不过，请放心，我的朋友，总有一天我会还的。”

“你刚好出现在我们最需要你的时候。”对方笑着说。当罗格谦虚地摇着头时，僧人转向斐思：“谢谢你，高贵的战士，我是智玄法师，寺庙的守护者。”

罗格点点头，表示肯定地拍了拍斐思的肩膀，随即又问智玄法师："法师，这些普克士兵为什么攻击你们?"

"我们在返程的途中遇到不止一次了。"智玄法师仰望着天空，"看来，疯狂国王的眼睛无处不在，他一直在窥视着这片土地，似乎在寻找什么东西。"

"法师，返程的路，我们跟你们一起走。"罗格说完，对着蜗牛尼特欧点了点头。尼特欧在天空中绕着罗格转了一圈，然后飞进了云层。

"请问，您就是智玄法师吗?"艾摩司走上前，小心地问道，"小地精莱蒙额斯特先生让我来找您，说您能帮助我们。"

"啊，莱蒙额斯特，那个聪明的小子。"智玄大师笑着说，"好吧，谢谢你刚才帮助了我们，我们必须报答你。不过，你受伤了吗？你看起来……"

斐思笑了笑，她的四肢像灌了铅一样沉重，紧接着便倒了下去。智玄法师扶住了她。

一个背着龟壳的武僧走过来，行礼说道："智玄大师兄，车上的书卷都完好无损。"

智玄法师点点头说道："先把她扶上车吧。"武僧把斐思扶上了那辆装满卷轴和旧书的马车，让她平躺在一个丝绸枕头上。艾摩司抬头盯着这个背着龟壳的武僧，“那个，你就像……”

“一只乌龟。”武僧笑着说，“我来自牡蛎群岛，刚才谢谢你的帮助。”

斐思虚弱地笑了笑，什么也没说。武僧们关上车门，朝着寺庙继续前进。斐思很快昏昏沉沉地睡着了，等她醒来时，他们已经进入了寺庙。这里四周都是高大的围墙，仿佛一座坚固的堡垒。寺庙里居住着数百个僧人，个个都受过武术特训。

智玄法师走过来对斐思说：“请进。”然后，他带着斐思和罗格来到了一个巨大的藏书楼。藏书楼内的天花板很高，大约有好几十米，书架上陈列着成千上万的图书和卷轴。

“这里有这么多的书啊！”艾摩司一脸崇拜。

“我们在废墟里寻找到这些有珍贵历史价值的书，冒着生命危险才让这些书得以保存下来。那场战争以后，这里也是仅存的藏书楼了。”智玄法师充满感慨地说，“这么多年来，我们世代保护着这座寺庙，保护着这些书卷，无数次地同不断壮大的黑暗势力抗争。这一次，我们的任务是护送装满古代文本的马车回来——多亏了你们，是你们救回了这些无价的文物。现在你们先随便看看，不用拘束，我还有点事情，办完便回来。”智玄法师说完便行礼离开了。

“这里真是不可思议。”艾摩司觉得，即使他在这里度过一生，也永远看不完这些古老的书卷。他随手拿起一本厚厚的书，书名叫《蔚蓝森林之精灵史》，书里的文字他读不懂，但插图倒是引人入胜。他翻了几页，眼睛停在一张图片上，图片上的那张脸让他的心怦怦直跳。

这好像那张曾经在梦里纠缠他的脸。不同的是，在这张图里，这张脸的主人耳朵很尖，头上还戴着一顶用精灵角制成的王冠……但无论如何，这双眼睛，这深渊般的眼神，不会错的，就是这张脸！艾摩司愣在原地。

- Amos The Amazing -

第十五章

校长与法师

XV

一个武僧走了过来，打断了艾摩司的思绪。

“我是寺庙的朱佩，”武僧行礼后说道，“法师让我来告诉你，有人专程来找你。”

“找我？谁？谁会知道我在这里？”艾摩司问道，感觉自己的心跳又开始加快。

会是谁呢？

几分钟后，传来一阵敲门声。

“请进？”艾摩司有点怯怯地说道。

“你好，孩子。”门口传来一个慈祥的声音。一位矮个子女士走了进来，她穿着蓝底黄边的长袍，皮肤是浅褐色的。

“我认识她。”斐思揉了揉眼睛说道，“抱歉，我是想说，我认识您！我以前在凹林谷见过您。您是克罗诺司旺斯的璐卡·星辉校长。”

*我也认识她。*艾摩司心想。

校长和善地笑了笑，说道：“没错，我是璐卡·星

辉，时空术学派的负责人。你……我是说，你受伤了吧，你的脸色看起来不太好?”璐卡校长把一只手放在斐思的额头上，发现她额头上渗出一些汗水。

“谢谢您……我叫斐思……我的确受伤了。”

“斐思，我要感谢你保护了这些书卷。”璐卡的声音很平静，但艾摩司觉得这份平静下藏有一丝不安。“我听说，你的身体里还有一个人，他来自另一个世界，是吗，孩子?”

“是的!”艾摩司抢着回答说，“我叫艾摩司，我……我来自重庆。”

“哎呀，那可是一个很爱吃辣的地方。”璐卡说。

“是的！您怎么知道?”艾摩司有些惊喜，提到“辣”这个字，他感觉似乎有人在他胃里面挠痒痒，“我的家乡是一个充满辣味的地方!”

“孩子，虽然我们现在没有时间聊这个，但我希望总有一天，我能好好地听你讲述你的家乡。你一定很想念火锅吧?”

“啊，我可太想念了!”艾摩司一听到火锅，肚子就开始咕咕直叫。

“孩子，如果你想再次尝到这些美味，我们得抓紧时间了。斐思，来，让我先看看你的伤口。”

斐思点点头。璐卡小心翼翼地扶着斐思，看了看她的后背。“啊！这太可怕了！”璐卡的眉头皱成一团，满脸担心，“这伤口有多久了？”

“大概十来天吧……”斐思说。

“不可能……”说着，璐卡继续仔细地检查斐思背上的伤口，“有人帮你上过药，是不是？”

“没错，”艾摩司回答说，“梅尔德和丽瓦娜给我们做了药膏绷带。”

璐卡叹了口气：“幸好有她们。可感染了这么长的时间，我也无法判断这能不能治好。孩子，你具有一个圣骑士无畏的灵魂，这次，或许我们要听听天意。”

这句话就像一块大石头，压在了艾摩司心上。

*也许，这一切真的要结束了，艾摩司，*斐思说，*即便有你的帮助，我也不知道我还能坚持多久……*

*我们来到这里就是为了这个目的，*艾摩司说，*我一定会拿到曹腾花的，现在，你只需要好好休息，斐思。*

璐卡又说：“告诉我，孩子，你是怎么认识梅尔德和丽瓦娜的?”

“哦,”艾摩司耸了耸肩说,“我们在森林里看到了她们的小屋,她们说,她们原本是三个人,只是其中一个朋友失踪了。校长,我的直觉告诉我,会不会您就是她们所提到的,那个去了魔法学校而失踪的朋友呢?”

“哦,你的感觉很敏锐,年轻的艾摩司!我们今天能在这里见面,也实在是难得的巧合。以后,欢迎你随时来克罗诺司旺斯找我。”璐卡笑了,她的笑容光彩照人,眼神睿智而温柔。

斐思,我觉得她身上有种光芒四射的力量,她给人一种永恒的感觉,就像她不会变老似的。

*璐卡校长是一位非常特别的老师,也是一位强大的魔法师。*斐思回答说。

璐卡小心翼翼地用手指摸了摸斐思脓肿的皮肤,研究着那些根须状的感染物。感染已经蔓延到了腹部,稍微一碰到就会疼痛。

“校长,智玄法师他们去做什么了呢?武僧们还有什么任务在身吗?”斐思突然问璐卡。

“恐怕,我现在还不能告诉你。”璐卡回答道。

“他们会同意我去曹腾洞穴吗?”艾摩司问。

“我相信他们会的。”

“如果我成功拿到了曹腾花，我能把它一分为二吗?我要救斐思，还要救爷爷。”

“恐怕不能，”璐卡摇了摇头，“曹腾花只能救一个人，你必须做出选择，孩子。”

这可怎么选？艾摩司感到心里一阵难受，好像有两个自己在打斗。难道真要让他做出这样艰难的选择？即使他成功拿到曹腾花，爷爷和斐思也有一个会死去——怎么选都是错的。

“孩子，”璐卡打断了艾摩司的沉思，“我想问你一些事情。比如，你为什么来这儿？怎么来的？尤其是，你为什么会在这寺庙里?”

“这个有点复杂，一两句话说不清楚。”艾摩司挠了挠头，回答道。

“试着说一说吧，也许我可以帮到你。”璐卡微笑着说。

于是，艾摩司把一切从头到尾都告诉了她。而智玄法师和罗格也在藏书楼门口静静地听着艾摩司的讲述:

他奇怪的梦境、爸爸房间里的旧木箱、九尾易形狐、安居古镇的传送门、来到这个世界之后的奇遇，以及他迄今为止的各种冒险经历。

智玄法师走了进来，表情严肃地对璐卡校长说：“我想和你聊一聊。”

璐卡点点头：“当然了，这不是很奇妙吗？他，就是那个他，已经在这里了。而且，所有时空里所有的‘他’都在这里。”

智玄法师有些激动地点了点头。

璐卡转头对斐思说：“你先好好休息，你的身体情况耽误不得，我很快就回来。”说完，他们三人往另一间房间去了，一路上还小声议论着什么。斐思靠在沙发上，闭上了眼睛。

我真想知道他们在说什么。你说呢，斐思？

斐思没有回答，她因为伤口的疼痛而有些疲惫。

彩绘玻璃窗外，太阳掠过云层，给房间染上了一层斑斓又朦胧的色彩。

不知是过了多久，璐卡回来了。她轻轻地把手放在斐思的肩膀上，斐思睁开了眼睛。

“我们明天一起出发去参加霍布海姆的宴会。你，我，罗格，还有智玄法师。”璐卡笑着说。

“举行这场宴会，疯狂国王是别有用心。”智玄法师走过来说道，“那些机器野兽都会聚集在那里。”

“那是死灵发条，是违背自然的东西。”璐卡望着窗外说道，艾摩司可以从她的眼睛里看到愤怒。

“至于国王为什么想得到今天这些书卷，我们猜测，是因为书卷里提到了黑暗战争爆发前一些重要的人物和神器。”智玄大师说。

“有关……奥努巴斯・虚空的事情，”璐卡问斐思，“你之前听说过吗？”

艾摩司瞪大了眼睛，这个名字似乎与他的梦境有所关联，但确切是什么关联他也说不上来，只觉得一股寒意从他的脊背上透过来。

*谁是奥努巴斯・虚空？*艾摩司问斐思。

*据说是只恶狼，就连大声说出这个名字都会招来厄运。不过我想，这应该只是吓唬小孩子而已。*斐思回答道。

“谁是奥努巴斯・虚空？”艾摩司不太相信斐思的回

答，于是又小声问璐卡校长。一种似曾相识的感觉让他有些晕眩，并且浑身颤抖。

“一个精灵族男孩，名叫西多弗斯·克兰，他性格古怪，贪玩又喜欢恶作剧，是……是克罗诺司旺斯的学生。”璐卡有些谨慎地回答道。“当然，这是很久很久以前的事了，”她接着说，“随着他的成长，他的恶作剧变得越来越危险，他也变得越来越贪婪。他渴望永生，渴望无限强大，并因此做出了一些非常不负责任的决定。这在魔法界是一种危险的信号……”

“不负责任的决定？比如呢？”艾摩司突然插嘴道。

“克兰召唤灵魂，在这里建造了黑暗之地，并分裂出一个更强大的、邪恶的自己，那就是虚空。他利用虚空……对这个世界造成了相当大的破坏。最后，克兰也因为已经无法掌控自己的欲望而走向了自我毁灭。”璐卡回答道。

“这件事是真实的，而且有文字记载。”智玄大师严肃地点点头。

奥努巴斯·虚空……在艾摩司心灵的深处，他感到有一双古老的眼睛注视着他，一股寒意钻进了他的身体，

仿佛有一个东西跟他擦身而过，并静静地等着他回头。那不是九尾易形狐的眼睛，也许是更古老、更可怕的东西。

突然，斐思开始咳嗽，接着吐出了一口血。“对……对不起。”她喘着粗气说。

“可怜的孩子，拿着这个。”璐卡递给斐思一块手绢，接着对智玄法师说道，“这孩子的伤不能耽误了，我们直接出发去曹腾的洞穴吧！”

“不过，让从未经过训练的人进入洞穴内，这在正常情况下是违反……”智玄法师说。

“这次不是正常情况。”璐卡轻声提醒道。

智玄法师叹了口气，点点头道：“好吧。艾摩司，斐思，你们必须保持内心的诚实与真诚。之前有很多人尝试去找曹腾花，但都因为迷失了自我而失败了。”

“在洞穴里，容易迷失的是方向吧，怎么会迷失自我呢？难道你们说的是一个思想的洞穴？”艾摩司下意识地问出这个问题。他有一种奇怪的感觉，好像这一切他都经历过。

“或许也有这个意思。曹腾的洞穴是一个古老的、深不见底的洞穴，”智玄法师说，“当年，龙族离开这片土地时，伟大的首领曹腾把自己的心脏埋在了这个洞穴里，心脏始终发挥着余热，等待着龙族回归的那一天。而进入洞穴的人，除了洞穴本身，还需要穿过自己内心深处最黑暗的地方，这样才能有所收获。我曾经前往洞穴的中心，也是为了去面对自己内心的‘恶魔’，让自己的心灵得到净化。但并不是所有的人都能准备好，有的人在寺庙里学习了一辈子，最终还是无法面对自己的心魔，也没有能够走出洞穴。所以，在你去之前，我希望你能知道这些危险和困难。”

“那要怎么做才能面对内心的心魔呢?”艾摩司问。

“你必须有一颗纯粹而坚定的心，当然了，还要有一个真诚的目的。还有，你必须像水那样，灵动而充满韧性，不可将自己困于一时的现象或者情绪之中。”

“人怎么能像水一样呢?”艾摩司充满疑惑地问道。

智玄法师说:“坐到我身边来。”

*放松，艾摩司。你已经不再是当初湖边的那个小孩子了，这些日子你成长了许多，我相信你可以做到。*斐思鼓励道。

“现在，闭上眼睛。”智玄法师说。

艾摩司学着智玄法师盘腿坐在地上。

“法师，您一直都生活在这个寺庙里吗?”

智玄法师似乎被这个提问惊了一下，他睁开眼看了看斐思，说：“也许有一天，我会告诉你。但现在，年轻人，你得先集中精力。”他拍了拍斐思的肩膀。

艾摩司感到一股暖流通过身体，影像不断涌入脑海中：智玄法师曾是一个具有远见卓识的年轻人，他踏遍了千山万水，在不断的训练中成为杰出的武者。之后，他沿着自己的梦境来到了这个世界，从此便没有再回去。全世界都在寻找他，但他选择留在这里。

“现在……想象你自己没有身躯，没有形状，你是小溪中的一滴水，也是海洋中的一滴水。”法师接着说。

“小溪中的一滴水……海洋中的一滴水……”艾摩司重复道。他试图领悟这句话的含义，但没有做到。艾摩司又睁开了眼睛。

智玄法师说：“当你无法清理掉思想障碍时，试着接受障碍，再试一次。摒除杂念，专注于你自己的真理。”

艾摩司感受到了短暂的清醒，但这种清醒并没有持续多久，他的疑虑又回来了。

“我的真理……是什么呢?”

“待时机成熟时，你会知道的。”智玄法师微微一笑，起身离开了。

璐卡给了斐思和艾摩司一个温暖的拥抱，小声说：“我相信你们，你们也要相信自己。你们已经走了这么远了，不能放弃。”

罗格靠近艾摩司，低声叮嘱道：“我会把你带到洞穴的入口，等你回来。”他拍了拍斐思的肩膀，“我见过你战斗的样子，我知道你会成功的。”

智玄法师他们护送艾摩司和斐思来到了洞穴口，接着让他们进入一个大箱子里，然后用一根施了魔法的绳子把箱子一点点放到地下洞穴的深处。临别时，艾摩司看到他们在洞穴口挥手，脸上满是担忧的表情。尽管希望渺茫，但这是他和斐思唯一的机会。

*有时候，唯一的出路就是没有退路。*他想起了这句自己曾经读过的话。

绳子持续下降，洞口的光芒越来越微弱，直到周围一片漆黑。艾摩司从箱子里探出身来，能听到自己“怦怦”的心跳声。在可怕的寂静和绝对的黑暗中，他摸着潮湿的石壁一步步向前探。不久，他听到了“吱嘎吱嘎”的声音，好像是什么东西在刮擦石壁。

难道，前方真的有龙？

- Amos The Amazing -

第十六章

龙穴取宝

XVI

黑暗中回荡的“吱嘎”声让艾摩司浑身起了鸡皮疙瘩，他不由得僵在原地。突然，一股热风扑面而来——是龙的呼吸吗？难道是传说中的巨龙曹腾出现了？

“你不属于这里。”一个低沉的声音传来，这声音如此缥缈，听起来仿佛来自远古。

艾摩司紧咬着下嘴唇，紧张得双腿发颤。

“你也不配拥有我的宝物。你注定会失败，然后消失在这个世界上，就像之前来到这里的其他人一样。你的承诺无法兑现，你是如此懦弱，救不了任何人。”龙王曹腾继续说道，“一个骗子，一个失败者，终将被困在这里，而你那可怜的灵魂，会像废铁一样慢慢生锈。”

艾摩司仿佛看到爸爸在向他摇头。虽然常常是他先把事情搞得一团糟，但艾摩司讨厌爸爸对自己不屑一顾的态度，讨厌爸爸耸耸肩对妈妈说，看吧，这就是我们教出来的孩子。

嘴唇被咬破的血腥味让艾摩司回过神来，他发现斐思的眼睛无力地睁开又闭上，还时不时地抽搐。很快，斐思晕了过去。意识到自己变成孤身一人时，艾摩司慌了，他现在该怎么做？怎样才能救斐思，还有爷爷？除了成功拿到曹腾花，没有其他办法！

到今天为止，虽然艾摩司仍然在不断地犯错，但也在不断地纠正错误。如今，他正在倾尽全力地去做他认为正确的事情。于是，他抬起头来，坚定地大声喊道："我正在做我要做的事，谁也阻止不了我！"

龙王愤怒的吼声震耳欲聋，撼动着整座洞穴。艾摩司恍惚间觉得是爸爸在生气和失望中对他大喊大叫。他感觉自己由内到外都在颤抖，身躯不停地坠落，坠入了自己内心的深渊。

龙王继续说道："因为你，你的家人失望、痛苦、悲伤……"

艾摩司心跳加快，恐惧笼罩着他。

"这一切，不过是因为一个可笑的冰激凌……"龙王嘲笑着他的愚蠢和自负，"你轻易听从别人的怂恿，你想要左右别人的看法，这都证明了你没有主见而且自以为是。如今，你想要赎罪，可你所做的一切，只不过是再一次让身边的人跟你一起受苦，甚至死去……”

字字诛心，龙王的话直戳艾摩司内心的痛处。

艾摩司眨了眨眼睛，强忍着眼泪。*可怜的斐思，对不起，还有那些帮过我的朋友。*突然，他的头脑中浮现出了智玄法师的样子。艾摩司明白了，龙王用这样的心理战术击垮过一个又一个探穴者。在这黑暗的深渊里，探穴者们是这洞穴的囚徒，也是自己思想的囚徒。

艾摩司想让自己冷静下来。他开始想象自己是一条溪流，蜿蜒曲折。流水没有畏惧，灵动而充满韧性，不会被困于一时的窘困和危难。它们积少成多，由弱变强，最终会势不可挡地汇入大海。

在遇到罗格之前，艾摩司同样在冰冷的黑夜里绝望过，挣扎过。在那之后他就明白了一件事：在希望渺茫的时刻，仅存的一丝信念有时足以让人救自己于困境之中。就像爷爷告诉爸爸，爸爸又告诉他的那样：一个人可以被摧毁，但永远不会被打败，除非他选择放弃。而艾摩司绝不会选择放弃……

这是一段冗长而疲惫的时间，艾摩司深陷自我怀疑的旋涡之中，在愧疚、孤独、恐惧、痛苦之中跌跌撞撞，不知道出口在哪里……

不知过了多久，艾摩司混乱的脑海中出现了一丝亮光，紧接着他看到了那朵花——曹腾花！艾摩司精疲力尽又欣喜若狂。看来，他已经通过了龙王曹腾的考验。

艾摩司得到了这珍贵的曹腾花。

艾摩司呆呆地看着曹腾花。现在，他可以自己把花吃掉，缓解灵魂缺失的痛苦。龙王的魔法足以填补他那残缺的灵魂，然后让他活上一千年，成为梦境世界里又一名伟大的巫师。若干年后，他受伤的爷爷、他的奶奶，还有爸爸妈妈，都将被时间所遗忘，唯一能被记住的，是拥有强大力量的他——“艾摩司”会成为一个如雷贯耳的名字，被载入史册。

艾摩司有些心动。*如果我能用曹腾花让自己变得强大，那是不是就可以靠我自己用魔法救治斐思和爷爷呢？我是不是就能够自由地穿梭于不同的世界，回到重庆让爸爸知道他的儿子有多棒？这样做岂不是两全其美！哈哈，那干脆*……突然，他听到内心深处传来一阵微弱的呼唤，是斐思。

艾摩司，快停下！听我说，这是个诱惑，是个陷阱，

还没等你吃下，曹腾花就会在你的嘴边化为灰烬。你不可以忘记自己来到这里的初衷，不可以忘了自己的本心，否则，你根本出不了这个地方。

斐思唤醒了艾摩司，他清醒过来，脑海中出现了一个幻影：在权力的宝座旁边，有一位身穿长袍的骑士，他骑在一头白色独角兽身上，独角兽彩虹般的鬃毛缓缓地飘动着。骑士从独角兽背上下来，放下兜帽，举起镰刀。艾摩司倒吸了一口冷气——骑士长着一张跟自己一样的脸。*你难道不想拥有永恒的时间吗？不想学会各种魔法变得越来越强大吗？*幻影中的艾摩司问道。

“不！”艾摩司抱着头大声喊道。

顷刻间，幻影就像镜子一样裂成了无数的碎片，每个碎片中都有一个法力高强的“英雄艾摩司”。艾摩司意识到，考验还没有结束，于是更加坚定了自己的意志：“我做出了承诺，我就会信守诺言！”

接着，他感到自己在不断地下坠。坠落中，他看到那些“英雄艾摩司”因为内心的空虚和恐惧，最终都变成了靠吸取灵魂来获得不死的老巫师。

不，我绝不会让自己变成这样。

很快，坠落的感觉消失了，艾摩司感到浑身轻飘飘的，仿佛飘荡在无尽的虚空之中。

我成功了吗?

如果成功的话，那艾摩司很快就要回到寺庙去面对那个艰难的抉择：这救命的曹腾花，是送给好朋友斐思还是留给爷爷？他是为了弥补自己的过错才来到这个世界，他答应过要救爷爷，可也答应过一定会帮助朋友，然后一起去霍布海姆找回自己的灵魂……

艾摩司站在洞穴深处，凝视着深渊，仿佛在凝视着死神的眼睛。这种黑暗带来的绝望感，就像潮水没过头顶一样，让他感到窒息。

“你尊崇的真理是什么?”老龙王突然问道，声音依然低沉而缥缈。

真理? 艾摩司的脑子里闪过一列飞驰的火车，车厢里装载着他十二年的人生。从孩童时期的无忧无虑到如今这复杂残酷的局面，他为自己的错误深感羞愧，也对自己即将做出的选择感到害怕，但他知道，身后有一股力量始终在支撑着自己，鼓励他遵循内心，义无反顾地往前走——那就是亲人们阳光般的爱。这份爱会在任何时

候给予他温暖和力量。他又想起了他的朋友们，爱丽丝、佟睿比，还有和他一起面对险境的精灵斐思和龙骑士罗格……

面对黑色的深渊，艾摩司轻声说道：“爱能战胜恐惧。”

竖起耳朵的老龙王沉默了。在接下来的一段时间里，周围一片寂静。艾摩司屏住呼吸，等待了好一会儿，见龙王没有出声，他开口问道：“龙王？你还在这里吗？”

龙王曹腾扇动起巨大的翅膀，雷鸣般的轰隆声从洞穴深处传出来。

这时，艾摩司的魔法项链振动了起来。在曹腾洞穴里，魔法项链似乎变得更加灵敏了。艾摩司感应到了易形狐，易形狐似乎在密谋着什么。接着，他又感应到了一扇门，门里面藏着一个无价的宝贝……钥匙，易形狐需要一把钥匙！艾摩司突然有一种感觉，自己会来到梦境世界，其实是易形狐计划的一部分——易形狐想要得到钥匙，而自己和那把钥匙密切相关……

艾摩司猛地回过神来，听到了“哗哗”的水流声。他睁开眼睛，看到龙王曹腾靠在一块岩石上，长长的白

须飘过他满是龙鳞的身体，他神情凝重，浑身散发着尊贵而神圣的气息。曹腾的手里握着一杯茶，一朵发光的花在茶杯中缓慢地旋转着。他把茶杯递给艾摩司，说道：“给，这是你的了。”

艾摩司伸手接过了茶杯，里面漂着的，就是曹腾花。

也不知道过了多久，艾摩司再次睁开了眼睛，发现自己躺在洞穴的入口。罗格正低头看着自己，巨大的眼泪顺着他的脸颊流下来，滴在了自己的脸上。自己手中那朵金红色的曹腾花，正闪烁着神秘的光芒。

艾摩司还是做到了。

重庆市出版专项资金资助

艾摩司的奇幻之旅 Ⅲ

【加拿大】乔拉·凯　著　|　高非　译

重庆出版社

目 录

Amos The Amazing

- Amos The Amazing -

第一章

熟悉的“仆人”

I

艾摩司手握曹腾花，脑海中出现了斐思因为中毒而痛苦的表情。

斐思！你在吗？你还好吗？

*我还好，最起码还活着，我还以为……天啊！你手里拿着的……那是曹腾花吗？你可太棒了，小子！*斐思也苏醒了过来，看到手里的曹腾花，她又惊又喜。

“艾摩司、斐思，你们跟我来。”智玄法师说道，“朱佩，把璐卡校长请来。”朱佩行礼后离开了。艾摩司想起身跟智玄法师走，但斐思就像一只刚出生的小鹿般双腿无力，艾摩司打了个踉跄，摔倒在地上。斐思抽搐了一下，那一瞬间，艾摩司感觉到，在他们共同的身体中，斐思的那一部分似乎越来越弱了。

罗格抱着斐思快速地穿过大厅，很快，他们来到了一个小房间，房间的中央有一个水池。罗格把斐思放在水池边的一个垫子上。

“坚持住，我的朋友，”罗格说，“你不会有事的。”

智玄法师坐定后，以闪电般的速度在斐思的背上击打了几个穴位。斐思顿时笔直地坐了起来，眼睛睁得大大的。

“这个要怎么用呢？”艾摩司举起了握在手里的曹腾花。

“把花放在水面上。”智玄法师说。

艾摩司闭上眼睛，在心里向爷爷说对不起，然后小心翼翼地把这朵珍贵的曹腾花放在了水面上。

接触到水的一瞬间，花茎下生出了微小的根部，根须轻轻地摆动，在水池的表面荡起了阵阵涟漪。

“在璐卡校长过来之前，我们还有点时间，你们有什么想看的人或者地方吗？现在，这个水池已经被施了魔法，连接着龙的眼睛和耳朵。龙的眼睛可以穿透任何屏障看到任何事物，龙的耳朵能够听到任何声音。”

“那我想知道……”艾摩司开口道。

“我要看霍布海姆的疯狂国王。”还没等艾摩司说完，斐思打断了他。她扶着池边，眼神坚定地盯着水面。

“专心想你想看到的地方或人，然后用手触碰水面就行了。”智玄法师说道。

斐思把右手浸入水中。水面的涟漪更大了，一团云雾升起在水池的上方。接着，云雾中出现了一道银光，银光慢慢地勾勒出一个影子，从模糊到清晰——那是一个人，穿着华丽的丝绸长袍，头发蓬乱，肥胖的脸上还戴着一副墨镜。他坐在宫殿的宝座上，桌上摆放着许多巨大的盘子，里面盛满了大鱼大肉和各种水果。

“是疯狂国王！”斐思和艾摩司齐声喊道。

国王的身边站着一位看起来像是普克族人的丞相，他有一头灰白的卷发，身穿与卫兵相似的黑色服装，腰间系着一条红色腰带，正一边用笔写着什么，一边小声对国王说：“陛下，泰坦战士们已经准备就绪，一切正按计划进行。”

发现丞相说的话可以清晰地从水池中传出后，艾摩司和他的朋友们又往池边挤了挤，想要知道这个神秘莫测的统治者到底在做什么。

疯狂国王的声音也传了过来：“你一定得给我准备妥当。既然让我来主持这次宴会，那我一定得在现场震慑住他们，让他们知道我的厉害。”

“是的，当然了，陛下。”丞相连连点头。

国王突然站了起来，他的身高大约是丞相的两倍。只见他摘下墨镜，露出一双带着黑眼圈的眼睛，一边挥舞着吃了一半的火鸡腿，一边对着空荡荡的宴会厅大声喊道：“是时候了，这是一个展示实力的好机会！乐队准备好了吗？那我们从头再彩排一遍！”

丞相朝一个仆人摆了摆手，仆人随即跑了出去。

“他们练得怎么样了？”国王问。

“他们整个星期都在练习。”

“幕布呢？”国王问。

“已经挂好了。”

“你必须确保万无一失，这将是一场史无前例的宴会，象征着一个新时代的开始。丞相，我们要让所有人知道，机器拯救世界的时代已经来临。”

丞相一脸严肃地点点头：“那到时候，我来负责拉起幕布吗？”

“就这么办。对了，关卡呢？你检查过魔法关卡了吗？”

“您放心，一切都安排妥当了。”

“要把重要的客人带进宴会厅，另外也要做好安检，不要让不该出现的东西混进来。那些客人虽然重要，但也是一群很难对付的家伙。”

彩排开始，幕布渐渐升起，舞台上站着几个普克人。三个鼓手身材魁梧，光着膀子，身穿格子短裙，他们的旁边有一个琴手和一个风笛手。接着，两个身穿黑色连衣裙的女人走上舞台，分别吹起了笛子和号角。

“这就对了。”疯狂国王坐了下来。即使坐着，他的个头也明显超出了一旁站着的普克卫兵，肤色也比他们浅很多。

“击鼓的那一段再来一遍。这一段必须震撼！我们是在展示对于未来的美妙愿景。另外，确保表演者的服装是笔挺的，靴子是锃亮的，铬金是闪闪发光的。对，我需要一切都闪闪发光！”

普克人的乐队演奏的是一首充满活力的民谣。

*有点凯尔特音乐的味道，可以再加点摇滚。*水池边的艾摩司一边听一边想。

此刻，号角、弦乐器、打击乐器等的声音汇聚在一起，形成了富有感染力的绝妙乐曲。国王跟着节奏踩起了节拍，满意地点点头：“这就对了，这是我想要的效果。”

“这个国王……为什么他会是国王呢?”艾摩司忍不住问道。

“很早之前，这里的国王并不是他。”璐卡校长和朱佩不知道什么时候走了进来，她轻声地回答道。

“我的披风，去把我闪亮的披风拿来！你们再弹一遍，这次慢一点。”国王说完，一个仆人迎了上来。这个仆人动作优雅，长着一双琥珀色的眼睛。他从国王手中接过钥匙，然后穿过宴会厅离开了。

“等等，那个人……”艾摩司倒吸了一口冷气，一股寒意顺着他的脊背往上蹿。“那个人，那双眼睛，那种颜色，那种眼神……我之前见过……快！快跟着那个人!”话音刚落，云雾中的场景也发生了变化。璐卡走近水池，默默地站到了他们旁边，安抚一般拍了拍艾摩司的肩膀。

那个举止优雅的仆人穿过宴会厅，来到一个长长的走廊，走廊的尽头有两个守卫，他们把守着一扇双开的大门。仆人悄悄地拿出一根魔杖，吟唱了一段神秘的咒语。接着，大厅那边传来一阵巨大的爆炸声，两个守卫随即便往大厅去了。随后，仆人拿出国王的钥匙，用钥匙打开了那扇大门。门里面是一个昏暗的大厅，破旧的墙上蜿蜒着藤蔓，正前方有一个王座，王座的一侧有一扇绿色的门。

这扇门……艾摩司不由得往后一退。*这不就是我在安居古镇里发现的那扇通往扉境的魔法之门吗！*

突然，仆人的脸像是融化了一般。原来，这个人并非仆人，而是易容成了仆人的模样。很快，他们看到了“仆人”原本的模样——那是一张尖下巴、有獠牙的脸，是常常出现在艾摩司噩梦中的脸，是易形狐的脸！艾摩司倒吸了一口凉气，差点摔倒。

罗格扶住了他的肩膀。“你说的就是这个家伙吗?”

“就是这个人!”艾摩司尖声尖气地回答道。

“阿什塔拉……”璐卡一边说一边表情凝重地点了点头，“话说回来，她最近的确比较异常。”

云雾中，只见易形狐把手伸向了门把，接着又迟疑了一下，用手指比画了一个复杂的图案，图案在空气中闪烁起来。

艾摩司有点喘不上气。此刻，他能感觉到他的灵魂，他身体里仅剩的那一部分灵魂在颤动，他多么渴望拿回被夺走的灵魂，多么渴望自己能够变回完整的艾摩司。

“你感觉到了吗，艾摩司?”璐卡说，“易形狐正在施展通灵法术，而通灵的对象就是你的灵魂。”

只见易形狐的身体开始扭曲，她的眼睛、嘴巴和鼻子也开始发生变化。不一会儿，艾摩司看到易形狐变成了自己的模样。一模一样。

变成艾摩司模样的易形狐试图打开这扇绿色的门，但根本打不开。易形狐暴跳如雷，一边咒骂一边再次尝试，但门仍然纹丝不动。这时，一阵脚步声传来，大概是守卫们回来了。易形狐气得直发抖，她掏出一大块魔法黏胶，随即扯下一根自己的眼睫毛，把它们揉搓在一起。“呜呼呜呼，天地模糊，无影无踪!”易形狐喊出隐身术的咒语，又比画了一个奇怪的符号。符号在她四周跳动了一圈，紧接着，艾摩司模样的易形狐消失了。

云雾中的影像也随之消失，池水又恢复了之前的平静。

“斐思，艾摩司，”璐卡沉默了一会儿，说道，“有些事情你们必须知道……”

这时，一阵敲门声打断了璐卡的话，武僧萨梅尔急匆匆地走了进来。

“什么事?”智玄法师问道。

“从凹林谷侧影区来了一个精灵，说是有要事找斐思。”萨梅尔说着朝斐思点了点头，“据这个精灵说，一群兽人掠夺者一路追杀她，已经到了城门下。难道是黑暗军团又回来了?”

艾摩司感到一阵胸闷，并且心脏狂跳不止。整个房间的空气变得寂静而沉重。艾摩司眼神迷茫，嘴里不断重复着一句话:“要大干一仗了。”

“对不起，先生，”一个又高又瘦的人类服务员走过来，一脸抱歉地说道，“我们要打烊了。”

老者看了看四周，已经一个人也没有了。他们又一次因为讲得太投入而忘记了时间。一连几个小时一动不动地坐着，老者的后背和腿部都已经麻木了，过了好一会儿才站起来。

“好吧，很遗憾，我们没有时间了。我得连夜回重庆，必须得赶上下一班的航天飞机。”

“拜托了，您讲完再走吧！”爱丽丝恳求道。

“是啊，您继续讲吧，”戴夫说，“我太想知道接下来会发生什么了。”

“就再透露一点可以吗？”辛蒂说。

“你们几个来月球也有事情吧？总不能一直在这里待着。等回到地球，你们可以去买这本书慢慢看。”老者微笑着，准备离开。

看着大家一脸沮丧，老者不忍心地问了一句：“那……你们打算什么时候回地球呢？”

爱丽丝急忙回答说：“明天晚上！明天晚上重庆会举办‘月亮节’Cosplay晚会，就在天宫大道，主题是‘汉服’！”

“好吧，那就明天晚上见。汉服展示还有天宫大道，我知道了。”老者眨了眨眼睛，转身快步离去了。

- Amos The Amazing -

第二章

两难的抉择

Ⅱ

第二章

- 两难的抉择 -

傍晚时分，突如其来的阵雨连接起了天空和大地，老者从地铁站口出来没多久，全身就被雨水淋湿了。可他并没有着急找地方避雨，而是站在繁忙的街道上，仰望着天空，尽情地呼吸着带有潮湿泥土味的空气，嗯，空气中隐约还夹杂着一些辣椒的香味。一想到月球上的人造环境，老者总是庆幸自己能生活在这个美丽的蓝色星球上。回想21世纪初，重庆的空气中总是有许多汽车尾气，绿化也比现在少很多。如今，重庆已经“华丽转身”，成为“太阳朋克项目”的先锋模范区域，正通过开发和使用“能源再利用瀑布”、风力涡轮机等方式，努力实现科技与生态的和谐共生。

老者戴着一副蓝色边框的眼镜，帽檐拉得很低。他随着从地铁口涌出的人流在暮色中穿行，不久便到达了目的地——天宫大道。现在，这里建成了中国西南地区第一座拥有空中树林且被绿化带覆盖的商业中心，也是第一座达到碳中和、零排放的“太阳朋克”购物中心。

今天是汉服迷的盛会，就算是这突如其来的阵雨也浇不灭他们的热情。在购物中心的入口处，衣着五颜六色的人群不断地涌入，服务机器人在商场门口协助安检。五花八门的历史人物和“各路神仙”排着队慢慢地通过安检大门。他们挤在雨伞下，兴致勃勃地聊着这次盛会，聊着中国古代历史传说和当代流行文化里的各种人物。老者进入了大门，向活动现场的书店走去，一路上看到了“花木兰”“敦煌飞天女神”，当然还有许多身穿汉服的人。看来，着迷于“国风”的人是越来越多了。老者正感到愉快和欣慰，却突然在人群中看到一个让他汗毛竖立的装扮，那是一个年轻女孩，她扮演的人物有一张很大的嘴，嘴里露出一排锋利的牙齿。*怎么看着这么眼熟？*老者心跳加快，不由得退后了一步。年轻女孩看到老者的表情，不好意思地朝他笑了笑。*哎，没什么可害怕的，只是特效化妆而已，以前的事都过去了。*老者一边想一边擦了擦额头上的汗水。

走到举办活动的书店门口，两个高高瘦瘦的店员拦住了他：“对不起，先生，我们已经满员了，您需要在线排号等待。”

老者想了想，回答道："那好，我先排号，然后去吃点东西，等排到了再回来。"

老者挤过书店门口拥挤的人群，来到了购物中心对面的美食街。美食街上人头攒动，只有街角处一家小店没有人排队。小店招牌的霓虹灯上有"担担面"三个字，但"面"字的灯光若隐若现，不注意看的话，就像是只有"担担"两个字。老者走进店里坐了下来，脱下淋湿的夹克搭在椅背上。

老者点了一碗担担面和一杯豆浆，不一会儿，机器人将食物送了过来。

老者吃着面，喝着热豆浆，看着外面来来往往的人群，放松下来。

"这雨快停了。"一个熟悉的声音传来。老者转过身，是戴夫，昨天在月球上遇到的爱丽丝的朋友。他戴着长长的黑发，身穿灰色丝绸长袍，手持一把红色的雨伞。

"戴夫？你这是装扮成了'剑客'吗？"老者笑着问道。

"您怎么没去书店的活动现场呢？"戴夫问道。

"我也想问你同样的问题。"老者笑着说。

“我出门晚了，”戴夫解释说，显然很沮丧，“现在书店已经人满为患，我没进得去。”

“我也是。”老者点点头。

“您知道吗，今天有好多人都是冲着您来的。”戴夫说。

“你可真是会开玩笑。”老者笑道，可看到戴夫认真的表情，又不由得坐直了身子，“你不是在开玩笑吧?”

“当然不是开玩笑。至少，好大一部分人是冲着您来的。爱丽丝昨晚在网上发布了您讲的故事后，好多人都留言表示特别想知道接下来怎么样了。于是，她邀请大家在今天的活动结束后留下来，在书店现场听听‘艾摩司’的故事。大家都在等您，您还在这里优哉游哉地吃面。”戴夫笑道。

老者也笑道：“人生可真是处处充满了‘惊喜’。”

“那，干脆就在这儿，等您吃完，我们就在这里接着讲，怎么样?”戴夫接着说。

“这里？可我跟爱丽丝约的地方是……”老者显然还没做好心理准备。

“不，不，您看这里，我们可以全球实时直播……”

戴夫边说边打开手机。他点了几下屏幕，将手机镜头对着老者。

“设置好了！现在，爱丽丝和书店里的人都能看到您了。实际上，全世界的人都能看到您。”

“全世界？”老者皱起了眉头，“我可没想过要给全世界的人讲艾摩司的故事。”

“您放心，大家都会喜欢的。”剑客装扮的戴夫笑着说，说完，他优雅地转向摄像头。

“大家好，我是‘剑客’戴夫，这里是重庆‘月亮节’Cosplay晚会的第二现场，我很荣幸地向你们介绍这位令人尊敬的先生。想必大家都看了爱丽丝的帖子，迷上了艾摩司的故事。现在，这位先生将给我们带来精彩的后半段！”

戴夫回头对老者点头示意：“准备好了吗？我们开始直播……”

老者喝了一口豆浆，整理了一下思绪，接着深吸了一口气，然后转过身面对戴夫的手机镜头。

“那么……你们好，全世界的朋友……”他微笑着搓了搓手，“老朋友们，还有新朋友们，今晚，我将为你们讲完艾摩司的奇幻之旅。我上次讲到哪里了？哦，对，要大干一仗了……”

“真的要打仗吗?”艾摩司问道。

“会不会只是一支巡逻队?”智玄法师捋了捋下巴上的胡须，问道。

“不是巡逻队,”萨梅尔说,“他们的队伍黑压压的一片，像是地平线上的乌云，或者说像是一群密密麻麻的蝗虫。”

智玄法师沉默一会儿后开口道:“朱佩，你带人守好大门，我们抓紧时间，马上救斐思。”

朱佩点了点头，把准备好的茶壶递给了智玄法师。这是一个黑色的陶瓷茶壶，在烛光下隐约能看见上面闪烁的符文。随后，朱佩和萨梅尔离开了，罗格则在门口把守。

“艾摩司，把曹腾花拿过来。”璐卡校长说。艾摩司把手伸进水池，小心翼翼地捧起曹腾花，感受到一股力量在他手指间流动。

智玄法师将曹腾花放入茶壶中，说道：“现在，我们要等待花朵释放能量。”

“艾摩司，你必须让斐思独自一人接受治疗。如果你现在不出来，有可能永远无法再恢复成完整的艾摩司。”璐卡校长回头对艾摩司说道。

“什么！”艾摩司差点跳起来，“那我要怎么才能……”

“你过来，坐到我身边，”璐卡笑了笑，“我能帮助你。”

艾摩司点点头，按照璐卡的指示把注意力集中于自己剩下的一半灵魂。

不久，艾摩司感到自己飘在一个黑暗的空间里，怎么也落不到地面上。这时，黑暗中出现了一束棱镜折射的光，这是璐卡校长为他准备的，是通向“星辉光环”的路。璐卡的“星辉光环”光芒四射，充满了强大的能量。艾摩司毫不犹豫地飘进了光环。

*你好，艾摩司，*璐卡说，*欢迎你来到我的能量世界。*

紧接着，艾摩司从斐思的耳朵里飞了出来，现在，他需要光环的保护。

神秘的曹腾花茶终于泡好了，智玄法师端起茶壶，把药茶倒进一个杯子里。他把杯子递给斐思，斐思在璐卡校长的帮助下，用颤抖的双手端住了这杯珍贵的药茶。璐卡扶着她的手，把茶杯送到她的嘴边。

“把它全部喝完。”璐卡说。

斐思点点头，喝得一滴不剩。

“让她躺下吧，”智玄法师说，“她的身体已经承受太多了，上古之神的力量非常强大，但也需要她自己坚强地挺过去。”智玄法师说着，轻轻地扶着斐思躺下。

很快，斐思皮肤上紫得发黑的根须状感染物开始扭动，似乎要将斐思的身体从她的皮肤里挤出来。斐思抽搐着，耳朵也在流血。

艾摩司有些惊恐地问道：“她怎么看起来没有好转呢?”

“耐心点，孩子，”璐卡说，“要有信心。”

“恐怕我们没有太多的时间了，”门口的罗格严肃地说，“我的刀已经嗅到了兽人的气味。不过只要有我在，他们休想进来。”

智玄法师站起身：“璐卡，你留在这里照看一下。”

“我明白，别担心两个孩子，有我在呢，”璐卡温和又坚定地说，“你们快去吧。这里珍藏着这么多古书，绝不能被兽人破坏。”

智玄法师和罗格离开了，璐卡和艾摩司静静地守着昏迷中的斐思。

渐渐地，斐思皮肤上那些深色感染物开始变浅。

“璐卡校长，疯狂国王的宴会什么时候开始呢？”艾摩司问道。

“日落之时。”璐卡轻轻地回答。

艾摩司还想问下去，却突然听到了翅膀扇动的声音。璐卡校长朝门口望了望，说：“有信使来了。”

一个闪烁的光球冲进房间，在璐卡周围飞舞。

“这是什么呀？”艾摩司问道。

“一个精灵，”璐卡说，“来自凹林谷的侧影区。”

“你好，精灵使者。”璐卡对着光球点点头说道。

精灵停止了飞舞，停在了斐思面前。艾摩司这才看清她的模样——她只有一只手那么大，长着一双闪闪发光的彩色翅膀。

精灵开口说话了，声音又细又尖：“您好，璐卡·星辉校长。我有紧急的消息要带给凹林谷的斐思。”

璐卡回过头，轻轻地喊了一声：“斐思?”

斐思没有任何反应。

“斐思！”艾摩司走上前想要叫醒斐思，一时间忘了自己尚需要光环的庇护。离开光环的一瞬间，艾摩司又飞进了斐思的耳朵里。

斐思？斐思你还好吗？你最记挂的凹林谷，有人来找你了！

这一次，斐思的眼睛慢慢地睁开了，只见她淡紫色的眼睛里隐约还闪烁着点点金色的光芒，这一定是曹腾的礼物。

“斐思，”精灵喊道，“战争就要来了，庞大的奥卡迪亚舰队已经登陆海岸，凹林谷将要遭到袭击。”

听到精灵的声音，斐思一瞬间清醒了，她猛地坐起身，问道：“他们来了多少人?”

“大约有一千艘船，都停靠在海岸线上。凹林谷已经全民皆兵了。”

艾摩司突然想到了什么，连忙问道：“去霍布海姆的路还畅通吗?”

“据说如今去往霍布海姆的路上全是兽人军队。”精灵说，“斐思，你快跟我回去，我们得保护凹林谷。”

艾摩司感到一阵晕眩——斐思要回凹林谷，但自己得去霍布海姆找易形狐，可若是离开了斐思，自己将是一个没有肉身的幽灵，只能飘荡在黑暗的深渊之中。

智玄法师和罗格回来了，表情很严肃：“寺院即将封锁，我们必须提前出发。”

斐思显得很犹豫。

“斐思！”精灵叫道，“夏日女王在召唤你，你必须马上回去。”

斐思陷入了两难的抉择之中。夏日女王在召唤，她必须回去。可她能感受到艾摩司的绝望。

一阵沉默后，斐思站了起来，身子还有些不由自主地颤抖。斐思向精灵点头行了一个礼，说道：“精灵格拉蒂，谢谢你不远千里冒着危险来给我传信。请你把我的话带回给夏日女王，告诉她，我一定会完成她给我的任务，也一定会回去保卫凹林谷。但在这之前，我需要先帮助一个共患难的朋友。请她相信我，我会尽快回去的！”

“但……但是，你有责任保卫凹林谷！”精灵又急又气地扇着翅膀。

“当然了，保卫凹林谷是我的责任，可我对朋友也有责任。相信我，我绝不会让凹林谷陷入危险之中，我一定会及时赶回去！”斐思坚定地回答道，接着转身对璐卡校长说，“校长，我已经没事了，事不宜迟，我们快走吧！”

“若这一路上都是兽人军队，我们怎么过去好呢？”艾摩司问道。

话音刚落，一道微光映入他们的眼帘。只见璐卡挥舞着双手，在空气中画出一个图形，随即，星星一般的光辉在她周围闪烁起来。她睁开了第三只眼睛，这只眼睛里投射出了天体和星云的图案。艾摩司再次被璐卡不可思议的魔法所折服。

“呜喋呜喋，时空折叠，传送门开启！”璐卡高声喊出魔法咒语。一道光芒四射的传送门被打开了。她转过身来对艾摩司他们笑了笑：“那么，我们走吧？”

艾摩司很激动：“您是要带我们去……？”

璐卡点点头：“去霍布海姆。”

- Amos The Amazing -

第三章

巧入城堡

Ⅲ

第三章

- 巧入城堡 -

进入璐卡开启的传送门后，艾摩司感到眼前一片星光闪烁，炫目得令人睁不开眼。他们的身体都在传送通道里不停地翻转颠簸，又像棉花糖一样被左右拉扯，最后被吸进一个黑色的洞里，从传送门的另一头被“吐”了出来，恢复了原来的模样。

刚刚的颠簸让艾摩司的耳朵里“嗡嗡”作响，他摇了摇头，定神一看，发现眼前并非霍布海姆的城堡，而是一条黑暗的小巷。空气中弥漫着一股烧焦的刺鼻气味，艾摩司觉得这像是焚烧垃圾的味道。小巷不远处有一家小酒馆，他们能听到里面有一群人在说话，那是兽人士兵的声音！

璐卡校长盯着灰蒙蒙的天空说道：“他们用某种魔法封锁了城堡。我们要再试一次！这次，我们先到城堡外面，然后我再想办法带你们进去。”

璐卡校长举起一根手指，另一只手在空气中画出一个神秘的符文。她的第三只眼睛在额头的中心闪烁着，发出刺眼的光芒。“呜喋呜喋，时空折叠，传送门开启！”璐卡再次喊出魔法咒语。随后，炫目的星光闪耀着将他们包裹进一片绚烂而混沌的能量团中。在这一次的能量拉扯中，艾摩司看见智玄法师的耳朵变小后立了起来，而罗格长出了灰色的胡须和一条长尾巴。他低头看了看自己的双手，居然变成了一对小爪子——他们都变成了小老鼠的模样。

“爬进我的口袋里。”璐卡对他们说。

三只“老鼠”很快就适应了新形态，爬进了璐卡的长袍口袋里。

“抓稳啦！”璐卡说完便飞上了天空，艾摩司在口袋里翻了个四脚朝天。

艾摩司努力把自己翻回来，然后从口袋里探出头。他看到不远处有一座巨大的石头城堡耸立在山尖，旁边还有许多螺旋形的塔楼，山下是波涛汹涌的大海，海岸边有一座被烟雾笼罩的村庄。

城堡大门里有一座山坡，山坡上有一大片花园，花园小道通向城堡的主体建筑。一群普克工人正在花园和城堡大门周围忙碌着。

一阵风吹来，一团浓烈的烟雾飘进了斐思的鼻子和嗓子里，艾摩司感到肺都快被烧着了。不过奇怪的是，虽然这里到处都是灰蒙蒙的，但城堡上方却是晴空万里，这一小片蓝色的天空里射出一道道神奇的光，像灯塔一样照耀着城堡。

艾摩司正看得起劲，一根手指突然伸了过来，轻轻地把他戳进了口袋里。“我们到城堡了，”璐卡低声说，“这里戒备森严，你们别出声。”

“你是谁？怎么没见过你，报上你的姓名来！”璐卡刚落地，就听见一个严厉的声音冲她喊道。

“我是克罗诺司旺斯魔法学校的璐卡·星辉。”

“请稍等……啊，是的，欢迎您，星辉校长！请这边走！刚才真是冒昧了，因为刚刚来过一群村民，我把您当成和他们一起的了。哦，您要喝点什么吗？”

“不，谢谢。”璐卡说。

“好的，这是戴蒙。戴蒙会护送您去城堡的贵宾区。”

“您好，校长。我是戴蒙，请跟我来。”戴蒙说道，他的声音有些尖，是地精族人的嗓音。

“没想到这儿还有地精族的人，”璐卡说，“真是令人意外。”

“哦，是的，校长。国王雇佣了很多地精族的人，已经有一段时间了。我们能得到体面的薪水，外加令人羡慕的福利。”

“你好。”一个沙哑的声音传来。艾摩司想把头探出去看一看，被斐思阻止了。“很高兴见到你，璐卡校长。”

“普劳夫教授，”璐卡礼貌地回应道，“还有史露布校长，您也来……”没等璐卡说完，一个醉醺醺的声音打断了她，紧接着，艾摩司感到有人在拉拽璐卡的长袍。“校长，您可怜可怜我这个穷人，施舍给我一个硬币吧！”

三只“老鼠”抬头往上看，看见了一张醉醺醺的普克人的脸。

“在疯狂国王到来之前，我们这里没有监狱也没有罪犯。而现在，我们不仅全都有了，还多了没日没夜的苦力，而且食不果腹。您行行好吧，我家里还有……”

“快滚，你这个醉鬼。”地精戴蒙朝醉汉走去。不一会儿，艾摩司听到了醉汉痛苦的喊叫。

“请这边走。”戴蒙说着，带领他们穿过人群。

“那是个可怜的人。”璐卡说。

“的确可怜。”普劳夫教授点了点头。

“酒鬼的话可不能信。”戴蒙笑着带他们走进了城堡。

进入城堡大门之后，各种嘈杂的声音消失了，璐卡能听到自己的靴子踏在地上的声音。

“请走进安检门。”他们来到城堡主体外的安检门前，一名普克士兵用响亮的声音说道，“城堡内不能携带任何武器或危险品。星辉校长，您请！”

“哦，史露布校长，还是您先请吧。”

“你总是这么会‘谦让’。”史露布校长挑了挑眉毛，回答道。接着，她带着斯洛莫斯学校的客人们走向安检门。

“快躲到长袍下面去，接下来要靠你们自己了。”璐卡一边低声说，一边将手伸进口袋里。三只“老鼠”顺着璐卡的手爬出口袋，又沿着她的长袍爬到地上，躲进了璐卡的长袍下。

璐卡跟在两个斯洛莫斯教授的后面，一边和他们攀谈，一边往前走。在即将走进安检门的时候，璐卡暗中施了一个小魔法。接着，只听见走在前面的史露布校长发出一声愤怒的叫喊。不知道是什么惹恼了国王的贵宾，士兵们赶紧上前查看。

趁此机会，长袍下的“老鼠”们从璐卡的袍子里溜了出来，快速地钻进安检门一侧狭窄的石头缝隙中，沿着缝隙进入了城堡。

从石头缝隙里出来后，他们顺势藏进了一个柜子底下。

“我们下一步怎么行动?”罗格问道。

“我们得先调查一下城堡的布局结构。”斐思说。

“我们现在是老鼠，要小心这里的猫。”智玄法师说。

*猫。*提到猫，艾摩司想到了自己的小雷。*小雷还在那座移动岛的迷宫里和美杜莎在一起吗?*

“对了，把我们变成老鼠的魔法会持续多久?”艾摩司问。

智玄法师摇了摇头，罗格耸了耸肩，他们都忘记问璐卡了。

- Amos The Amazing -

第四章

国王的宴会

Ⅳ

三只“老鼠”在城堡里面摸不清方向，闯进了一个铺着旧天鹅绒地毯的大厅。他们穿过大厅，在走廊的一个岔口前停了下来。他们面前有三条路，都看不到尽头，要走哪一条才能找到易形狐呢？艾摩司迫切地想要拿回自己的另一半灵魂。

“往左？往右？还是往前？”罗格问。

艾摩司感到一阵头晕，不由得用双手抱住了自己的头。

“怎么了，艾摩司？”智玄法师问道。

“我感觉脑子一阵混乱……我好像……好像看到自己不久前来过这里。”

“那你能记起走的是哪条路吗？”智玄法师接着问。

“……好像是……不行，我记不起来了……”

“不要紧，我们可以一条一条挨着找，把这些路通往哪里全都搞清楚，”罗格摩拳擦掌，“反正，你的那个狐狸妖怪，一定就在城堡里的某个地方。”

“还不知道我们多久会变回原形，所以，咱们抓紧时间，分头行动！”智玄法师说。

艾摩司和斐思沿着走廊向前跑去。越往前，走廊看上去越破旧，窗帘被虫子蛀满了孔。很快，他们闻到了食物的香味。正当他们寻觅气味的来源时，拐角处突然冒出一只大虎斑猫。猫一眼就看到了他们，随着一声“喵——”，它露出了锋利的牙齿，朝他们冲了过来。

“快跑！”艾摩司一边惊呼，一边连滚带爬地溜进一间半掩着门的房间，躲进一张桌子底下喘气。这时，墙板透出的一束微光引起了斐思的注意——谢天谢地，墙板后居然有个小洞！艾摩司和斐思急忙钻了进去。他们在洞里探索了一番，发现这个洞通向厨房。他们来到厨房里，还没看清楚周围的环境，厨师们便朝他们踩了过来。他们又赶紧躲进了食品储藏室，还没缓过神来，有人便因为看见他们而发出一声尖叫。这个人正在清理货架，手里还端着一盆水。这下，水全洒在了地上。瞬间，“洪水”朝他们翻涌而来。

“洪水”正要把艾摩司冲倒，罗格不知道从哪里冒了出来，他眼疾手快，抓住艾摩司的肩膀，把他拎了起来。

智玄法师在不远处向他们招手，罗格和艾摩司跟着智玄法师跑出储藏室，躲进了厨房的一个柜子底下。现在，要怎样才能不被人发现，安全地逃出去呢?

厨房里的仆人们进进出出，忙着往大盘子里装各种令人垂涎欲滴的食物。艾摩司灵机一动，跳到柜子最下面的把手上，吹了声口哨，示意智玄法师和罗格跟着他。他们一起爬到柜子顶端一个银色的水果托盘里，躲在了一大串葡萄的后面。过了一会儿，他们的盘子被端了起来。一个仆人端着这盘水果走出厨房，沿着长长的走廊往前走去。很快，他们来到了一个巨大的宴会厅，这里挤满了来参加宴会的人。

仆人把装着葡萄的盘子放到了一张桌子的玻璃圆盘上，圆盘上已经摆满了食物，并且慢慢地转动着。随着转动的圆盘，他们悄悄地观察整个大厅。不过，没多久艾摩司就开始头晕了。

“这玻璃盘怎么转个不停？能停一下吗?”艾摩司一边说一边盯着这半透明的玻璃圆盘。在圆盘的正下方，他看到了一道银色的微光，还伴随着微弱的声响。突然，艾摩司感到斐思在颤抖——那道银色的光是一群被困住的精灵，那微弱的声响是他们的哀叹。

“不……”斐思说，“疯狂国王怎么能让精灵们受这样的屈辱……我必须阻止他！”

话音刚落，一只粗壮的大手朝他们藏身的葡萄伸了过来，艾摩司惊出一身冷汗。还好，大手选择了一旁的熟奶酪。

“我们要尽快离开这里。智玄法师，罗格，你们刚刚发现什么了吗？”艾摩司问道。

“我找到了疯狂国王的寝宫，国王和他的卫兵们都在那里。”罗格说，“那里有重兵把守，他们还养了猫，那些猫很不友好。”

“我发现了一个老旧的庭院。几个卫兵在那里谈论着宴会结束后的计划，说是会邀请贵宾们共同见证一扇门被打开……”

“就是那扇门！那就是易形狐会去的地方！”艾摩司激动得两眼放光，“我们必须在宴会结束前赶到那里！”

宴会即将开始，贵宾们纷纷就座。有人在欢呼，有人在喊口号，有人在示意大家安静。在一片嘈杂中，疯狂国王站起身。一瞬间，所有人都安静了下来，他们伸长脖子，等待着国王的讲话。

疯狂国王身穿一件白色高领连体衣，衣服上镶满了宝石。他站在宴会厅的舞台上，周围全是贵宾，外围则是成千上万的国民。

璐卡校长坐在两个衣着鲜艳的巫师旁边，正与她们聊着天——*啊！那不就是森林小屋里的女巫梅尔德和丽瓦娜吗？她们也来了！等等！那是谁？哦，塔楼里的公爵也来了！*公爵静静地坐在那里，依旧穿着那套奶油色的西装。不远处，几个穿着深色长袍的人长得很是怪异，他们的旁边坐着斯洛莫斯魔法学校的教授们，艾摩司在过安检门时见过他们。继续望过去，有狮子脸的怪兽、一身羽毛的兽人，还有……*啊！是那个紫衣王子！*王子穿着紫色的西装，身旁坐着优雅的精灵巫师艾尔·达拉。艾尔·达拉的另一侧坐了一个小地精，松软的帽子挡住了他的脸。*那会是莱蒙额斯特吗？*

“现在，我要说的事情非常重大，像人的生命一样重大!”国王对着权杖说道，这根权杖就像麦克风一样，能让他的声音传到宴会厅的每一个角落。

听到“像人”俩字，一个长着大象面庞的象人把嘴里的酒一吞，猛地站起身来。

*那是谁？*艾摩司问。

洛索顿。斐思说。

洛索顿象人的体形庞大，他有着灰色的皮肤，巨大的耳朵耷拉着，眼睛弯得像月亮，身穿一件蓝色的海军长袍，臂上还戴着印有星星图案的袖章。

国王笑了笑：“我不是在说‘象人’，象人先生。我要说的是一件大事，这也是你们所有人今天聚集在此的原因。这场宴会，不仅是庆祝我们从安雅特拉猎回了奇珍异兽，也不仅是因为在座的各位都是赫赫有名的大人物，还为了一件更重要的事。”

“快坐下。”艾尔·达拉用一种很特别的声音对象人说。这声音仿佛能穿透周围的喧闹直达内心，艾摩司觉得，艾尔仿佛就坐在自己身旁讲话一样。

“我永远忘不了。”象人的声音很低，脸上流露出悲伤，但他还是坐了下来，一口气喝掉了满满一杯酒。

“我知道，”国王继续说，“很多人都在说，我们即将迎来一场战争。”

人群开始骚动，四周传来阵阵低语声。

国王在台上挥了挥他的权杖，权杖发出一股神奇的力量，像冲击波一般掠过台下的客人。瞬间，大家停止了讨论，变得出奇地安静。国王咧嘴笑了笑，说道：“确实有兽人军队来犯，但我们的力量足以阻止他们。”

人群中又传来一阵骚动，但这次国王没有理会，而是继续讲。

“今晚，我为你们准备了惊喜，你们将会看到我对霍布海姆的贡献，将以我的统治为傲。我知道，很多人认为，是我把霍布海姆变成了不认识的样子，是我这个国王，让霍布海姆不再是霍布海姆了。但其实，霍布海姆一直没变，变的是时代。”

台下响起一阵掌声。但是，艾摩司听到人群中有一些抗议的声音：“我们只拥护以前的国王，我们真正的国王！”

一群身穿镀铬盔甲的卫兵站了出来，准备揪出抗议者。但国王摆摆手，示意他们停止。“真相就如同我们这里的两个太阳那样，你可以不出门，不看它们，但它们是客观存在的。”国王面带微笑地继续说，“我想再次感谢大家接受我的邀请。今晚，我们还会共同见证一扇神奇的门。这扇门神奇的原因之一，是大家说它永远不可能被打开。但，我说，我们今天就可以打开它！”

来自各地的巫师们都愣了一下，纷纷露出担忧或怀疑的表情，只有公爵除外，他依旧不动声色，嘴角似乎还有一丝浅笑。公爵仿佛感觉到了艾摩司的注视，抬头朝艾摩司的方向看过来。艾摩司急忙钻进葡萄堆里，不过没等一会儿，他的老鼠鼻子又探了出来。

“我知道，我最近陷入了一些舆论之中，”国王一脸真诚的样子，“但是，我一直在努力保护这个王国，为这个王国做贡献，我想让你们亲眼看看这些年我在做什么。”

国王的精锐卫队在人群中穿行巡逻。

“现在，我想请上来一位非凡的客人。据我所知，这么多年里，他从未接受过任何邀请，直到我——你们杰出的国王，亲自派人去请他。事实上，在今晚之前，他更像是一个传说中的人物。”国王继续说，“当我，你们的国王，邀请他来到霍布海姆城堡时，他表示会赠予我们一件伟大的艺术品，以迎接王国伟大的未来。那么，现在，让我们以霍布海姆的最高礼节欢迎这位传奇人物——来自南方的伟大的白巫师，公爵，请您上来吧！”

公爵优雅地起身，又慢又稳地走向国王，国王退后了两步，把正中央的位置留给了他。公爵转身面对人群，谦和地笑了笑。接着，他闭上眼睛，张开双臂，好像要把所有人都拥进怀里似的。然后，他以一种优美的姿势摆动起双臂，就像交响乐的指挥家一样。不一会儿，空气里出现了一个若隐若现的水晶球，并且一点一点变得越来越清晰，越来越晶莹剔透。水晶球在他的手臂上跳动起来，散发着微妙的光芒，由一个变成了两个，又变成了三个。

*我怎么觉得，公爵能把梦里的东西变成现实。*艾摩司悄悄地对斐思说。

*他能做到的远不止这个。*斐思回答道。

公爵将水晶球编织在一起，又在空中比画出一些神秘的符文，符文发出魔力，将水晶球变成了一块巨大的白色晶石。人群中有人开始欢呼。这时，公爵透过人群的缝隙，看向了艾摩司他们所在的方向。

快点，快去吧。

艾摩司愣了一下，担心是不是自己听错了，连忙向斐思确认。*斐思，你听到什么了吗？我刚刚好像听到公爵在对我们说话？*

*我也听到啦，好神奇。*斐思说。

公爵继续着他的魔法。他又挥动起双手，只见某种看不见的东西在白色晶石上凿刻起来，不一会儿，大家便能看出雕刻的雏形了——那是一群人，他们的肩膀上还站着另外几个人——整块白色晶石被雕刻成了一座“人山”。

“这太美了，真是巧夺天工!”国王惊叹道。

“美的东西本身已经藏在晶石里面了，”公爵说，“我只是移走了多余的部分。”

公爵挥了挥手，雕塑飘了起来，慢慢转向人群，大家都睁大了眼睛。这座雕塑异常精美，是一群挥舞着霍布海姆旗帜的普克人，他们肩上还扛着几个从未见过的人：一个戴着眼镜的男孩、一个头顶鹿角的精灵、一个纤瘦的僧人、一个高大威猛的龙骑士，在他们的中间，是一个卷发、戴着眼镜和手套的普克族老人。

“这……这几个人是……我们吗？”艾摩司问道。

智玄法师把一只鼠爪搭在艾摩司肩上，回答道：“我想是的。”

公爵微笑着对在场的人们说道：“他们是霍布海姆未来的英雄。我希望大家能喜欢。”台下的人们发出雷鸣般的掌声，艾摩司的耳朵都快被震聋了。

国王脸上的表情从惊讶变成气愤。但为了不失态，他仍然强颜欢笑，并且跟着人群鼓掌。

“我们快走吧，”艾摩司回头对其他人说，“总之先离开这里！”

“好了，接下来，我的老朋友，猫人弘太纪，将为我们带来一段精彩的表演。”

看见猫人的一瞬间，气愤和失落同时向艾摩司袭来。但是，他心里其实并不恨猫人。在这样一个疯狂的世界里，猫人或许也是迫不得已，而最重要的是，猫人总能让他想起小雷，他非常、非常、非常地想念小雷。

“感谢您，我的陛下。”弘太纪举起酒杯说道，“今晚，我为各位贵宾准备了一个精彩的节目。首先，让我们一起为国王干杯。”猫人说完，喝下了杯子里的酒。“现在，我有一个小故事讲给你们听。说起来……啊！

不!”突然，猫人尖叫着被拎了起来，接着，一个庞大的兽人从舞台的后方破墙而入，猫人随之被摔落在地上，一动不动。

宴会上的宾客们惊恐地向后退。紧接着，又有十几个兽人出现了。他们的脸上长着獠牙，身高是普克人的数倍。

兽人头领发话了:“自黑暗战争以来，兽人一直用铁拳统治着这里。最近，我们似乎对你们太‘温柔’了，让你们做出这么多愚蠢又可笑的事情!”说着，他用拳头猛击了一下手掌，“今天，我会让你们想起伟大的奥卡迪亚!”

“给我上!”国王身边的丞相发出命令。随之，一群镀铬的普克骑士冲上了舞台。这些骑士跟艾摩司之前在“书卷保卫战”中看到的一样，都骑着盔甲猛兽。全副武装的骑士们向兽人士兵发起进攻。硬战过半，兽人士兵被打得落花流水，倒在地上动弹不得。

骑士中的一个人引起了艾摩司的注意。这张脸，他仿佛在哪里见过。*啊!是“书卷保卫战”中那位逃走的年轻首领!*现在，她正跟兽人的头领打得不可开交。只见她使出一招佯攻，紧接着一脚踢向兽人的腿，趁他踉跄之时，她高高地举起手中的剑，“解决”了这位兽人首领。

人群顿时欢呼起来。

“为泰坦战士们欢呼吧，霍布海姆的子民们!”国王喊道，“他们才是你们的英雄!”

被国王称之为“泰坦战士”的普克骑士们，转过身来面向人群，举起剑高呼道：“霍布海姆！霍布海姆!”

可欢呼还没结束，又有一大群兽人闯了进来，并且包围住了泰坦战士。欢呼瞬间变为了惊叫。

*这些家伙，真是可恶！*斐思愤愤地说。

突然，只听见“砰”的一声，国王将权杖往地上一杵，大吼了一声：“暗黑之神!”紧接着，混乱的舞台上闪出一道道炫目的光，随之而来的是一阵震耳欲聋的脚步声。

“哐——哐——哐——哐——”，一个金属制成的巨型机器人从光芒中走了出来，它的身躯远高于兽人，腹部有一团熊熊燃烧的火焰。它眯起两只发光的眼睛，一边从嘴里喷出浓烟，一边大步向兽人士兵们走去。兽人士兵用刀狠狠地攻击它，但机器人身上连金属漆都毫发无损。“暗黑之神”挺直胸膛，向上方喷射出一团刺眼的火焰，在场的宾客全都惊呆了——那是巨龙的火焰啊！怎么会……

兽人士兵落荒而逃，泰坦军团列队走了出来。黑袍骑士和步兵很快包围了整个宴会厅。在发条魔法的操控下，他们身上的金属零件一直在不停地运转，镀铬合金的身体也闪烁着光芒。

“大家看清楚了吗？这就是我们霍布海姆的‘守护神’！”国王喊道，并骄傲地展开双臂，接受大家的赞美。人群中爆发出欢呼声和掌声，而巫师们却面面相觑。艾摩司看见璐卡校长的脸上写满了担忧，而斯洛莫斯魔法学校的那群人正窃窃私语。

“听着，”国王举起了他的权杖，“人如果有梦想，就能拯救自己的灵魂。对于我而言，我的每一个梦想，都能成真。”

听到国王所说的，人群安静了下来。

“当下，我们要抓住机会，如果我们成功了，所有的星星都将为我们闪耀，我们将成为改写历史的英雄！”说完，国王又用权杖杵了杵地面，这一次，权杖从地面弹起，围绕着国王旋转，渐渐变成了一把精致的蛇形电吉他。国王抱起吉他开始唱歌。

艾摩司觉得国王的歌声浮夸又滑稽，但不知为什么，他的内心深处竟然生起了对国王的理解和同情。国王的歌声中，似乎有某种东西触动了他的心……

这时，艾摩司的项链发出一阵“嗡嗡”的声音。艾摩司瞬间清醒了过来，刚才那种同情的感觉随之消失。

艾摩司明白了，国王的音乐具有某种魔法，能够影响他人的思想与意志。眼见在场的人都越来越疯狂，艾摩司赶紧对智玄法师和罗格说：“我们快走！”

“等等！他们吃的，那是什么？”罗格突然指着一个大托盘说道。

黄油肉排的香味传到了艾摩司的鼻子里：“罗格，现在可不是吃饭的时候！”

“不！”罗格叫道，“你们看见了吗？盘子里有一个触角！”

那是飞蜗牛的触角，斐思说，*他们在吃飞蜗牛*。

艾摩司闻言，惊恐地望向托盘，想起了不久前带着他们飞行的蜗牛朋友尼特欧。

罗格暴跳如雷，挥起一把餐叉，刺向一只正伸向托盘的手。手的主人痛得尖叫起来。周围的几个人转过身来，想看看发生了什么事。

“老鼠啊！”一个普克人大声叫道，随即向罗格他们泼过来一杯酒。

“我们快走吧！”艾摩司叫道。

“为什么？”罗格愤怒地挥舞着手中的叉子，“他们居然敢吃飞蜗牛，我不允许任何人伤害飞蜗牛！”

艾摩司赶紧拉住了罗格：“罗格，这样是救不了飞蜗牛的！”

*艾摩司，*斐思说，*我们得理解罗格。*

罗格低下头，握紧了拳头：“你说得对，艾摩司，对不起。我们走！”说完，他把叉子丢到一边，跟着艾摩司和智玄法师跳下餐桌，匆匆离开了人群。途中，艾摩司回头瞥了一眼贵宾席，发现巫师们有的在争吵，有的在欣赏国王的歌，而公爵依旧安静地坐在那儿。*难道，他也被国王的音乐迷惑了吗？*

艾摩司他们溜出宴会厅，沿着走廊往外跑去。突然，艾摩司头重脚轻地摔了一跤，罗格和智玄法师也脸朝下摔在了地毯上。

“我们好像要变回去了……”艾摩司惊慌地喊道。这时，他们听见了一声猫叫，抬头一看，只见走廊的尽头站着一只猫，正是艾摩司和斐思之前遇到的那只虎斑猫。虎斑猫朝他们冲了过来，还“喵喵”地叫嚷着。

- Amos The Amazing -

第五章

又见面了

V

艾摩司尝试以正常的姿态逃跑，但却只能笨拙地在地毯上翻滚，他的老鼠脑袋上长出了斐思的鹿角和精灵耳，这让他无法掌握平衡。他的朋友们也没好到哪儿去，罗格的老鼠脚上长出了巨大的脚趾，智玄法师的大手像道具一样很不协调地挂在他的老鼠身体上。

凶猛的虎斑猫张着嘴向他们冲过来，艾摩司拼命地向前翻滚，可虎斑猫就要扑到他身上了，在猫逼近的一刹那，艾摩司闭上了眼睛。

突然，一声熟悉的猫叫传来，艾摩司睁开眼，只见一个灰色的茸球不知道从哪里弹了出来，随着“喵——呜——”的一声，拦截住了扑过来的虎斑猫。它们打成一团，一路向走廊外滚去。

“那……那是小雷！”艾摩司惊讶地叫道，接着猛地跳起来准备去追小雷。但智玄法师抓住了他的手：“我们先抓紧时间找易形狐。”

“法师说得对，我们得赶紧。”罗格也这样说。

“我明白了。”艾摩司有些难过地点点头。

前方又是一个分岔路口，这次该走哪条路呢？艾摩司闭上眼睛，专注地感受自己的另一半灵魂。慢慢地，他感到其中一条路仿佛被温柔的月光照耀，而路的尽头也闪烁着光芒。艾摩司睁开眼睛，带着智玄法师和罗格沿着这条路前进。一路上，他们的尾巴逐渐变小，腿脚也逐渐变长，很快恢复成了原本的样子。

他们来到了一个长长的廊厅，廊厅尽头有一扇对开的大门。智玄法师挥手让他们停下：“前面有两个卫兵。”

艾摩司想到一个主意：“斐思也是普克人，如果斐思穿着工作人员的衣服走过去，然后想办法把他们都叫走，我们不就可以溜过去了？”

“若是引起他们的怀疑，可如何是好？”智玄法师问。

“那就直接把他们打晕！”罗格揉了揉拳头。

艾摩司用意念唤起魔法斗篷的变形术，瞬间，斐思身上的皮革盔甲变成了工作服。

“斐思，把你的龙爪给罗格保管吧，免得引起怀疑。”智玄法师提醒说。

“可龙爪是我的武器……”斐思有些不乐意，但还是把龙爪递给了罗格，“好吧，我去试着把他们打发走。”

“救命，救命啊！”斐思一边喊一边朝卫兵跑去，两名卫兵盯着她，眼睛里写满了怀疑。

“救救我，有几个醉醺醺的兽人在那边游荡，我差点被他们杀掉！”斐思挤出了一滴眼泪，可怜巴巴地恳求道，“请您快过去看看吧，要是惊扰了国王的宴会，那麻烦可就大了。”

艾摩司惊叹于斐思这说来就来的演技。

其中一个普克卫兵点点头，赶紧沿着走廊一路小跑地离开了。另一个卫兵很警觉，他的目光锁定在斐思的鹿角上。“你叫什么名字？你不像这里的人，我不记得见过……”他的话还没说完，斐思便一拳把他打晕，拖进了旁边的壁橱里。

接着，艾摩司走近那扇对开的大门，小心翼翼地推开一道缝往里看。

*易形狐一定就在这里面。*艾摩司已经感觉到一股力量，仿佛是自己的另一半灵魂在颤动着把自己往门里面拽。他脖子上的魔法项链也“嗡嗡”作响。

*你准备好了吗？*斐思问道。

*该来的总会来。*艾摩司回答。

智玄法师走上来，越过艾摩司和斐思的肩膀，伸出手轻轻推开了门。

一股腐朽的味道扑面而来，艾摩司心头一紧。他们面前是一个大厅，里面有许多因潮湿而腐坏的木头，墙上蜿蜒着藤蔓，时不时还传来鸟儿和昆虫的声音。大厅的正前方有一个破旧的王座，周围有一些家具，墙上还挂着不少挂毯。艾摩司发现，其中一张挂毯是琴谱的图案，只是有些奇怪，琴谱上没有音符，只是空空的五线谱……总之，这里应该被荒废很长时间了，虽然破旧，但依然能看出曾经辉煌的痕迹。

“啊……”艾摩司几乎是惨叫了一声——他看见大厅的角落里，立着一个披着黑色斗篷的人。

斗篷人转过身面对着艾摩司，她的身后是一扇刻有符文的绿色的门。这是艾摩司经常在梦里看到的场景，那个身影——没错，那就是易形狐，那个夺走自己一半灵魂的易形狐！

“哎哟！这是谁来了?”易形狐嗅了嗅空气。虽然她的眼睛只能看到斐思，但她闻到了斐思身体里的艾摩司。

“是的，是的，我能闻到你在那儿，小子！我能感受到你，你的一半灵魂正在乞求，想要跟我这儿的一半合为一体。真可怜啊!”易形狐的喉咙上缠着绷带，发出一阵嘶哑的笑声。

智玄法师和罗格上前一步，站到斐思的左右。罗格冷笑着说道:“快把这孩子的那一半灵魂还给他，我可以饶你不死。”

易形狐根本不理罗格，仍是慢悠悠地对艾摩司说:“我真没想到，你会跟到这里来。也许，我们的重逢是命中注定的。现在，你已经看到了，无论是你那儿的半个灵魂，还是我这儿的半个灵魂，都打不开这扇门。不过幸好，你居然来了，你是来给我献上那另外一半的吗?”话音刚落，易形狐握住了她的两把长剑，以闪电般的速度移动到了艾摩司面前。

这可吓不倒斐思，她吼道:“住嘴吧，你这个堕落的家伙！我知道你的事，你现在伤病缠身，根本威胁不了我们。现在，把你夺走的东西还给他。”

“有本事自己过来拿。”易形狐大吼一声，接着双剑出鞘，剑身上刻满了黑色的符文。

罗格上前一步，拔出他的大刀：“我就等着你这句话呢！”

易形狐向他们冲了过来，同时一只手伸进她的斗篷里，掏出一块小石头扔向地面。顿时，一团烟雾升起，遮住了他们的视线。

“背靠背防御！”罗格一边吼一边冲到门前，迅速关上了大门，“在我们拿回艾摩司的灵魂之前，谁也别想溜走！”

这时，艾摩司的本能发挥作用了，虽然烟雾遮住了视线，但他能感觉到易形狐身体中自己的另一半灵魂，进而察觉到易形狐的位置——她正在靠近。

*现在！她来了！*艾摩司叫道。在艾摩司的引导下，斐思快速将龙爪挡在了罗格的身前，“哐”的一声，龙爪挡开了易形狐刺向罗格的剑。

片刻后，艾摩司感受到易形狐的利剑又向他们刺来。斐思再一次伸出龙爪，挡住了智玄法师喉咙跟前的一剑。紧接着，斐思一挥手臂，用龙爪的背面朝易形狐的脸上发起猛的一击，易形狐随即向后倒了下去。

烟雾散去，易形狐满脸是血，她站起身，怒气冲冲地向他们扑过来。罗格在右方防御，斐思从左方进攻，两人配合默契，合力将易形狐击退。易形狐抵不住二人的夹击，转而用一记双十字剑法向智玄法师杀来。智玄法师一个侧闪，用手杖横扫过去，把易形狐扫翻在地。

罗格想趁机一刀砍下去，但易形狐敏捷地翻身躲开了，并一脚踢在智玄法师的下巴上。智玄法师踉跄着后退了几步，及时举起手杖挡住了易形狐的攻击。易形狐借着后退的冲力，又向斐思扔出两把匕首，匕首上渗着紫色的毒液。斐思抬起龙爪拦下了匕首，接着以闪电般的速度逼近易形狐，给了她狠狠的一记猛拳。

易形狐疼得“哼哼”直叫。眼见智玄法师的手杖劈了过来，她赶紧翻了个筋斗，顺势握住手杖的一端，将手杖朝罗格甩了过去。手杖砸在罗格的鼻子上，罗格发出一阵痛苦的低吼。

易形狐意识到，这样打下去自己胜算不大，于是喘着气说道：“这就是你们想要的吗？你们想惊动外面所有的巫师吗？就凭你们几个，能打败他们吗？”

“我只想要解药和我的灵魂，”艾摩司大声地说，“快把我的灵魂还给我！即使你夺走我全部的灵魂，你也打不开那扇门。”艾摩司说完，斐思又举起她的龙爪。

易形狐扫视了一眼对手们，犹豫片刻，开口说道：“那扇门里，有我想要的东西，也有你想要的东西。小子，我们做个交易如何？我把一半灵魂还给你，你帮我打开这扇门。然后，我们各走各的道，井水不犯河水。”

“我为什么要帮你开门？”艾摩司不解。

“瞧你这没见过世面的样子，你既然无法理解，就别管我的事。”

“如果只有我才能打开那扇门，说明你需要我。所以，你先把我的灵魂交出来再谈！”

易形狐不肯，艾摩司也不让步，四人默默地又摆好了战斗的架势。

“你这只可恶的狐狸！你不记得我了吗？”罗格突然吼起来，“当年哀嚎森林里的那场战争，你简直就是恶魔！若是不使诡计，你根本不是我们的对手。现在，把这孩子的灵魂还给他！要不然，我就烤熟了你！”话音刚落，烟雾从罗格的鼻子里冒出来，罗格要动真格了。

一丝恐惧掠过了易形狐的眼睛。

这时，艾摩司向前走了一步：“我们可以做交易，但我怎么才能相信你？”

“你只能相信我，”易形狐说，“我之前拿走你的灵魂也是迫于无奈，只因为我需要你帮我打开那扇门。现在，作为交换，你就能从我这儿拿回你的另一半灵魂。说实话，你的灵魂对我来说也是一种负担。”

“不能去开那扇门，”智玄法师提醒道，“如果那扇门是被封死的，那一定有不能被打开的原因。”

“我得去试一试。”艾摩司无奈地说。他指尖冰冷，易形狐似乎发出了一股磁力，想要吸走自己剩下的那一半灵魂。

智玄法师无奈地叹了口气：“我有不好的预感，艾摩司……”突然，他竖起耳朵，“等等，有人过来了。”

“我们挡住门，”罗格说着便将一些沉重的家具拖到门前抵住了门，“快，艾摩司！”

“快点，你这个傻瓜。”易形狐用嘶哑的声音催促道。

斐思和艾摩司跟着易形狐来到那扇绿色的门前。艾摩司发现自己的手和脚都麻木了，胸口开始疼痛。

不管怎样，我得靠自己了！斐思，谢谢你，我的朋友。

*祝你好运，艾摩司。*斐思说，*你一定可以。*

接着，艾摩司聚集自己的意识，从斐思的耳朵飞了出去。易形狐随即跳向空中，当再次落到地面时，她已经完全变成了一只九尾狐。

艾摩司闭上眼睛，咬紧牙关，飞向九尾狐。这一刻，或许是艾摩司最脆弱的时刻，或许他会因为相信了易形狐而后悔，但他别无选择。他感觉到了自己的另一半灵魂，那就像是无尽的黑暗中一颗旋转的星星，一个炫目的光点。光点越来越近，越来越亮，紧接着，易形狐拿走的那一半灵魂跟艾摩司的这一半灵魂融合成了艾摩司的模样，发出钻石般耀眼的光亮。

不知过了多久，艾摩司慢慢睁开眼睛，发现自己躺在地上，身上是那件再熟悉不过的红色家居袍，脚上是那双白色的兔耳朵拖鞋。他伸手摸了摸自己的脸——变回来啦！眼镜呢？自己没有戴眼镜，却能看清楚周围的一切，包括旧家具裂缝里的尘土颗粒！

旁边的易形狐不耐烦了。“现在，把门打开。”易形狐喊道，她又变回了战士模样。

艾摩司把手放在门把手上，门把手竟如此冰冷，他下意识地将手缩了回来。朝手心吹了口暖气后，他又试着转动门把手，但门把手一动不动。

“快打开门，磨蹭什么！”易形狐用手中的剑顶了顶艾摩司的后背，把他又向前推了一步。艾摩司的魔法斗篷愤怒地旋转起来，拍打着易形狐的剑。艾摩司甩了甩手，感受着斗篷扇起来的风。

“快点，小子！”易形狐说，“快想办法，打开这扇门！”

艾摩司转过身来，盯着易形狐琥珀色的眼睛说道：“你不记得罗格了，也不记得我的其他朋友了，是不是因为，你当时根本没有在哀嚎森林呢？你真的是那个刺客吗？”

易形狐的脸一阵红一阵白，气得发抖。她掏出一把匕首对准了艾摩司的喉咙：“少废话，转过身去，赶紧打开这该死的门！”

突然，艾摩司感到一束光照在了自己的脸上。他抬头看着天窗，注意到窗户将日光折射到了门上。接着，鸟儿们全都飞了起来，像一个个音符一样落在那张织着琴谱的挂毯上。它们移动着，渐渐形成了一段旋律。跟着鸟儿的旋律，艾摩司开口哼了起来。鸟儿们附和着艾摩司的歌声，仿佛在唱一支摇篮曲。

“你在干什么？你这个傻瓜！快打开门！他们快来了！”易形狐的匕首都快刺进艾摩司的脖子了。艾摩司没有理会，而是继续和鸟儿们哼唱着摇篮曲。很快，周围的空气开始闪烁起微光。

*就是这首摇篮曲，*艾摩司心想，*这才是关键。*

这旋律有一种魔力，能穿透身体，直击心灵。它洗去了大厅里的灰尘，让这里的一切都恢复了原本鲜艳的颜色。这股力量越来越强，直到最后一个音符的声波打散了鸟儿的队形，它们扑腾着翅膀，四散开去。

“艾摩司，快点！他们已经……”罗格的话还没说完，只听“哐当”一声巨响，接着，在一道刺眼的白光中，大厅的大门被巫师们用魔法打开了，隐约能看到许多人影走进了大厅。

艾摩司知道，要么是现在，要么永远不会有机会了。他再一次握住了那扇门的把手，这一次，门把手是温暖的。他想起了智玄法师的告诫，犹豫了一下，还是轻轻地转动了门把手。

神秘之门被打开了，艾摩司就是钥匙。

门缝里，一道万花筒般的魔光射了出来。艾摩司发出一声尖叫，他的眼睛被光刺到，一时间什么也看不见了。他的心中升起一种不好的预感。随后，门里传来一阵阴森森、干巴巴的笑声。艾摩司瘫倒在地上，捂着灼热的眼睛。

- Amos The Amazing -

第六章

魔法古书

VI

大厅里强光四射，一阵刺耳的笑声让艾摩司头皮发麻。模糊中，他看到了易形狐的身影——易形狐从门里走了出来，手里拿着一本书，书的封面上镶有一颗闪亮的宝石。

*带我走吧。*一个低沉、干巴、缥缈的声音从书里传来，似乎是在对艾摩司说话。*拥有我，所有的力量都将属于你，你梦里的愿望都能实现。你渴望的是什么呢？你的爷爷吗？孩子，你挥挥手就能治好他。也许你来得有点晚，但我可以帮助你，你只需要把我带走。*

艾摩司浑身一个激灵，使劲儿抱住了易形狐的靴子，不让易形狐把书带走。这次，他看清楚了，这是一本古老的书，封面是皮革制成的，而内页漆有金箔。

易形狐发出一声怒吼，一只手把书高高举起，另一只手向艾摩司伸出一根纤细的手指。随即，电荷在空气中聚集，在一阵臭氧的气味中，一道闪电在空中“噼啪”炸开，并向艾摩司扑来。

过了一会儿，艾摩司意识到自己安然无恙，而他手上的魔法戒指变得又紧又烫，还强烈地颤动着——魔法戒指吸收了闪电，然后将闪电化成新的能量释放了出来。

见状，一群普克士兵冲了过来，他们镀铬的身躯铿锵作响，身上的齿轮飞快地旋转着。还好，罗格的巨刀将他们暂且拦了下来。

艾摩司摇摇晃晃地站起身，揉了揉眼睛。接着，他张大了嘴，又瘫坐在地——眼前，易形狐的身躯一动不动，并且正慢慢地变成灰白色——易形狐变成了石头！

*这是……美杜莎的石化魔法吗？还是刚才戒指释放出的能量？*艾摩司惊呆了。

*带我走吧。*那本古书再次说道。

艾摩司赶紧起身，踮起脚尖去取易形狐手里的书。他双手攥住书，使劲儿地拔，但还是没能把书从易形狐石化了的手里拔出来。

这时，有人在身后拍了拍艾摩司的肩膀。艾摩司转过身一看，原来是智玄法师。智玄法师一脸严肃地说道：“让我来吧，我们绝对不能把这本书丢在这儿……”

此刻，一些士兵冲破了罗格的防线，直奔艾摩司而来。罗格赶紧朝着他们喷出一种绿色的气体。这种气体有麻痹的作用，能使人的行动变得像蜗牛一样缓慢，从而为艾摩司赢得了一些时间。

突然，斐思一个箭步冲上前，还没等艾摩司反应过来，便跨入了那扇绿色的大门，随后便消失在门里面。

“艾摩司，我们快走！”罗格突然喊道。

艾摩司回头一看，只见原本站在一旁静静观战的疯狂国王，带着他的侍卫们向自己走了过来，紧随其后的是斯洛莫斯魔法学校的教授们，还有猫人、月亮眼象人、紫衣王子以及大量民众。

史露布校长在空中画出一道燃烧的符文，接着，一团硫黄味的雾团扑面而来，罩住了人群。史露布校长趁机穿过雾团，直扑到易形狐身旁，伸手去取她手里的古书，却被智玄法师用手杖挡了回去。她愤怒地转过身来，对着智玄法师画出一个发光的符文，大声喊道：“德格玛垂，雷神之锤！”

随即，两把魔法铁锤出现在了艾摩司和智玄法师的头顶上，并径直向他们砸了过去。智玄法师还没来得及用手杖抵挡，便被砸得连连后退，身旁的几把椅子也被砸得粉碎。另一边，艾摩司的魔法戒指再次变得又热又紧，很快便将他头上的魔法铁锤吸入其中。紧接着，戒指发出一道闪电，击中了史露布校长。之后，这道闪电变成了一条长长的电流弧线，钻入了魔法古书之中。

这本古书能吸收魔法能量！

很快，魔法铁锤的能量在古书中聚集，并在其周围形成强烈的电流，易形狐被石化的手瞬间爆裂成沙土，四散开来。古书落地，第一次完整地展现在众人面前。

古书封面上镶嵌的那颗宝石闪闪发光，而宝石之中还藏着一只眼睛。这只眼睛有着幽深的瞳孔，似乎能洞察这世间的一切。眼睛扫视了一遍所有人，然后将目光停留在了艾摩司身上。

*带我走吧，*那个缥缈的声音又一次对艾摩司说，*我能满足你所有的愿望，你会拥有神一般的力量。*

艾摩司突然意识到，此刻，自己只要伸出手去抓起这本书，下一秒他就可以回家救爷爷了，还可以……

“给我抓住他们！”一声大叫打断了艾摩司的思绪，只听疯狂国王厉声喝道，“拦住那些卑鄙的小人！那本书是我的！给我夺过来！你们不准碰它！它是我的！”

国王的士兵们随即冲了过来。罗格挥舞着巨刀，以龙骑士惊人的力量击碎了士兵们的金属头盔，并将他们绊倒在地。接着，罗格来到艾摩司身边，想要护住他。可突然，罗格像是被什么力量催眠了一般，双眼直勾勾地盯着那本古书，准备伸手去抓它。

“不行！”艾摩司一边喊一边推开罗格的胳膊，挡在他和古书之间，“我们不能这样取走这本书！”

此刻，艾摩司的脑子异常清醒，早在曹腾洞穴，他就已经明白了其中的道理。突然，一把剑“哐”的一声砍到了罗格的后背上。罗格瞬间清醒过来，转身击退了两个普克士兵。这时，史露布校长的雾团被打破了，人群冲了过来。

“艾摩司，往楼上跑！”艾摩司回头一看，只见斐思手捧一棵紫杉树苗从绿门里跑了回来，径直冲上王座后面一段隐蔽而破旧的石梯。艾摩司赶紧转身，准备跟上斐思。这时，魔法古书再一次呼唤艾摩司，声音带着强大的力量，让艾摩司不由得全身颤抖。突然，他注意到易形狐脚下黑色的匕首，还滴着紫色的毒液。他想起了之前爸爸说过的一句话：以毒攻毒。于是，他弯下腰，小心翼翼地捡起匕首，脱下斗篷把匕首包起来，然后一边沿着石梯向上跑，一边将匕首放进了口袋里。

艾摩司和斐思一直跑到了楼顶，发现楼顶的尽头是一扇上锁的大门。正当他们研究怎么开门时，身后传来了罗格的喊声：“闪开！”只见罗格全速朝门撞过去，“砰”的一声，门被撞开了。

门外是一个很大的天台。

艾摩司跑到石头砌成的围栏边四处张望，只见下面是深不见底的大海，旁边是城堡的侧面，远处是地平线，两个太阳距离地平线已经不远了。不知为何，艾摩司突然想起了公爵那双警惕的眼睛。

罗格把门重新关上，斐思把手里的小树苗放在一边，用肩膀抵住破裂的门底部，而罗格则支撑着门的顶部。

艾摩司跑到他的朋友们身边：“我们好像无路可逃了，现在该怎么办?”

“拿着那棵树苗，艾摩司。你一定要确保它的安全。”斐思恳求道。

艾摩司点点头，拾起那棵小紫杉树苗。“不过，这是什么呢?”他好奇地问。

“它是扉境的希望。”斐思回答道。

艾摩司还没来得及多想，一股强大的力量就把他们撞退了好几步——门炸裂开来，巫师们和士兵们正站在门口。

艾摩司带着小树苗跑到围栏边上。越来越多的士兵逼近了，罗格挥舞着巨刀，在士兵们的金属身躯上划出一道道清晰的刀痕，而智玄法师则用手杖攻击，将几名武装精良的士兵打得东倒西歪。

后面的士兵不停地涌过来，而这时，普劳夫教授朝斐思伸出一根手指，开始念咒语。但还没等他的指尖聚集起火花，猫人就从人群中冲了出来，用一把弯弯的腰刀砍伤了普劳夫教授的手。

普劳夫教授发出一声凄厉的尖叫，接着便被身后几个看不到面孔的黑影护送到一边。紫衣王子一跃而起，拔出腰间的银剑，在空中瞄准了猫人。同时，梅尔德女巫举起双手，召唤出一道魔法防御墙，护住了猫人。

艾摩司看得眼花缭乱。眼见着同伴们一边抵挡，一边朝他这边退了过来，艾摩司再次低头朝下面望去，汹涌的海浪拍打着怪石嶙峋的海岸，他不由得倒吸一口凉气。

“都给我让开！”人群中传来疯狂国王的声音。这声音低沉而冷酷，和国王平时的声音完全不一样。人群让出一条道路，只见国王抱着那本古老的魔法书，慢慢地向天台走来，而古书宝石里的那只眼睛，正冷冷地扫视着所有人。显然，国王已经被那本书强大的力量所控制。疯狂国王走到人群的前面，看着艾摩司，眼睛里喷出了怒火。他一只手抱着古书，另一只手掏出一块黑色的石头在手指间摩擦。接着，他低下头念了几句咒语，随后将石头朝艾摩司他们扔过去。

空气中出现了一连串的爆炸，紧接着，爆炸的烟雾中飞出了许许多多的火球，径直飞向艾摩司他们。罗格张开大嘴一声咆哮，从嘴里飞出一道道冰锥，为智玄法师挡住了飞过来的火球。斐思则是举起了盾牌，尽管她身上的皮革口袋被飞过的火球点燃，但盾牌好好地护住了她的身体和头部。然而，他们周围的士兵却被火球烧得痛苦不已，惨叫声响彻城堡。他们是那样无助地哀嚎着，但他们的国王却无动于衷，是那样地冷酷无情。疯狂国王的脸上没有任何表情，只是冷冷地看着灼热的火球将部下的金属盔甲和齿轮部件燃烧到熔化。没过多久，这群半人半机器的普克士兵就从这个“梦境世界”彻底消失了。

艾摩司背靠在围栏边上，尽可能地向后退缩。这时，一个火球朝他飞来，他一个踉跄，朝后仰头跌落，落在了围栏外的悬崖边上，火球的边缘像刀片一样擦过他的手背，手背顿时渗出了鲜血。更多的火球眼见着就朝艾摩司的脸扑了过来，突然，他的魔法斗篷从口袋里飞出来，迎着热浪翻起，裹住了他，而易形狐的匕首则掉在了地上。斗篷护住了艾摩司和他手上的紫杉树苗。随后，艾摩司的魔法戒指开始飞快转动，越来越烫，越来越紧——它想要吸收国王咒语的能量。但这一回，魔法戒指似乎也无能为力。

“谢谢你，斗篷。”

“咔嚓。”突然，艾摩司听到了一声清脆的撕裂声，然后又是几声同样的声音，紧接着便是一连串“噼噼啪啪”的破裂声。艾摩司意识到这声音是从斐思那儿传来的。他定睛一看，原来是那颗珍珠！只见海怪克希拉给他的珍珠从斐思烧焦的皮革口袋里掉落到了地上。珍珠

冒着热气，裂成了两半，不一会儿，一个小脑袋从里面冒了出来。

“龙！”艾摩司惊讶地喊道。

一只幼小的龙崽展开小翅膀，从破碎的珍珠里跳了出来。幼龙的身体只有小猫一般大小，它发出一阵尖锐的叫声，叫声划破了天空。艾摩司赶紧捂住了耳朵，士兵们也纷纷丢下手中的武器，紧紧地捂住耳朵。

这时，一道奇异的时空裂缝出现在疯狂国王身边，接着，一个身穿火红色长袍、留着火红色头发的年轻巫师从裂缝中走了出来。这个人走向疯狂国王，伸出手想去抓那本古书。但古书中的那只眼睛紧紧地盯着他，一瞬间，他像是被定住了一样。年轻的巫师一动不动，不久便倒在地上，双手紧握，浑身发抖，显得异常绝望。艾摩司觉得，这个人有些眼熟。

一阵奇异而疯狂的尖叫声从古书里传来，接着，古书的书页开始扭曲。艾摩司看见，书页上都是一张张人脸——那是一些被禁锢的灵魂。这些灵魂正嚎叫着，试图挣脱被诅咒的书页。

疯狂国王轻蔑地笑了笑，抖动了几下古书，一串奇异的符号从书中掉落出来，紧接着，一股黑暗的能量在国王的四周扩散开，形成了一个漆黑的空间。艾摩司感到自己的身体不由自主地被这个空间所吸引，并且逐渐向其靠近，而他的魔法戒指正微弱地颤动着，无法吸收如此强大的能量。于是，他大叫着扭动身体，试图对抗这股能量。眼看艾摩司距离古书越来越近，璐卡校长握紧了手里的魔杖。突然，国王身后的丞相不知为何一个踉跄，和国王一起摔倒在地。古书掉在了地上，魔法中断了。丞相身后的象人忍不住“咯咯”地笑起来，他的手里握着一根长长的魔杖，上面挂着一颗月亮一般晶莹的水晶球。

“你这个一无是处的浑蛋！”国王对着丞相愤怒地吼道。随即，一团朦胧的黑雾笼罩住了他。接着，那些倒地而亡的普克士兵们开始抽搐——国王正在使用死灵发条，他想让士兵的亡灵再次为他战斗！

这时，人群中发出阵阵惊呼。国王回头一看，只见那本古书轻轻地飘浮了起来，飘到了自己的头顶上。接着，国王的眼珠变成了白色，像大号的蜘蛛卵一样从他苍白的脸上凸出来，同时，他的头发也变成了白色，正一缕一缕地脱落——国王仿佛正在经历快速衰老的过程。很快，古书彻底控制了国王，而书中被禁锢的灵魂们则被注入了他的身体。

这时，璐卡校长和莱蒙额斯特走了出来。

璐卡径直走向那个身穿红袍的年轻巫师，扶着他走回时空裂缝，两人就这样消失得无影无踪。

莱蒙额斯特则来到了衰老的国王面前。他紧握着橡木项链喊道：“天神显灵，阿特玛斯，亡灵融丝！”随即，许多金色丝带状的魔法能量从莱蒙额斯特的手里飞舞而出，把环绕在国王周围的亡灵能量化成了一缕缕纤细的水雾。

“你们这帮乌合之众！你们一定会为此付出代价的！你们都会付出代价！”国王跪倒在地，气急败坏地吼道。

这时，幼龙又尖叫起来，刺耳的声音再次让所有人都捂住了双耳。

不一会儿，一道巨大的黑影掠过人群的头顶，接着，空中传来一阵拍打翅膀的响声，震耳欲聋。艾摩司感到这个动静仿佛有些熟悉。很快，他想到了什么，顿时欣喜若狂。

不一会儿，一条紫铜色的巨龙从天而降，正是龙王曹腾。

“龙王！”艾摩司在呼啸的大风中喊道，“你来得可太是时候啦！”

曹腾降落在斐思身旁，小心翼翼地捧起幼龙。罗格有些紧张地走上前，用颤抖的声音向龙王打招呼。龙王点了点头，白眉舒展，然后轻轻地垂下了他威严的头。

“艾摩司，我们快走吧！”罗格扭头喊道。可当他再回过头看着老龙王时，竟有一丝不知所措。这位龙骑士，还从来没有骑过真正的龙。

“罗格，”艾摩司拍了拍罗格的后背，“你不是一直都在等待着这一刻吗？”

罗格点点头，终于一跃而起，骑在老龙王脖子的最前端，看上去精神抖擞，意气风发。“趁现在，赶紧走吧！”他对着同伴们喊道。

“快点，老朋友。”智玄法师一边说，一边帮助莱蒙额斯特从燃烧的火焰旁站起身来。莱蒙额斯特会心一笑，张开手臂抱住了智玄法师。

疯狂国王虚弱地瘫倒在地上，满脸的难以置信。他

看上去如此苍老，魔法也已经消耗殆尽。

艾摩司从地上捡起易形狐的匕首，再次小心地用斗篷将其包好，随即跳了上去，骑在罗格身后。斐思、智玄法师和莱蒙额斯特也迅速跟上。龙王挥动着巨大的翅膀飞了起来。不一会儿，他们脚下的城堡越变越小。

艾摩司回头想再看看下面的士兵和巫师们，但他只能看到一堆堆的火焰，还有一团团的黑影。很快，他就身在云层之上了。

第七章

老友相助

VII

骑在龙王的背上，艾摩司一只手紧紧抓住龙王的鳞片，另一只手将斐思的小树苗放进兜里。罗格小心翼翼地抱着那只龙宝宝。幼龙在罗格的怀里像一只好奇的小猫一样，转着眼珠东张西望。巨龙飞越了山岭、村庄，所到之处，所有生灵无不驻足仰望。他们相信，巨龙的到来，预示着好运与希望。

龙王曹腾继续往前飞，最后降落在珍珠湖畔。“就到这里吧，这里离扉境的凹林谷不远了，”曹腾对他们说道，“前面的路你们自己走，保持警惕，危险并没有消失。”

大伙儿从龙王粗壮的脖子上跳下来。龙王扇动了几下翅膀，扬起了漫天的尘土，他又准备起飞了。

“龙王！谢谢你！”

“趁现在还算安全，你们赶快走吧。”曹腾一边说一边用自己的龙鳞将幼龙固定在背上。接着，他意味深长地皱了皱眉，随即一跃而起，飞向天空，很快变成了一个黑点，消失在云层中。

“你们相信吗？我们成功了！”艾摩司转过身来，有些激动地感叹道。

此时的艾摩司，不再是一个残缺的灵魂，而是完整的艾摩司本人。他张开双手，弯了弯自己的手指，感受到了从湖面吹过来的清爽凉风，也感受到了脚下潮湿的沙土。这是久违的、完整的自己。艾摩司的双手在空中挥舞，他深吸了一口气，大吼道：“梦境世界，你好！”来了这么久，这还是他第一次和这个世界打招呼。

罗格开心地笑起来，智玄法师欣慰地点点头，莱蒙额斯特则是紧张地环顾四周，生怕艾摩司的大嗓门会招来什么危险。斐思给了艾摩司一个大大的拥抱：“你成功了，艾摩司，我知道你能成功的！”

艾摩司一下子没站稳，滑倒在地，双手撑进沙土里傻笑着。这一刻，他想到了自己的家人，不知道他们现在在干吗，病榻上的爷爷……

“可是，我爷爷他……”艾摩司又垂下了头。

“不可以放弃，艾摩司。走吧，扉境已经不远了，我们去见夏日女王，也许她会有办法救你的爷爷。”斐思拍了拍艾摩司的肩膀。

艾摩司点点头，脱下鞋，把脚浸在湖水里，却发现湖水从他的脚趾退回去了。他又往湖中走了几步，可每走一步，水就退一步，好像在躲避他似的。

“怎么会这样呢?”艾摩司自言自语。

“艾摩司!”智玄法师叫道。还没等艾摩司反应过来，罗格已经冲过来把他从水里拎了起来：“艾摩司，你快看!”

艾摩司朝着罗格指的方向望去，只见前方尘土飞扬，一群兽人骑兵正向这边冲来，各种喊声此起彼伏。

艾摩司顾不上清洗沾满沙土的双脚，急忙穿上兔耳朵拖鞋。

“等一下，后面似乎也有动静。”智玄法师皱着眉，闭着眼睛说道。

大家急忙回头，只见后方的地平线奔来一群体形巨大的大象，它们的背上都驮着一座城堡，城堡里传来“隆隆”的机械声。象群身上裹着黄铜盔甲，看来是准备迎击兽人骑兵。眼前这一幕是那样熟悉，艾摩司想起来了，这是自己刚来“梦境世界”时见过的景象。

“我们先躲到树林里去。”斐思指着远处的一片树林叫道。

别无选择，艾摩司和同伴们急忙朝树林的方向飞奔而去。奇怪的是，那些树居然也奔跑起来。*是错觉吗？还是那些树被施了什么魔法？不，不是错觉，树林中的树的确朝这边过来了！*艾摩司很确定这些十几米高的大树活过来了。他看见每棵树的树干上都有一张脸，树根变成了脚，树枝则变成了健硕的手臂。

“我的天啊，那些树……是什么啊?”艾摩司一边跑一边惊讶地叫道。

“那是树人!”斐思回答道，“他们是扉境森林的守护者!”

树叶从树人身上不断掉落下来，他们气势汹汹地朝兽人骑兵的方向前进。一个树人从艾摩司身边经过，艾摩司看清了他的模样，他的脸上有一双深邃的眼睛。

“大家，我们也一起上吧！一起去赶走兽人骑兵!”艾摩司提议道。

“艾摩司，听我说，虽然你已经经过了许多历练，也变得更强大了，但你现在已经变回了血肉之躯，无法抵挡兽人骑兵的攻击。我们必须先把你送到安全的地方。你还要回去救爷爷，不是吗?”斐思的语气很严肃，罗格和智玄法师也都点头表示赞同。

艾摩司低下头，点了点头。

斐思领着大家向扉境森林的方向撤退。与此同时，扉境中的精灵战士和森林动物们不停地与艾摩司擦肩而过，他们正离开赖以生存的凹林谷，奔赴战场，保卫家园。很快，象群、扉境的精灵和动物们与兽人部队展开了战斗。各种精灵魔法闪烁着奇妙的光，远远看去就像是闪耀的星河。

罗格拎起已经跑得喘不上气的莱蒙额斯特，拼命地向树林跑。就在这时，艾摩司注意到了湖面的浪花。突然，一个巨浪冲向天空，紧接着，巨大的水墙就要向他们砸来。

“啊，完蛋啦！快跑啊！跑快点啊！”艾摩司大叫着，和同伴们气喘吁吁地朝树林加速冲去。他们跑到了树林边上，却发现树林茂密得犹如一堵无法穿透的墙。艾摩司抬头望了望即将从他们头顶上落下的巨浪。*来不及了！*

“走这儿！”斐思发现了树丛中的一个缺口。在最后一秒，他们成功钻进缺口，躲进了高大而结实的杉树林里。瞬间，巨浪拍打在地面，又撞到树墙上，“轰隆隆”的巨响在树林中回荡。湖水卷带着碎石拍打在密密麻麻的树干上，树林里，水、泥土、碎石、树枝，一片混乱。艾摩司他们被淹没在一层厚厚的泡沫之中，只能紧紧抓住树枝不放。

*成功了！你遵守了承诺！谢谢你，小子！*是湖底海怪克希拉的声音！原来，湖底的围墙被冲破了，克希拉终于获得了自由。艾摩司紧紧抓着一根快折断的树枝，看见在波浪顶上，那只巨大的、浑身长满了眼睛的鱿鱼海怪正快乐地翻腾着，享受着久未感受的自由。

“真……真的吗？我遵守了承诺吗？我怎么不记得我做了什么？”艾摩司有点语无伦次。

*是的，你遵守了诺言，小子，祝你好运，也祝我好运，回头见！*克希拉说完便跳入水中消失了。

艾摩司抓紧树枝，等待湖水退去。他的手臂已经麻木了，之前也有过一次这样的感觉，就是从海盗船里逃出来后划救生艇那次……艾摩司希望这是最后一次了。

“斐思？罗格？柠檬鹅先生？智玄法师？”艾摩司环

顾四周，不停地大声喊着。谢天谢地，他们都安然无恙。湖水退去后，在斐思的带领下，他们向扉境森林的深处走去。

“你们看这棵树。”斐思突然说道。大家一看，只见一棵形状奇异的树，它的下方分叉出了两根交叉生长的树干。“他们也是树人，是一对亲兄弟，不过因为家庭恩怨，他们明明长在一起，彼此却不再说话。我们都希望有一天，他们能和好如初。”

“斐思，你可真是站着说话不腰疼，真实情况可比这复杂得多！”距离斐思较近的那根树干回应道，而另一根继续保持着沉默。

斐思摇摇头，微微一笑，继续往前走。

“等一下！”斐思停下了脚步，尖尖的耳朵轻轻地颤动。很快，他们清楚地听到，身后的林子里传来兽人骑兵的声音。

“战争已经波及森林了。”斐思说，“我们得加快速度，我得赶回去守护凹林谷！”

脚步匆匆之中，艾摩司发现，这茂密而略显昏暗的森林里，生物们都闪烁着白色的光芒。落叶底下，许多毛茸茸的小动物小心翼翼地探出头，好奇地看着艾摩司他们走向森林深处。

渐渐地，艾摩司的心中升起一种熟悉的感觉，而且越往前走，这种感觉就越强烈。他停下脚步四处望了望，喊道:“往这边走!”

斐思他们不明所以，只能跟上艾摩司的脚步。翻过一个小坡后，他们都被眼前的景象吸引住了：昏暗的紫杉树冠下，萤火虫在树枝和树叶之间飞舞，闪烁着温暖的黄色光芒。

“哈哈!”艾摩司兴奋地笑起来，“我来过这里!”

“蜘蛛!”艾摩司把双手放在嘴前大声唤道，“达尔文，你在吗?”

“艾摩司，你在做什么?”斐思不解地问道。

很快，森林中传来一阵急促的声音，更多的萤火虫从他们头顶的树冠中不断地飞出来。

很快，八个光球从树冠里钻了出来，并慢慢地下滑，向艾摩司他们靠近。罗格拔出刀，警惕地注视着这些发光的球。很快，他意识到，这八个光球是一只巨型蜘蛛的眼睛——一只巨型蜘蛛从树上爬了下来。

“达尔文！大蜘蛛！”艾摩司笑着朝这个庞然大物跑了过去，不料却被大蜘蛛一脚踩在了地上。

“不，不，达尔文，等等！是我呀，艾摩司！你不记得我了吗?”

蜘蛛好奇地嗅了嗅他：“艾摩司是什么？好吃吗？我饿坏了。”

罗格冲上前，想把蜘蛛压在艾摩司身上的那只脚砍成两半。但艾摩司叫住了他：“不，罗格，住手！这是我的老朋友。达尔文，你看！我遵守诺言，我回来了，还带回了许多美味的食物。”

罗格停了下来，显得很惊讶。而斐思的眼珠直打转，似乎在谋划着什么。

“哦！你是说之前那个向我许下承诺的精灵吗?”蜘蛛“咕咕”叫着爬向斐思。哦，对了，那时的艾摩司还在斐思的身体里呢。

“啊，我记起来了，我认出你来了。你真的带食物回来了吗？在哪里？我快饿死了……”

“哦，不，不是吃我们，我们还不够你塞牙缝呢。那边，你听到了吗？在我们身后有许多穿着盔甲的兽人士兵，还有他们骑的野兽，保准合你的胃口。”斐思说。

“啊！是的！我的美味大餐！”达尔文说着，伸出它的前脚“咔嗒咔嗒”地来回摩擦。

“达尔文，祝你吃得开心！”艾摩司说，“那我们就先走一步了，我们还要去见夏日女王。”

蜘蛛点点头，兴奋地发出“咯咯咯”的声音：“我已经闻到了香味。这么多，我终于可以饱餐一顿了，谢谢你！代我向夏日女王问好。”说着，它放开了艾摩司。艾摩司站起身，拍了拍达尔文的脚，回头朝大伙儿说道：“快，我们走吧！”

“龙王、海怪，还有巨型蜘蛛，艾摩司，你有一些厉害的朋友啊！”罗格露出大板牙，笑着说。

“我的朋友，”艾摩司粲然一笑，“当然厉害咯。”

- Amos The Amazing -

第八章

回家的路

Ⅷ

在扉境森林的深处，小雷又出现了。它在一棵古老而枝叶繁茂的紫杉树下，静静地等着艾摩司。等艾摩司一走近，小雷就翻了个身，四脚朝天，让艾摩司摸摸它毛茸茸的肚子。艾摩司惊喜地抱住了小雷，这个小伙伴，总是在意想不到的时间和地点突然冒出来。

“夏日女王的宫殿就在前面了。大家休息一下，我派人去禀报，等一切安排好，我们就能见到她了。”斐思轻轻地说。

“斐思，那个……夏日女王是个怎样的人啊?”艾摩司略带紧张地问斐思。

“热情、美丽、优雅、智慧，平易近人，还很风趣。”斐思回答说。

艾摩司点了点头，想起了他的妈妈。他环顾四周，打量起了森林里的居民们。仙女、精灵、树人等在不远处围成一圈，正听莱蒙额斯特和罗格讲述着他们这一路的冒险故事。

“现在的海面波涛汹涌，有一只海怪正在攻击兽人军队的船只。同时，在这个世界的许多地方，反抗者联盟组建起来了，推翻兽人统治的战争已经全面打响。矮人族们从他们藏身的山里走了出来，平原上的游牧部落也纷纷站了出来，在过去的一千年里受尽兽人压迫的人们，如今凝聚在了一起。”

“据传，在霍布海姆那边，革加・拉格拉将军和疯狂国王，兽人军队和泰坦军队交战相当激烈。那片土地已被烧得焦黑不堪，许多普克村民不得不逃难，他们有的步行，有的乘马车，一路向扉境这边过来了……”

“夏日女王已经安排妥当，邀请大家去她的宫殿。”一个动听的声音打断了罗格的话，是精灵格拉蒂，艾摩司之前在寺庙见过她。

他们沿着一条小道往前走，道路两边种满了会发光的蘑菇。古老而茂盛的紫杉树冠遮住了天空，树枝上挂着藤蔓，藤蔓上长有闪着白光的忍冬花。斐思说，这里永远是夏季。

不一会儿，他们来到了一个壮观的大花园。花园里面种着各种艾摩司从未见过的花朵，芳香四溢。他们走进宫殿，宫殿里所有的生物，从仙女到小精灵，再到高大的树人，都好奇地打量着艾摩司。

宫殿里出奇地安静，夏日女王坐在一艘由鲜花做成的小船里，穿着长袍，美丽得令人窒息。她正与一群来自“无尽平原”的游牧骑手交谈。

这些骑手身披羽毛，脸上和身上都画着图腾，旁边还站着两支刚从火焰山和尖影山过来的矮人部队。艾摩司惊叹于他们手中的武器和身披的盔甲——它们都闪着耀眼的银光，还刻有獾、公牛、狮子、鳄鱼和猫头鹰等动物……艾摩司看得出神时，夏日女王转身看向了艾摩司和他的同伴们，对他们点了点头，示意他们走近。走到女王身边后，斐思深深地鞠了一躬，艾摩司也学着她鞠了一躬。

夏日女王有一双美丽的绿色眼睛和一头飘逸的绿色长发，飘动的裙摆上系着五彩缤纷的鲜花。她走向紫杉树制成的王座，王座周围都是凹林谷的子民：精灵、仙女、树人、半人半羊的萨蒂尔、狮鹫模样的狐狸，以及长着蝴蝶翅膀的飞鹿和各种魔法生灵。

“欢迎你们来到这里。”夏日女王笑着对大家说。接着，她将温柔的目光投向小地精：“谢谢你的帮助，莱蒙额斯特，这里永远欢迎你。”

“随时为您效劳，女王陛下。”莱蒙额斯特回答道，声音清晰而明朗。

接着，女王向智玄法师恭敬地点了点头。智玄法师朝女王双手合十行礼，说道：“寺庙的僧人们都是知识的守护者，愿我们可以成为凹林谷的朋友。”

“我们永远是你们的朋友。”女王微笑着说完，把目光转向了罗格。罗格突然涨红了脸，低着头不敢直视美丽的女王。“我听说，你一直想成为一位真正的龙骑士，并且一直为之努力。现在，你的梦想已经实现了，我真为你感到开心。”

“谢谢您，女王陛下，”罗格单膝跪在女王面前，“见到您，我真的非常荣幸。”

最后，女王以母亲般的目光望向斐思：“谢谢你平安归来，斐思妮安，你给我带来了惊喜。之前听到你不愿回来的消息，我可真是有点伤心呢。”

斐思支支吾吾地想要道歉，但女王伸出手示意她不必解释。“格拉蒂带回了你的消息，我虽然不理解，但我相信你有自己的判断。我没想到的是，你会帮着艾摩司请龙王再次出山。”女王露出一丝温柔的微笑，“最重要的是，对你而言，这些经历让你成长了许多。”

斐思脸红了：“靠我一人是办不到这些的，女王陛下，这都是我们所有人共同努力的结果，尤其是我的朋友艾摩司。”

整个宫殿的人都看向艾摩司。*不要慌，稳住。*艾摩司在心里给自己打气，然后抬起头，露出一个灿烂的微笑。

“多可爱的孩子啊！”夏日女王说着站起身，走到了艾摩司跟前。艾摩司“唰”的一下涨红了脸。女王捋了捋艾摩司的头发，又用纤细的手指拍了拍他的脑袋。“你做了一件很了不起的事，艾摩司，”女王说道，“你带着缺失的灵魂来到这个世界，为了找回完整的灵魂，你打败了阿什塔拉。”

“阿什塔拉？”艾摩司顿了一下，然后点了点头，“哦，对，易形狐。”

“你唤醒了巨龙，还救了我们凹林谷的女儿斐思。”

“但是……嗯……我可能还把海怪给放出来了。”艾摩司内疚地耸了耸肩。

夏日女王笑了，笑声像风铃一样悦耳。“那就让兽人军队去享受享受海怪的威力吧。艾摩司，你知道吗，我们曾经保护过你的父亲。”

“我爸爸?”艾摩司非常惊讶。

“很多年前，也是为了等待这一天的到来，我们保护了年幼的他，让他死里逃生。真是奇妙，今天我见到的是你，而不是你的父亲。”

艾摩司瞪大了眼睛，完全不知所云。

夏日女王没有再讲下去，而是转向斐思:“那扇绿色的门呢?”

“艾摩司把它打开了。”斐思回答道。

夏日女王轻轻地点了点头，看起来并不惊讶。

“还有，我们把这个带回来了……”斐思看向艾摩司。艾摩司还在发愣，他还在思索着夏日女王的话。斐思走过去拍了拍他的手臂，他才反应过来，连忙掏出紫杉树苗递给女王。

“心灵之树？它竟然重生了！”女王说道，眼里满是惊喜，“恰恰在这个时候……你们带回来的真是一份特别的礼物！对了，那本古书……”

斐思低下头：“古书被疯狂国王拿走了。”

“如他所愿。这也印证了当年的预言，也许，这是无法避免的。接下来，可能还会有更大的麻烦，斐思，你要有心理准备。”

斐思坚定地点点头，随即又将头垂得更低了：“女王陛下……我……我犯了很大的错误，我弄丢了您赐予我的剑，我……”

“巨龙的礼物很适合你，”夏日女王打断了斐思的话，微笑着摸了摸她手臂上的龙爪，“斐思，你听好，从现在起，你就是‘扉境护使’。这对龙爪，你一定要好好使用它。”说完，她拿出权杖，轻轻地点了点斐思的额头。

接着，女王转过身：“那么，艾摩司……”

艾摩司回过神来，赶紧点点头：“嗯，是的，女王陛下?”

“你想要留在凹林谷，还是想回家?”

艾摩司愣了一下，他从没有思考过这个问题。“女王陛下，这里充满了各种美妙的东西。但是，我承诺过家人……所以，我想回家。”

“是的，你一直都信守诺言。”夏日女王笑了，“那么，让我来帮你回家吧!”

“不过，女王陛下，其实，我还有一件最重要的事情没有办好……我现在……就算回去了，也救不了爷爷……您能不能帮帮我，告诉我怎样才能救爷爷呢？哦对了，我爷爷……他是在救我的时候被易形狐毒害了，他卧床不起，生命垂危，我不知道还来不来得及……”艾摩司说着说着便哽咽了，他不记得自己离开家多久了，更不敢想爷爷现在是什么状况。

女王摸了摸艾摩司的头，认真地说：“毒药的种类千差万别，解药也是如此，我们必须对症下药。你知道那是什么毒药吗?”

“我知道！女王陛下，您稍等！”艾摩司把颤抖的手伸进口袋里，拿出了那个用斗篷包裹着的东西。他小心翼翼地打开斗篷，将易形狐带有毒液的匕首呈给女王，然后用乞求的眼神看着女王。宫殿里的气氛开始变得紧张起来，几个萨蒂尔担心艾摩司会伤害女王，着急地冲了过来。夏日女王抬起手，示意他们退后，并仔细地查看着沾着毒液的黑色匕首。“多年前，阿什塔拉就是在这里学会了研制草药和香水，没想到，她把这个本领用到提炼毒素上去了。艾摩司，你放心，我们有办法可以治好你的爷爷。”

艾摩司鼻子一酸，感到自己心里悬了那么久的大石头一下子落地了。他如释重负，哽咽着说道：“那……那真是太好了……女王陛下，我真不知道该怎么感谢您才好！”

“孩子，你得赶在战争到达这里之前离开。离开的时候，把这棵树苗也带上。”

“什么？”斐思惊讶地叫道。

“哦，不，女王陛下，”艾摩司连忙推辞道，“我知道这棵树苗非常重要。它应该留在凹林谷，斐思说过，它是这里的希望。”

宫殿里议论纷纷，夏日女王微笑着对艾摩司摇了摇头，说：“艾摩司，你要相信，我知道怎样才是对凹林谷最好的。现在，我希望你能替我们照顾这棵树苗。你听着，这棵树苗就是解药。你回家之后，摘下一片叶子，把它的汁液滴入水中，再加入凹林谷的紫杉树旁生长的苔藓，煮沸成茶汤让爷爷喝下去，用不了多久，他就会康复的。”

说着，一位身穿玫瑰花长袍的仙女走上前，递给艾摩司一个小盒子，里面装着发光的蓝绿色苔藓。艾摩司小心地把盒子装进口袋里。

“女王陛下，”艾摩司深深地鞠了一躬，“对我来说，世间没有比这更大的恩赐了。”

“记住，保护好这棵小植物。”夏日女王伸出温柔而慈爱的手抚去艾摩司脸上的泪水，“带它去水分充盈、阳光充足的世界吧，让它健康地成长。我相信，总有一天，你会带着它回来的。”

艾摩司又感动又激动，张开双臂给了女王一个大大的拥抱。女王美丽的长袍上那些鲜花丝带，就像有生命一样，飘起来裹住了艾摩司。

突然，有个毛茸茸的东西蹭了蹭艾摩司的腿。“哈哈，又是小雷！”艾摩司弯下腰，抱起小雷，揉了揉它的脸和肚子，小雷紧紧地依偎在他怀里。

艾摩司转向他的同伴们：“智玄法师，罗格，还有柠檬鹅先生，我不知道该如何感谢你们的帮助，谢谢你们！现在，我必须回去救爷爷了。”他红着眼眶说道。接着，

他又走到斐思面前："再见，斐思，我真开心能有你这个朋友，谢谢你，我……"艾摩司哽咽得说不出话来。

斐思笑着给了艾摩司一个拥抱："不用谢，朋友之间就该这样！而且，你做得……太棒了，我们的小英雄，后会有期！"

夏日女王走到池水边，举起了手里的权杖。一瞬间，池面的花朵和藤蔓扭动并分散开来，池水闪闪发光。"艾摩司，想着你的家人，你的意识可以带你找到来时的路。快回家吧，咱们后会有期。"

小雷用爪子蘸了蘸水，一蹦便跳进了池水中。艾摩司跟在后面，也闭着眼睛跳了进去。池水"哗哗"地泛着浪花，艾摩司脖子上的吊坠忽明忽暗，发出一道道量子射线，在黑暗之中寻找回家的路。艾摩司集中精力，认真地想着爷爷奶奶和爸爸妈妈，对家人的思念充满了他的心，也充满了传送通道的空间。他想起了和家人一起吃晚餐，想起了安居古镇的铁门，想起了家人们给予自己的宽容与关爱……很快，他的眼前出现了漫天星海，接着，一道耀眼的白光射来，他睁不开眼，只感到浑身轻飘飘的。

不知过了多久，艾摩司闻到了小雏菊的香味儿，他很熟悉这个气味，因为奶奶总喜欢采一些回来放在家里。然后，他又隐约听到了小贩的叫卖声，紧接着，臭豆腐的香气飘进了他的鼻子里。艾摩司瞬间清醒，他睁大了眼睛，从草地上爬了起来——他在重庆的安居古镇，他终于回来了！啊！小雷也回来了，它正在鹅卵石路上蹦蹦跳跳地追逐蝴蝶。不远处的道路旁边排列着各种摊位：手艺摊摆出了精致的工艺品；炸串摊的油锅中传来诱人的声响；糖画摊的麦芽糖浆散发着浓郁的甜香。远处正在进行舞龙表演，一群孩子围着舞龙的队伍奔跑打闹，大人们则在呐喊助威。

看着这熟悉的一切，艾摩司兴奋不已，兴奋到有点想哭。

突然，艾摩司想到了什么，笑容僵在了脸上。随即，一阵心慌向他袭来——他不知道自己离开了多久……爷爷……爷爷生死未卜……

艾摩司不敢往下想，他开始一路狂奔。

一辆路过的卡车停在了艾摩司身旁，车上是老周，奶奶的朋友。

“艾摩司，别跑这么快，小心点。咦，你手里拿的是什么?”老周问。

“这是一棵小树苗，”艾摩司回答道，“这是一份礼物。周伯伯，我现在很着急要回奶奶家。”

“那我可以送你一程，”老周说，“上车吧。”

艾摩司将身体陷进软软的座椅垫里，又将头靠在车窗上，夏日的阳光里，他感到浑身暖暖的。一群灰鹅“嘎嘎嘎”地迎着卡车叫嚷，艾摩司觉得它们是在欢迎自己回来。田间，一群妇女弯着腰，悉心照料着农作物。艾摩司摇下车窗，微风从盛放的花朵那儿带来了甜蜜的香气。艾摩司不知道自己现在究竟是疲惫还是放松。不管怎样，马上就要到家了。

“就是这儿!”艾摩司突然坐直了，兴奋地叫起来，“周伯伯，我就在这儿下车!”老周靠边停车，还没来得及嘱咐两句，艾摩司已经跳下了车，边跑边喊着“谢谢

周伯伯”。小雷也跟着跳了下去，他们沿着弯弯曲曲的路向奶奶的房子奔跑，一路上，山羊、鹅、鸡等发出令他感到熟悉而安心的叫声，仿佛都在祝贺他的归来。

“奶奶——奶奶——”艾摩司一边挥手一边大声呼喊。奶奶正站在晾衣绳边，听到了动静后回头看。接着，奶奶颤颤地跑向艾摩司，将他紧紧搂在怀里。

奶奶打量着艾摩司，眼神充满了责备和担心：“艾摩司！我找了你一整天！你究竟上哪儿去了？”

“什么？一整天？”艾摩司不相信自己的耳朵——他所经历的一切都发生在一天之内？

“你的眼镜呢？你怎么不戴眼镜？”奶奶又问道。

“哦，嗯……”艾摩司笑着揉了揉眼睛，“铜梁这边绿植多，让我的视力变好了。我这两天感觉自己不那么依赖眼镜了。”事实上，自从拿回另一半的灵魂，变回完整的自己，艾摩司就不需要眼镜了，如果装模作样戴上一阵，他反而会感到头晕。

“奶奶，先不说这个，爷爷！爷爷怎么样了？”

奶奶皱起眉头：“爷爷在休息，今天还是很虚弱。”

“我现在就得去找爷爷。奶奶，我们快走！”

艾摩司三步并作两步地跑回屋，把带回的紫杉树苗放在窗台上，小心地摘下一片树叶，捣碎，让树叶的汁液渗出，又掏出那盒苔藓，把它们混合在一起，倒进壶里，加水煮沸。

奶奶追不上艾摩司，但也紧赶慢赶地来到了厨房。她拍了拍艾摩司的头："怎么了，你在厨房做什么？肚子饿了吗？"

艾摩司点点头："超级饿！"

奶奶摇摇晃晃地走到炉子边去煮面条。

艾摩司将煮沸的水倒进茶杯里，小心翼翼地端上楼。他在门外犹豫了一会儿，然后用身子轻轻地推开门，走到了爷爷的床边。爷爷的脸色很苍白，整个人看起来无力又无助。艾摩司将茶杯放在床头柜上，握住了爷爷冰冷的手。

爷爷睁开了眼睛。

"爷爷！是我！您觉得怎么样了？"

"嗯……没事儿，我休息会儿就好了。"爷爷朝艾摩司挤出一个笑容。

"我给您泡了茶，您必须立刻、马上喝掉！"艾摩司急切地说。

爷爷笑了，用他的大手慢慢端起杯子，闻了闻：“这是草药茶吗?”

“这是魔法茶！爷爷，快点!”

“好的，我马上就喝。”爷爷说着又笑了笑，接着费力地坐起来，上半身都在颤抖。爷爷吹了吹茶汤，喝了一小口。

“还不错，有一点……薄荷味?”爷爷慈祥的眼睛里泛起了光，他似乎察觉到了什么，“谢谢你，艾摩司，谢谢你给我这杯魔法茶。”爷爷握紧了艾摩司的手。

“爷爷，不可以剩下！一定要把整杯都喝干净！今晚我再给您泡一杯!”艾摩司用自己瘦小的肩膀支撑着爷爷。

“谢谢你，好孩子。不用担心，我会好起来的。”

“你会没事的，爷爷。悄悄告诉你，这是夏日女王给我的。”艾摩司试探性地提到了女王，但爷爷装作没听见，没有接话。

从爷爷的房间出来后，艾摩司来到了爸爸的房间，把魔法戒指、项链和那件神奇的斗篷放回了旧木箱里，

接着便下楼朝厨房走去。

“爷爷怎么样了?”奶奶问。

“我给爷爷泡了一杯热茶，他喝了茶，现在已经休息了。”艾摩司说。

“那就好，那就好!”奶奶笑着说，“快过来坐下。”说完，她把一碗麻辣豌杂面放在了餐桌上。艾摩司探着鼻子，使劲闻了闻豌豆和杂酱混合的香味儿，肚子已经贪婪地“咕咕”作响了。

艾摩司坐下后，留意到一旁的奶奶一脸疲惫，连忙问道:“奶奶，您昨晚失眠了吗?”

奶奶摇摇头又点点头:“对，是有点失眠……”

“奶奶，爷爷会没事的。您只要放下心来，今晚就能睡好了!”艾摩司说完，在接下来不到一分钟的时间里，狼吞虎咽地吃完了这碗豌杂面。吃完后，他把碗舔了个干净，然后又自觉地走到洗碗池边，用洗碗精、洗碗布和热水刷起了碗筷。

艾摩司一边洗，一边想起了璐卡校长。*璐卡校长现在在哪里呢?她从城堡天台上带走的那个红头发的人是谁?*不知道什么时候，小雷溜进了厨房，它坐在艾摩司的脚边，嘴里发出“咕噜咕噜”的声音。接着，它又跳上窗台，绕着小树苗转了一圈。小树苗正沐浴着夕阳，小雷趴在树苗旁，闭上眼睛开始打盹。小雷的确应该补个觉了。

*小雷，你辛苦了，谢谢你。*艾摩司在心里默默地说。

“你知道吗，奶奶，猫不会按照我们以为的方式睡觉。事实上，”艾摩司低声说，“猫咪是跨次元的生物，就像精灵那样，它们可以去我们去不到的地方。”

“是吗？”奶奶一边回答一边抚弄着艾摩司油腻的头发，“你得上楼洗个澡了，你看起来就像在泥里打了滚儿一样。对了，你带回来的，那是什么树苗？”

“这是一棵紫杉树苗，是精灵们的女王送给我的礼物，”艾摩司一本正经地说，“奶奶，你知道吗，猫能在梦境中行走，如果我们紧紧跟在它后面的话，也许我们也可以走到‘梦境世界’里面去。”

“傻孩子。”奶奶笑着说。幸福的空气包围着祖孙俩。

洗完碗后，艾摩司上楼洗了个“大扫除”似的热水澡，把身上所有的污垢都洗掉了。他走出浴室，看见自己心爱的红色家居袍子整齐地叠放在床上，却突然想换一身不一样的。于是，他翻出了一件蓝色的T恤衫和一条牛仔裤。

“艾摩司，想和我一起去菜市场逛逛吗？你爸妈晚一点要过来吃晚饭。”奶奶在楼下喊道。

“当然！”艾摩司回答道。他感到内心充满了期待和满足，这种感觉以前只有在生日或节日时才会出现。

熟悉的菜市场还是那样熙熙攘攘。奶奶去肉铺买新鲜的肉，艾摩司仍然像以前一样东张西望。他看见一朵朵流云在被夕阳染红的天空中飘荡，其中一朵就像龙王曹腾的脸。他朝那片云挥了挥手，而那片云似乎也朝他微笑了一下。原来，这个世界也充满了神奇的事情。

天黑了，艾摩司守在窗边，静静地等待着。

爸爸的车终于到了。

“妈妈！”艾摩司扑向妈妈，给了她一个大大的拥抱，“妈妈，对不起，你的辣椒过敏好了吗？”

“好儿子，妈妈没事了。爸爸和医生们把我照顾得很好。”

艾摩司又拥抱了爸爸：“嗨，老爸。”

爸爸拍了拍艾摩司的背：“好久不见啊，小伙子。”

“嗨！艾摩司。”格蕾丝姑妈也从车里下来，她上前捏了捏艾摩司的脸，“在这儿过得充实吗?”

“当然了，非常非常充实。”艾摩司回答道。

格蕾丝姑妈摘下墨镜，趁大家不注意，递给艾摩司一个意味深长的眼神。

“我们先去看看爸爸!”格蕾丝姑妈说，“这一路颠簸，一会儿晚餐必须得来一顿火锅，安慰一下我的胃!”

“我也是。”艾摩司笑着说。*我也是“一路颠簸”啊。*

准备晚餐的时候，大家都钻进厨房里一起干活，洗、剁、切、煮，然后一起享受麻辣的重庆火锅。锅里满是新鲜的肉类、蔬菜和其他各种美食，艾摩司觉得，这是他有生以来吃过的最棒的晚餐。

晚餐之后，艾摩司又端着满满一大杯的紫杉茶，上楼来到了爷爷的房间。爷爷的气色看起来已经好些了，虽然仍然虚弱，但艾摩司知道，爷爷会好起来的。

艾摩司和爸爸妈妈，还有格蕾丝姑妈在奶奶家度过了一个美好的周末。周日的傍晚，他们要准备回家去了。

出发前，艾摩司再次来到了爷爷床前:“好好休息，爷爷，快点好起来，然后到我家里来玩!”

爷爷微笑着点点头："好孩子，我跟奶奶很快就去城里看你。"

艾摩司微笑着拥抱了爷爷。

随后，艾摩司回到房间收拾好了自己的东西。收拾完后，他四处找了找，但到处都找不到小雷和鲁弗斯，它们又神秘"失踪"了。

"妈，我们走了，"爸爸说着，拥抱了一下奶奶，"谢谢你照顾艾摩司这个'小猴子'。"

"他是我们的宝贝，给我们带来了许多快乐。一路上注意安全，儿子，等你爸爸好了，我们就去城里看你们。"

上车后，艾摩司仔细地看了一眼这里的地平线。雨后的天空格外透亮，橙色、金色和紫色交织成一片，美得令人惊艳。地面也被冲洗得干干净净，散发出阵阵泥土的芳香。爸爸启动了车，往重庆市区的方向驶去。

终于到家了。

艾摩司回到了自己久违的房间。他打开了窗户，看到这个世界唯一的一颗太阳已经落到了地平线的后面，

I ♥ 重庆

天空从明艳的橙色变成了浪漫的紫色，最后变成了深沉的黑色。

在铜梁的这些天，或者说不在铜梁的这些天，艾摩司做了一些了不起的事情。他不后悔自己的每一个选择，也庆幸每一件事情的发生。

- Amos The Amazing -

第九章

没有结尾的结尾

IX

第九章

- 没有结尾的结尾 -

一个三伏天的上午，在此起彼伏的蝉鸣声中，妈妈敲响了艾摩司房间的门。敲门声有些急促，通常，这种敲门声意味着妈妈有什么高兴的事。

“进。”艾摩司懒洋洋地说。

妈妈推门而入，脸上带着灿烂的笑容：“生日快乐，儿子！快起来换衣服，今天我们出去逛逛街，中午去吃点好吃的，吃什么由你来定！”

“失重餐厅！”艾摩司兴奋地跳起来。

今天，艾摩司满13岁了。

艾摩司和爸爸妈妈穿过重庆的老城区，来到人民解放纪念碑前。这座纪念碑曾经是重庆市内最高的建筑，但今天，在步行广场的中心，它夹在冲破云层的摩天大楼和让人眼花缭乱的LED大屏中间，竟显得那么小巧。不过，这座纪念碑的意义是不可替代的，它将永远地提醒着人们，重庆抗战的胜利来之不易。

快中午的时候，他们走到路边，爸爸在手机屏幕上点了几下，很快，一辆无人驾驶出租车停在他们面前。上车后，爸爸打开了网络新闻。

“在突破性发射‘太阳能太空轨道发电站’十周年之际，我国又有了一项重大应用成果——经过科学家们的努力，电力无线传输技术得到了显著提升，我们已能够将可再生能源从太空传输到地面，实现传输过程‘零’损耗，进一步升级了太阳能发电的运用。这项技术的不断突破为实现‘碳达峰’和‘碳中和’作出了进一步贡献。目前，我们正打出组合拳，通过植树造林和‘碳汇’等方式推动地球再次降温……”

“听上去很不错。希望通过技术的进步和运用，我们能够让全世界都用上可再生能源。儿子，但愿你长大后，新能源能够得到深入普及。”爸爸认真地说完，朝后视镜里的艾摩司笑了笑。

“老爸放心，我来帮你实现这个愿望！”

不一会儿，他们到达了市内最新建成的摩天大楼——“来福士2号”。自动停车设备把他们的车迎进了停车场，整齐地排列在其他车旁边。这是艾摩司最爱来的购物中心，是在对最初的“来福士购物中心”进行改造升级后建成的，里面有他最喜欢的“失重餐厅”。透过餐厅的玻璃窗，他们看到了蜿蜒的嘉陵江和雄伟的长江，看到新能源汽车在大桥上飞驰，观光游船在江面上往返。空中交通也格外繁忙，无人驾驶的出租车行驶在隐形的空中公路上，一群无人机在空中“呼呼”飞过，忙碌地运送着成千上万的快递包裹。

餐厅内部的天花板上覆盖着智能传输轨道。抬头望去，许许多多的智能机器人正沿着这些轨道来回穿梭，不断地给点好单的客人们运送食物。在餐厅的地面上，机器人服务员快乐地哼着小曲，引导客人们前往餐桌。这些机器人一面忙于工作，一面还不忘逗一逗身旁的小孩子，常常把孩子们逗得哈哈大笑。

要是在以前，艾摩司早就开始絮叨自己下午的游玩计划了，然而今天点完餐，他却静静地坐在餐桌旁。他的思绪不时地飘回凹林谷，飘回霍布海姆。*斐思他们如今怎么样了呢?*

“多不可思议呀，”妈妈看着安静的艾摩司，小声对爸爸说，“和爷爷奶奶在乡下待了几天，他怎么就像完全变了一个人似的，难道突然就长大了?”

“不管怎样都还是个小屁孩儿，”爸爸笑着说，“我们的小屁孩儿。”

“还真是个不可思议的小屁孩儿。”妈妈一边说一边捋着艾摩司的头发。

机器人送餐来了。艾摩司显然饿了，几口就吞掉了一个和他脑袋差不多大的芝士汉堡，然后大口大口地吸着饮料。

“艾摩司，”爸爸突然从口袋里掏出一个大信封，在艾摩司眼前晃了晃，“有好消息！知道吗？你考上了重庆外国语学校，今年秋天入学，这是录取通知书。艾摩司，你可真棒！”

“我们真为你感到骄傲，儿子。”妈妈说。

艾摩司故作淡定，用颤抖的手抽出一根薯条，蘸了点辣味蒜泥蛋黄酱，塞进嘴里。“我就知道我能考上，爸爸，我想看看录取通知书，是学校寄给我的吗？”艾摩司问。

“当然，傻小子。”爸爸把大信封递给了艾摩司。艾摩司用纸巾反复擦了擦手，然后打开了信封。录取通知书上，黑色墨水写成的字迹非常好看，学校的校徽在信纸的顶部闪闪发光。

“艾摩司同学：

……你已被我校录取为……”

不知怎么的，艾摩司读着读着便觉得眼睛有点模糊，脑子有点晕眩。接着，信纸开始闪闪发光，信纸上的字——横、竖、撇、捺等笔画都动了起来，学校的校徽变成了沙漏的形状，沙漏上还有一只天鹅。

很快，刚才的字迹完全“变身”了，新的字迹跃然纸上：

“亲爱的艾摩司：

恭喜你，你已被克罗诺司旺斯魔法学校的国际拓展项目录取。从今年秋季开始，你将获得全额奖学金。我们期待着，你带着聪明的头脑，参与我们的课程……”

艾摩司的心脏怦怦直跳，他揉了揉眼睛，又去看底部的签名。很快，他辨认出一个熟悉的名字：璐卡·星辉。*璐卡校长？那么，这的确是从克罗诺司旺斯寄来的信！*艾摩司的双手不受控制地颤抖起来。

“看你这表情，有这么兴奋吗？”爸爸笑着问。

“是……不，我是说，这可太让人开心了。”艾摩司强装镇定地说道。

那天晚上，艾摩司睡得很沉，但下半夜却突然醒了过来。他坐起身，感到心跳加速。

他走到窗前，凝视着窗外那盏熟悉的路灯，觉得它像茫茫夜色中一颗闪亮的珍珠。

*很快，我会再回去找你们的。*艾摩司暗自下定了决心。

突然，他想起了爱丽丝和佟睿比。自从“冰激凌事件”之后，她们常常打电话来，关切地询问妈妈和自己的状况。也许，她们会想跟自己一起去那个神奇的世界。

月亮似乎读懂了他的心思，朝他眨了眨眼睛。

艾摩司坐回书桌前，打开一本新的日记本，趁着记忆还在，他决定把一切都记下来，记下自己在“梦境世界”中的每一个细节。在内心深处，他隐约感觉到，自己的冒险之旅才刚刚开始。

“哇哦……”戴夫呆呆地望着远方，回味无穷地感慨道，“太棒了，这个故事太棒了……”

不知什么时候，面店里已经挤满了听故事的人。爱丽丝出现在戴夫的身后，她穿着飘逸的紫色汉服，看得出来很激动。她走上前，给了老者一个大大的拥抱：“谢谢您！”

老者把一张纸条塞进了爱丽丝的衣袋里，笑了笑，说道：“时间不早了，我该走了。”

“故事终于圆满结束了。”爱丽丝仰着头感慨道。

“这可不好说。”老者笑着说。

这时，面店的门被打开了，几个身材魁梧、身穿黑色西装、戴着深色墨镜的男人气势汹汹地走了进来。他们挤过人群，来到老者跟前：“你得跟我们走一趟。”其中一个光头、身材矮小但肩膀宽阔的黑衣人说道，他看上去是这群人的头儿。

老者叹了口气：“我一定要去吗？”

“你可以选择，是你自己走，还是我们来帮你走。”另一个黑衣人回应道，在他的墨镜后面，隐隐约约可以看到一条伤疤。

老者又叹了口气，回头看了看戴夫、爱丽丝和人群，朝他们笑了笑，转头对黑衣人说：“好吧，那我们走。”说完，他将双手放在背后。

黑衣人随即带着老者挤过人群，出了门。

周围的年轻人以为这是一段剧情模仿的表演，不由得为这逼真的一幕鼓掌欢呼，纷纷叫好。

面馆的招牌上，“担担面”三个字中，之前若隐若现的“面”字已经彻底不亮了。周围的餐馆都已经关门，灯光越发昏暗，没人注意到一辆黑色厢式面包车就停在面馆边上。一个黑衣人拉开车门，把老者推了进去，接着，车门“砰”的一声关上了。

“好的，朋友们！这就是今天为大家带来的精彩故事《艾摩司的奇幻之旅》。我们在重庆为您直播，我是剑客戴夫，非常感谢您的收听，拜拜！”说完，戴夫把手机收了起来。人群开始向外面散去。

爱丽丝准备回家了。出门前，她把手揣进口袋里，接着就摸到了老者的那张纸条。她掏出纸条，好奇地盯着它。

“这是什么?”戴夫问。

“这上面写着‘丛林之书’。”

“没听说过。”

说话间，一辆黑色的面包车从他们面前驶过，在雨夜的公路上疾驰而去。爱丽丝皱起了眉头:“戴夫，你闻到什么味道了吗?”

“担担面的味道?”戴夫回答。

“不，我是说可疑的味道。戴夫，你觉不觉得，刚才那些黑衣人有些奇怪?”

“黑衣人？他们不是来参加活动的吗？哪里奇怪了？我觉得很正常啊。”

“不，有些事情，表面上越是正常，其实越不正常。你觉得那位老者，他会雇几个黑衣人来带走他自己吗?”爱丽丝不解地问戴夫。

“故事加表演，多酷啊！而且，这是个很棒的结局，不是吗?”

“也许吧。”爱丽丝放弃了争辩。

大颗的雨点猛烈地敲打着四周商店的橱窗。*真是个漆黑的风雨之夜。*爱丽丝一边想一边把纸条塞进口袋。

“好了……我得走了。再见，戴夫。”

“拜拜，爱丽丝，”戴夫说，“谢谢你邀请我来。”他盯着手机，头也不抬，一定是忙着回复网友的留言。

爱丽丝走到门口，撑开伞，钻进拥挤的人群中。霓虹灯在她的周围闪烁，照亮了黑暗的道路和蒙蒙的水雾。她小心地避开水洼向前走。

*老先生，你在向我暗示什么吗？“丛林之书”，这是什么意思呢？还有，艾摩司究竟……*爱丽丝一边走一边专注地想着，*睿比，睿比……你知道艾摩司在哪里吗？我好像有一些线索，但更多的是谜团……*

爱丽丝知道，在那个“梦境世界”里一定发生了什么。她要弄清楚，要找到答案。

- Amos The Amazing -

下一部引子

干了件“大事”

“确定是这儿吗？确定吗？”艾摩司皱着眉头，一边问一边把手心的汗擦在绿底金饰的校服袍子上。

一对双胞胎男孩站在艾摩司的旁边。他们穿着跟艾摩司相同的校服，皮肤特别白，有着鹅蛋一样的脑袋和鹅蛋一样的身材，远远看过去就像是一颗小鹅蛋重叠在一颗大鹅蛋的上面。

他们是海基和伊图，父母都是魔法界赫赫有名的大人物。

“确定，就是这儿。”海基说。海基在这对孪生兄弟中扮演着“大脑”的角色，是负责出主意的那个。

“西贝卢斯教授的办公室里有一本极其强大的魔法书，强大到……令人难以置信。”海基一边说一边给他的双胞胎兄弟递了个眼色。

“总之，那肯定就是你想要找的书。”伊图说。伊图就像是海基的跟屁虫，他什么都听海基的，不过，他的脾气特别坏。

看着他俩故作神秘的笑容，艾摩司觉得这事肯定有猫腻。

*快去吧，那本书就在里面。*海怪克希拉在艾摩司的脑子里喊道。

有一天，海怪克希拉不知怎么回事，没有经过艾摩司的同意就跑进了艾摩司的脑子里。更让人气愤的是，克希拉非常健谈，总在艾摩司的耳边唠叨不停。不过，除了艾摩司自己以外，周围其他人都听不见。

“那我进去之后，怎么知道是哪本书呢?”

双胞胎对视了一下。“据说，这本书是用精灵的血肉做成的。”伊图压低了声音说道。

“听说书的封面是皮革做的，上面画有一张恶魔的脸。如果恶魔觉得你不配得到这本书，就会在你触碰到它的时候咬掉你的手。”

克希拉，这是真的吗?

*放心，我知道该怎么做。*海怪克希拉回答道。

“你们都是听谁说的?”艾摩司又问双胞胎。

海基说:“我爸爸曾经亲眼看到过。”

伊图赶紧附和着点点头:“那本书脾气大，你可得小心一些。”

他们说的是真的，那就是我要找的书，书里面有我必须找到的咒语。艾摩司，拜托了，你一定要找到它。

“我知道了。不过，你们先回去吧，”艾摩司对双胞胎兄弟说道，“你们在这儿的话，我集中不了注意力。”说完，艾摩司把他俩推到了走廊的楼梯口。

确保双胞胎离开后，艾摩司走向西贝卢斯教授的办公室。

在克希拉的魔法助力下，艾摩司转开了办公室的大门，但他并没有马上跨过门槛，而是小心翼翼地蹲下，仔细检查着周围有没有什么机关。

艾摩司来到克罗诺司旺斯魔法学校的时光虽然短暂，但已经悟出了一个道理：事物的外表具有欺骗性，看起来困难的事情可能很简单，看起来简单的事情却可能充满玄机，危险又困难。艾摩司在门框的周围仔细查看，想寻找符文、尘土线或任何有可能的魔法机关。

很快，艾摩司发现了一张不易察觉的蜘蛛网，网丝极细，就在离门口很近的地方，一直连到了门把手。

*不要碰，否则你会全身麻木，*克希拉说，*我来解决*

这个机关。

安全进入办公室后，艾摩司长舒一口气，紧接着便四处张望起来。

教授的办公室里一尘不染。办公桌上摆放着一堆学生论文、一个骨制号角，还有一张照片。照片上面是一个身穿黄色连衣裙的年轻女孩，女孩旋转着裙摆，微笑着挥手。桌子的旁边是一尊公爵的大理石半身雕像，雕像似乎正对着艾摩司微笑。西贝卢斯教授和公爵私交甚好，有传言说，公爵下学期会来为学生做讲座。桌子左面的墙上挂着一些乐器，有里拉琴、吉他、圆号，还有一些艾摩司以前从未见过的。而右面的墙前面是一个巨大的书架，书架上整齐地摆放着许多皮革封面的书。

*那本书，就在这个书架上吗？*艾摩司问。

*我也不确定，但它离我们很近了，我能感觉到它。*克希拉有些兴奋。

艾摩司仔仔细细地检查了一遍书架，并没有发现克希拉想要的那本书。

*艾摩司，我们去看看公爵的雕像，*克希拉对他说，*我觉得雕像上有魔法，我们要先让公爵把眼睛闭上。*

艾摩司蹑手蹑脚地走过去，想用手指合上雕像的双眼，但没有成功。他又试着念起了最近刚学的睡眠咒语，还是没有用。克希拉叹了口气，在艾摩司的脑海中唱起了摇篮曲，艾摩司跟着哼唱起来，这一次，公爵的眼睛闭上了。紧接着，随着“吱嘎”的一声，书架后面的墙打开了，一个洞穴出现在艾摩司的眼前，从里面吹出一阵凉爽、潮湿的海风。

艾摩司咽了一口唾沫，朝洞穴里看了看，里面漆黑一片。

*别怕，快进去，我来当你的眼睛。*说完，克希拉将一根触须缠绕在了艾摩司的头上。这下，艾摩司在黑暗中也能看得一清二楚了。

艾摩司深吸一口气，钻进黑漆漆的洞穴，顺着一条下坡路往前走。过了一会儿，路开始变得平坦，远处传来像是海浪撞击岩石的声音。

*别出声，这里还有其他人。*克希拉警惕地说道。

艾摩司蹑手蹑脚地往前走，不久，他看到前方有一间小房子，房子里点着几支火把，里面有很多人，不知在干什么。艾摩司躲进墙边的阴影处偷看，发现房间里的人都戴着尖顶的黑色兜帽，他们围成半个圆，有一个人站在半圆的中间。

很快，这个人拉下了兜帽，只见他光秃秃的脑袋上长着两只瘪瘪的耳朵，双眼很是凸出，看上去就像鱼一样。接着，他张开嘴，发出一阵奇怪的声音，然后又把他那只脚蹼模样的手伸向空中。艾摩司注意到，这个人的脖子上有一些皱褶——是鱼鳃，这些人难道是鱼人？

这个鱼人举起了一支火把，在火光的映衬下，艾摩司看见他身后的小桌子上放着一本书。

*就是那本书！艾摩司，那就是我要找的！就是它！艾摩司，快拿到它，然后离开！*海怪克希拉突然尖声对艾摩司叫道。

你说得轻巧！这么多人，我要怎么拿呢？他们会发现我的！

好，我们等待时机。

突然，所有的火光都熄灭了，小房子陷入一片漆黑，鱼人们跌跌撞撞，乱作一团。还好，艾摩司有海怪的触须，他能够看得很清楚。于是，他绕开鱼人，轻手轻脚地来到桌子前，小心翼翼地摸了一下这本书的封面，是很粗糙的皮革。封面上有一个圆形的印章，印章上的图案像是一串串的星星，正闪烁着金色和银色的光。艾摩司的触摸唤醒了这本书，一张凶恶的脸从封面上冒了出来。艾摩司正想解释，却见恶魔的眼睛直直地盯着自己的肩膀，表情很快从凶狠变成了惊恐，接着，这张脸在一阵烟雾中消失了。

艾摩司来不及多问，一把抓起书，抱在胸前就往外跑。

一路冲刺回到办公室，艾摩司喘着粗气复原了书架后面的机关，接着提起长袍，小心翼翼地来到了走廊上。走廊阴暗的角落里，两颗“鹅蛋”背靠背，正打着呼噜做美梦。艾摩司从他们身边悄悄地走过，回到了自己的房间。

关上宿舍的门后，艾摩司翻开这本书，开始搜寻克希拉想要的那个咒语……

未完待续

特别感谢

Amos The Amazing

重庆，一个可爱的地方

有世界上最辣的美食

R.A.塞尔瓦多，感谢你，在我成长的过程中写了我喜欢的书，然后鼓励我接过火炬；

加勒特、阿班蒂卡和艾琳，感谢你们支持我的创作；

陈冬艳，我的朋友兼经纪人，

高非博士（译者），任非小小（参与校对），感谢你们对本书的喜爱和对中文版的贡献；

奥兰多·梅德尼克，我的精神导师；

罗布·沃勒锐利，感谢你犀利的目光和洞察力；

感谢重庆邮电大学英语专业的学生，你们给我提供了宝贵的意见；

感谢王俊，我的朋友。

感谢我的妻子王晓琳和我中国的父母王昌全、张其桂，

感谢你们对我创作的支持，

谢谢所有人！